Eugen Adelsmayr

Von einem, der auszog

Eugen Adelsmayr

Von einem, der auszog

Seifert Verlag

Umwelthinweis:
Dieses Buch und der Schutzumschlag wurden auf chlorfrei ge-
bleichtem Papier gedruckt. Die Einschrumpffolie – zum Schutz
vor Verschmutzung – ist aus umweltverträglichem und recycling-
fähigem PE-Material.

2. Auflage
Copyright © 2012 by Seifert Verlag GmbH, Wien

Umschlaggestaltung: Rubik Creative Supervision,
    Foto Eugen Adelsmayr
Verlagslogo: © Padhi Frieberger
Druck und Bindung: CPI Moravia Books
ISBN: 978-3-902406-94-1
Printed in Austria

Inhalt

Für Antonia

Vorwort

Gabriel und Tassilo Adelsmayr

Es war jener Tag, an dem der Mordprozess gegen unseren Vater eröffnet wurde, als unsere Mutter schwer krank zusammenbrach. Den darauf folgenden Anruf bei unserem Vater, der unter drohender Todesstrafe in den Arabischen Emiraten festgehalten wurde, werden wir nie vergessen können. Nun war gewiss, es wird kein glückliches Ende für uns geben, egal wie der Prozess in Dubai ausgeht.

Anfangs zögerte unser Vater noch, aber auf Anraten von Freunden fasste er den Entschluss, seine Erlebnisse in den Emiraten in Buchform zu sammeln. Es sollte ein Weg der Aufarbeitung für uns alle werden, denn auch wir wurden in die Entstehung dieses Buches eingebunden. Es verlangte unserem Vater viel Überwindung ab, sich an die zahlreichen Rückschläge, das Ausgeliefertsein und besonders an die Verantwortlichen hinter dieser Intrige zu erinnern.

Viele Details des Erlebten waren uns bis dahin nicht bekannt und erschütterten uns beim ersten Durchlesen der Entwürfe. Uns wurde das volle Ausmaß an Ungerechtigkeit bewusst, mit dem unser Vater in Dubai konfrontiert war. Zahlreiche Passagen des Buches lassen ein Dubai erahnen, fernab von medientauglichem Luxus und westlicher Moderne.

Nach all den Schicksalsschlägen, die unsere Familie erlebte, kehrt langsam wieder Ordnung in unser Leben ein. Für uns ist es eine wichtige, wenn auch schwierige Aufgabe, die Geschehnisse aufzuarbeiten. Dieses Buch ist ein erster großer Schritt in diese Richtung.

Teil 1

Heute

Anklage Mord. Ein Strafprozess, der sich wie endlos dahinzieht. Verhandlung um Verhandlung, immer die gleichen Anschuldigungen, mehrmals dieselben Zeugen, seit Monaten nichts Neues, alles ist gesagt, alles ist auf dem Tisch.

Ich weiß schon nicht mehr, wie oft im vergangenen Jahr verhandelt wurde und wie oft ich diesem Schauspiel ferngeblieben bin. Ob anwesend oder nicht, es macht kaum einen Unterschied, ich habe sowieso kein Recht darauf, angehört zu werden, keine Möglichkeit, auf den Verlauf einzuwirken, kann nur dastehen und zuhören, wie ein Statist, aber doch im Mittelpunkt. Links und rechts ein Wachmann, irgendwo hinter oder neben mir der Mitangeklagte, ein ehemaliger Kollege.

Nichts von all dem, was meine Anwältin an Entlastendem oder Gegenbeweisen einbrachte, hat bisher merklich geholfen, nicht einmal die Tatsache, dass die Anklage auf einem gefälschten Dokument beruht. Im Gegenteil, es hat meine Widersacher nur noch mehr gegen mich aufgebracht. Wer lässt sich auch schon gerne bloßstellen, als Fälscher entlarven und als Lügner? Niemand, schon gar nicht eine staatliche Gesundheitsbehörde, die Gesetzwidriges zu verbergen hat und deren Präsident obendrein der ältere Bruder des Herrschers ist.

Ich bin jetzt weit weg, in Sicherheit. Trotz der Entfernung belastet und blockiert mich der Gerichtsprozess. Er ist immer irgendwie da, eine Leine, die zwar nach und nach länger wird, aber mich noch immer fesselt. Tag für Tag Beschäftigung mit dem Prozess, E-Mails, Telefonate, Nachdenken. Aber es wird weniger von Woche zu Woche, es dominiert nicht mehr jede Stunde. Alles ist jetzt anders, als es noch vor nicht allzu langer Zeit war, wie ein neues Kapitel, Vorhang auf zum nächsten Akt, unvorbereitet und mit neuen Rollen.

Wenn alles niederzubrechen droht, gibt Routine Halt. Ein paar Fixpunkte für jeden Tag, wie ein Gerüst, damit man die Zeit vom Morgen bis zum Abend übersteht. Viel Sport, Laufen, jeden Tag, bei jedem Wetter. Die Bewegung im Wald tut uns beiden gut, dem Hund genauso wie mir. Mich an einen durchgeplanten Tagesablauf zu halten, hat mir schon damals, während meiner ersten viermonatigen Suspendierung in Dubai geholfen, und dann wieder, über ein Jahr später, drei Monate ohne Arbeit, neun Monate ohne Pass.

Wir, meine Söhne und ich, sind langsam dabei, wieder Fuß zu fassen, sie ohne ihre Mutter, ich ohne meine Frau. Irgendwie werden wir es schon schaffen, weil die Opferrolle, die liegt uns nicht.

Die Wunden sind noch nicht verheilt, und manche werden es auch niemals sein, aber man gewöhnt sich und kann lernen, damit zu leben. Ich fange vorsichtig an, in die Zukunft zu planen, arbeite wieder, habe damit eine Aufgabe, und das lenkt mich etwas ab. Es ist nicht vergleichbar mit dem, was ich die letzten Jahre über zu tun gewohnt war, aber es ist ein guter Anfang.

Könnte ich die Zeit zurückdrehen, würde ich wahrscheinlich alles wieder genau so machen. Zur gegebenen Zeit und unter den gegebenen Umständen hat damals alles gut gepasst, und das Wissen von morgen hilft eben im Heute nicht.

Die Saat

Einige Jahre zuvor.

Der Sommer naht, Urlaubsplanung für die Ferien. In den Süden muss es gehen. Die Kinder sind reif genug, um jenseits von Sonne, Meer und Badevergnügen ein fremdes Land zu erleben. Nordafrika vielleicht? Als Student habe ich mit Freunden Marokko und Algerien bereist. Damals von Tanger entlang der Mittelmeerküste nach Osten. Das Rif-Gebirge, Ketama, Tetouan, Al Hoshima, Stationen auf dem Weg nach Algerien. Die Grenze wird wegen Kampfhandlungen mit der Polisario immer wieder gesperrt. Wir haben Zeit, warten, und reisen bei nächster Gelegenheit ein. Kaum noch Europäer, viel Armut, zurückhaltende bis misstrauische Menschen.

Wir haben einen Unfall mit dem Auto und sitzen in Mostaganem, einem Kaff an der Küste, fest. Wochenlang keine Ersatzteile für die Reparatur, Schwierigkeiten mit der Versicherung und der Visumverlängerung. Wir müssen alles verkaufen, was sich zu Geld machen lässt. Urlaubende algerische Studenten gewähren uns Unterkunft in ihrem großen Militärzelt am Strand. Sie alle träumen von einem Leben in Europa, sehen hier keine Zukunft für sich, sie wollen einfach raus aus ihrem Land.

Einige bedrängen uns, sie mit dem Auto nach Frankreich zu schmuggeln. Wir lehnen ab, einer versucht sich daraufhin, das Leben zu nehmen, er geht ins Meer, obwohl – oder besser weil er nicht schwimmen kann. Wir erwischen ihn gerade noch.

Die Wochen vergehen, es ist der Fastenmonat Ramadan, die Autoreparatur zieht sich hin, unsere Lage wird langsam angespannt. An der Uni zu Hause hat das Wintersemester schon begonnen, als wir endlich über Algier nach Marseille ausreisen können.

Trotz, oder wegen aller Misslichkeiten schöne Erinnerungen an diese Reise, und so möchte ich jetzt, viele Jahre später, gerne mit meiner Familie diesen nördlichen Teil Afrikas wiedersehen. Außerdem wird zur Zeit viel über Marokko berichtet, über Tanger und Marrakesch als trendiges Domizil für französische Modeschöpfer, Künstler und Exzentriker. Wir überlegen nicht lange, Entscheidung gefallen, es ist Marokko!

Der obligate Lonely-Planet-Reiseführer gehört ebenso zu den Vorbereitungen wie Canettis »Die Stimmen von Marrakesch«, Paul Bowles' »Himmel über der Wüste« und Berichte und Artikel in VOGUE und BAZAAR.

Marokko erfüllt und übertrifft alle Erwartungen. Wir folgen den in der Literatur vorgegebenen Spuren in Marrakesch, abendliches Eintauchen in den Trubel an der Djemaa Al Fna, dem lebendigen Platz im Zentrum, Abendessen dort in einer der zahlreichen Garküchen, frisch gepresster Saft von diesen nicht allzu ansehnlichen, aber überraschend schmackhaften Orangen. Die Schüssel mit Schnecken in scharfer Brühe leere ich unter den besorgten Blicken meiner Familie. Spätabends süßer Pfefferminztee in einem Café mit Blick auf die dampfende, qualmende, bunte Szenerie auf dem Platz unter uns. Dasselbe Café, das einige Jahre später Ziel eines blutigen Anschlags werden wird.

Der Besuch des Jardin Majorelle, Yves St. Laurents botanisches und architektonisches Kleinod mitten in der Stadt, ist ein Ausflug auf eine ruhige, exotische Insel mitten in der Stadt. Paläste, Museen, das Hotel Mammounia, inspirierende Eindrücke auf Schritt und Tritt.

Von Marrakesch aus weiter mit dem Landrover an die Atlantikküste nach Essaouira, das frühere Mogador der Portugiesen. Ein krasser Wechsel vom brodelnden Marrakesch in diesen kleinen, ruhigen Ort, an dem es durch den Wind vom Atlantik auch im Sommer immer kalt ist.

Von außen ist unser Hotel eher unscheinbar, das Riad Al Madina. Innen ist es ein farbenprächtiges Juwel. Zimmer und Bad bunt in Tadelakt-Maltechnik verputzt und mit zahlreichen Mosaiken. Im Innenhof ein kleiner Brunnen, auf dessen Wasseroberfläche von zwei Frauen allmorgendlich Rosenblüten aufgelegt werden, sorgsam, eine nach der anderen, jede einzeln. Eine anmutige Zeremonie, immer zur Frühstückszeit. Früher, damals hieß es noch Hotel du Pasha, stiegen hier Jimi Hendrix, Leonard Cohen, Frank Zappa und andere illustre Gäste ab.

In den Gassen der Stadt nette kleine Geschäfte und lebendiges Treiben am Abend bis spät in die Nacht. Wir kaufen ein, Kleinigkeiten, Mitbringsel, Andenken. Ich erweise mich dabei als schlechter Händler. Viele von unseren dort gesammelten Eindrücken haben uns dann bei der Gestaltung unseres Zuhauses inspiriert. Bunte Wände, orientalische Möbel, marokkanische Lampen und Spiegel. Die Reise hinterlässt einen tiefen Eindruck und schöne Erinnerungen, die noch lange anhalten.

Ohne dass wir viel überlegen, zieht es uns auch im folgenden Jahr wieder nach Marokko, so als gäbe es keine andere Wahl. Ankunft bei dieser zweiten Reise ist in Rabat. Das Land ist uns jetzt schon etwas vertraut, daher nicht mehr dieses Überwältigende, dieses Gefühl des Neuen, dieses sprachlos machende Staunen. Das lässt den Sinnen mehr Raum für stillere Eindrücke und für distanzierteres Betrachten.

Das Hotel liegt in einer Meeresbucht, imposant in den Fels gebaut, ist es aber laut, feucht, und irgendwie so, als hätte es schon viel bessere Zeiten gesehen. Rabat ist groß, lärmend, städtisch, Hauptstadt. Museen, Paläste, Gärten, regel- und rücksichtsloser Verkehr. Jede unfallfreie Fahrt mit dem Mietauto muss man dankbar als Glücksfall verstehen. Bei einer Rundfahrt orientierungslos verirrt, landen wir irgendwo am Stadtrand, und, getrieben von Durst und Hunger, machen wir in einem schäbigen Viertel Halt. Ein paar wenige Lokale, der Eindruck irgendwo zwischen abstoßend schmuddelig bis kaum annehmbar. Zwei bis drei Tische, Plastikstühle, mehr Personal als Gäste, soweit sie überhaupt voneinander zu unterscheiden sind.

Wir wollen in dieser Hitze nicht noch weiter suchen und kehren auf gut Glück im erstbesten Imbisslokal ein. Der Wirt hört den deutschen Akzent in meinem Französisch und antwortet prompt in schönstem Hochdeutsch. Er hat lange Jahre in Deutschland gelebt und dort eine Ausbildung in klassischem Gesang genossen. Jetzt steht er hier, in einer Zehn-Quadratmeter-Spelunke, und zählt in Ermangelung von Gästen wahrscheinlich die Fliegen. Die Auswahl ist bescheiden. Eier, Gemüse, Lammfleisch, der Salat schaut wie vom Vortag aus. Am sichersten erscheinen uns noch die gebratenen Eier mit Gemüse. Besser kein Tee, die Gläser wirken mehr wie ausgewischt als gespült. Besser vielleicht, weil sicherer, Cola für alle. Dachten wir!

Ein Junge wird mit einer leeren Colaflasche losgeschickt und kommt mit derselben Flasche, jetzt aber halb voll gefüllt, zurück. Leider keine Dosen, an den schmutzigen Gläsern führt somit kein Weg vorbei. Eier und Gemüse werden serviert, der Chef beginnt zu singen:»Leb wohl, du kühnes, herrliches Kind«. Wagner, Wotans Abschied. Die Situation ist wirklich komisch, skurril, und bleibt unvergesslich. Das Essen riecht und schmeckt ganz wie befürchtet, hat aber dennoch keinen von uns krank gemacht.

Von Rabat geht's mit dem Auto Richtung Norden, immer entlang der Küste bis nach Tanger. Außerhalb der Städte sind die Hinweistafeln oft nur einsprachig Arabisch, und nicht jeder, vor allem nicht aus den Reihen der Älteren, kann oder will Französisch sprechen. Mein Interesse ist inzwischen gewachsen, und ab hier bilde ich mir auch ein, Arabisch lernen zu müssen.

In Tanger lotst uns ein Junge auf einem Moped für ein paar Dirhams zu unserem Hotel. Die Gassen sind so eng, dass wir die Außenspiegel am Auto wie Ohren anlegen müssen. Aus Neugier haben wir das Hotel Continental gewählt, Bertolucci hat hier einige Szenen seiner Verfilmung von Bowles'»Himmel über der Wüste« gedreht. Die Mondänität vergangener Jahre ist verblasst, lässt sich aber immer noch erahnen. Die alten Möbel atmen Geschichte, und der Greis an der Rezeption macht den Eindruck der Zeitreise komplett.

Tanger ist arabisch, jüdisch, spanisch, portugiesisch, französisch, das Tor zu Europa, oder nach Afrika, je nachdem. Strategisch wichtig seit der Antike, ein Platz für Handel, Reisende, Militärs, Seeleute und Laster aller Art. Es war und ist ein inspirierendes Domizil für Borroughs, Bowles, Kerouac und Ihresgleichen, Ausgangspunkt und Endstation für Aussteiger und Suchende. Die Namen der Cafés und ihre Besucher haben sich geändert, die Atmosphäre der drogengeschwängerten Dekadenz von vor 40, 50, 60 Jahren lässt sich nur noch erahnen. Wir können leider nur ein paar Tage bleiben, wären aber gerne länger hier gewesen. Rückflug nach Hause über Paris.

Bei unserer Ankunft in Österreich herrscht ein Jahrhunderthochwasser. Die Ischl, der Fluss, einen Steinwurf vor unserem Haus, ist bedrohlich hoch und reicht bis nur noch eine Hand breit unter die Ufer.

Wieder Zuhause und wieder zurück zur Arbeit nach Tirol. Tirol ist schön und gefällt mir. Berge und Schnee, Schnee und Berge. Ich bin schon viele Jahre hier, an der Uni-Klinik, an der Abteilung für Anästhesie und Intensivmedizin. Notfälle, Verbrennungen, Polytraumen, Transplantationen, Fliegen im Notarzthubschrauber, oft ein Arbeiten im Grenzbereich, sowohl medizinisch als auch mental und körperlich, meist ist es spannend, manchmal auch gefährlich. Der Job fordert heraus, und er fordert sehr viel. Die Welt der Anästhesisten. Eine eigene Welt mit eigenen Charakteren, ob erst durch den Beruf geformt oder schon durch die Veranlagung, ist schwer zu sagen.

Nebenbei lerne ich Arabisch, für alle Fälle, man kann nie wissen. Einzelunterricht an der Volkshochschule, einmal die Woche abends. Ein geduldiger, freundlicher Ägypter lehrt mich die einzelnen Buchstaben in ihren drei Formen, je nachdem ob sie am Anfang, in der Mitte oder am Ende des Wortes stehen, und geduldig übt er die Aussprache mit mir, die für Deutschsprechende immerhin leichter ist als für Briten oder Franzosen. Bald kann ich ganze Sätze lesen, holprig noch und ohne viel von dem Gelesenen zu verstehen. Aber genug, um zu erkennen, ob ein Schild nach Tanger oder nach Marrakesch weist.

An den freien Abenden Sport, Lernen, Lesen, Surfen im Netz. Dabei springt mich eine Stellenanzeige förmlich an:»Intensivmediziner für vier Wochen gesucht. Sheikh Khalifa Hospital, Abu Dhabi, Vereinigte Arabische Emirate.«

Die Homepage des Krankenhauses ist ansprechend, das beschriebene medizinische Leistungsspektrum ebenso. Ein paar Tage des Grübelns. Familie, Resturlaub, Verpflichtungen, alles will gut überlegt sein. Ich schicke die Bewerbung per E-Mail ab. Am selben Tag noch kommt die Antwort, ein baldiges telefonisches Bewerbungsgespräch wird mir angekündigt.

Zwei Tage später ruft der Leiter der Intensivstation an. Wir führen ein lockeres, zwangloses Gespräch, mit guten Fragen, fachlichen, aber auch solchen über meinen privaten Hintergrund und meine Motivation. Er erzählt sehr persönlich über die Abteilung, über die gestellten Anforderungen und die Kollegen. Am Ende des Gesprächs habe ich den Job. Es bleibt noch Zeit genug für alle Vorbereitungen, und ein paar Wochen später sitze ich im Flugzeug nach Abu Dhabi.

Ich reise mit kleinem Gepäck, nur Bücher, ein paar hundert Euro in der Landeswährung Dirham, leichte Bekleidung, Sport- und Badesachen. Es ist September 2004.

Ich komme spät in der Nacht in Abu Dhabi an. Zur Begrüßung vierzig Grad Hitze und eine Luftfeuchtigkeit von siebzig Prozent.

Ein redseliger indischer Fahrer vom Krankenhaus holt mich ab, überhäuft mich während der ganzen Fahrt gnadenlos mit Informationen über die Unterkunft, den Transport zum Krankenhaus, das Wetter und die Stadt. Unausgerastet aufgrund der späten Ankunft und des kurzen, unruhigen Schlafes, geht es in der Früh mit dem Personalbus ab ins Spital. Auf Irrwegen durch das weitläufige Gebäude frage ich mich bis zur Intensivstation durch.

Meine zukünftigen Kollegen sind dort schon bei der morgendlichen Röntgenbesprechung versammelt. Ein kurzes gegenseitiges Vorstellen, bei dem ich fast keine der zahllosen, teils ungewohnt exotischen Namen im Gedächtnis behalte. Nach der Besprechung eine Führung durch die Station mit Collin dem Abteilungsleiter, einem kettenrauchenden, hageren Briten aus Südafrika. Er sieht so ähnlich aus, wie ich ihn mir nach unserem Telefonat vorgestellt habe.

Nach dem Rundgang werden mir acht Patienten zugeteilt, noch schnell Kaffee und eine Zigarette mit Collin, dann machen wir uns an die Arbeit. Morgenroutine, Patienten untersuchen, Befunde durchgehen, Untersuchungen und Therapien anordnen. Ich mache mich mit meinen Patienten und den zugeteilten Schwestern vertraut. Das beeindruckend breite medizinische Spektrum reicht von Säuglingen mit seltenen, angeborenen Stoffwechselkrankheiten, die ich nicht einmal aus dem Lehrbuch kenne, bis zu Unfall- und Tumorpatienten, Herzinfarkt und anderen internen Notfällen. Der allgemeine Versorgungsstandard ist gut, die Schwestern sind hochqualifiziert. Die Aufnahme ist herzlich und die mir entgegengebrachte Unterstützung großzügig, hilfreich und sehr notwendig.

Erschöpft von der Anspannung, ständig alles Unbekannte aufzusaugen, und der Arbeit mit neuen Kollegen in einer fremden Sprache, falle ich die erste Zeit jeden Abend todmüde ins Bett.

Langsam lerne ich Team und Gegebenheiten besser kennen und ertappe mich manchmal bei eigenen, mir vorher selbst nicht bewussten Vorurteilen. Ich kann meine Überraschung kaum verbergen, als mir eine Schwester, die den ganzen Tag lang einen kritischen Patienten bestens und kompetent versorgt hat, erzählt, dass sie aus Südafrika, vom Volk der Zulus, stamme.

Der Großteil des Pflegepersonals kommt aus Indien und den Philippinen. Für viele von ihnen sind die Emirate nur eine Zwischenstation auf ihrem Weg nach Kanada, den USA oder Großbritannien. Um für einen erfolgreichen Absprung in den Westen gut gerüstet zu sein, sind sie erpicht darauf, viel zu lernen, und sie arbeiten hart. Die hohe Motivation ist auf der Station spürbar und ansteckend. Wir arbeiten schwer und mit großem Einsatz, und auch mit viel Begeisterung.

Die vier Wochen vergehen wie im Fluge. Der Abschied vom Team ist herzlich, Adressen werden ausgetauscht, die Filipinos schießen einige tausend Fotos, und gegenseitige Besuche werden, so unwahrscheinlich sie oft auch sind, vereinbart. Am Abreisetag vergesse ich, vielleicht ein Fingerzeig des Unbewussten, meine Arbeitsschuhe im Dienstzimmer.

Während meines Rückflugs nach Wien muss ich mir eingestehen, dass es mir gar nichts ausgemacht hätte, noch ein paar Wochen länger zu bleiben.

Bei der Arbeit in der Klinik holen mich der alte Trott und die Routine rasch wieder ein. Die allgemeine Stimmung ist auch nicht gerade die beste. Viele Mitarbeiter sind frustriert, ausgebrannt, sechzig Stunden Arbeitswoche, kaum ein Wochenende frei, schlechte Aufstiegschancen. Das Wiedereingewöhnen fällt mir nicht gerade leicht. Es ist Winter in Tirol, es ist nass, es ist kalt, und ich denke oft und gern an Abu Dhabi.

Im November verstirbt Sheikh Zayed, der Herrscher von Abu Dhabi und Gründer der Vereinigten Arabischen Emirate. Sheikh Khalifa bin Zayed al Nahyan, sein ältester Sohn, wird der Nachfolger. Tagelange Staatstrauer, alle Radiostationen bringen nur noch Koranverse oder ernste klassische Musik, alle Behörden und Ämter bleiben ganze acht Tage lang geschlossen. Gravierende Veränderungen stehen bevor. Meine Kollegen in Abu Dhabi blicken verunsichert in die Zukunft.

Schöne Zeiten

Abu Dhabi

Anfang 2005 lasse ich mich an der Klinik karenzieren und nehme ab Februar eine Stelle in Abu Dhabi an, diesmal aber für ein ganzes Jahr. Meine Familie kommt nicht mit, die Kinder gehen noch zur Schule, und ein Jahr wird schnell vergehen, alle Ferien in diesem Jahr sind selbstverständlich in Abu Dhabi geplant. Die Emirate erscheinen uns als das Tor zur Welt, heraus aus der Provinz, hinein in einen Hotspot der Gegenwart.

Ich sitze wieder im Flugzeug von Wien nach Abu Dhabi, diesmal mit mehr Gepäck. Es ist derselbe Chauffeur, der mich am Flughafen abholt, er erkennt mich aber nicht wieder. Ich bin im selben Hochhaus untergebracht, aber jetzt in einem größeren Apartment. Drei Schlafzimmer, drei Bäder, ein großes Wohnzimmer, eine kleine Zimmer-Bad-Einheit für ein Dienstmädchen, alles voll eingerichtet. Zusammen mit einem Mietauto und einem Heimflugticket pro Jahr gehört das zum üblichen Gesamtpaket. Die Wohnung ist für mich allein viel zu groß zum Wohlfühlen.

Erster Arbeitstag. Meine Schuhe stehen noch im Dienstzimmer, wo ich sie zurückgelassen habe. Das ganze Team bereitet mir ein fröhliches Willkommen auf der Station, ich habe den Eindruck, sie freuen sich ganz ehrlich, dass ich zurückgekommen bin.

Alle neu angekommenen Ausländer, die Expatriates, müssen an einer zweitägigen Orientierungsveranstaltung teilnehmen. In diesem Monat sind wir eine Gruppe von etwa dreißig. Eine bunte Mischung, sowohl nach Herkunft als auch nach Fachgebieten. Schwestern, hauptsächlich aus Indien und von den Philippinen, Bürokräfte, fast ausschließlich Philippinos, Wachmänner, alle aus Pakistan, Ärzte, Techniker und Übersetzer. Am ersten Tag erfahren wir Wissenswertes über das Krankenhaus. Organigramm, Leistungsangebot, Präsentationen der Personalabteilung und der größeren Fachabteilungen. Der zweite Tag ist etwas allgemeiner, Vorträge über Geschichte und Kultur der Emirate, Cultural Sensitivity und die wichtigsten Verhaltensregeln sowie Essentielles über den Islam. Die Präsentationen über Kultur und Islam sind inhaltlich sehr ähnlich, denn vermindert man die Kultur um alles Religiöse, so bleibt kaum noch etwas übrig. Wir erfahren, dass die traditionelle schwarze Bekleidung der Frauen eine »Abaya« und das weiße Gewand der Männer eine »Dishdash« ist, dass der Islam den Frauen gebietet, das Haar mit einem Kopftuch zu bedecken, die Verschleierung des Gesichtes aber Tradition und kein religiöses Gebot ist, dass jeder Expatriate einen emiratischen Sponsor braucht, um ein Visum zu bekommen und damit arbeiten zu dürfen, was gleichermaßen für jede ausländische Firma gilt. Auch Vergleiche mit anderen Religionen werden gezogen, nicht wertend, vielmehr auf Gemeinsamkeiten hinweisend.

Auch das Notfall-Alarmierungssystem des Krankenhauses wird vorgestellt. Verschiedene Farbcodes für verschiedene Situationen. Code-blue für Herzalarm, Code-pink für den kindlichen Notfall, Code-black für eine Bombendrohung, Code-white heißt »gewalttätige Person«. Kichern im Auditorium, vom Vortragenden an dieser Stelle scheinbar erwartet, vielleicht auch provoziert, um diesen Code hervorzuheben.

»Gewalttätige Person« ist kein seltenes Ereignis. Gewalt, verbale und auch körperliche, gegenüber Schwestern und Ärzten kommt überraschend häufig vor. Beschimpfungen, Schläge, Anspucken, Drohungen durch Angehörige von Patienten bringen uns Ausländer in eine sehr prekäre Situation, die bei Gegenwehr oft unangenehme rechtliche Konsequenzen nach sich zieht. Deshalb, vor allem bei Auseinandersetzungen mit Einheimischen, möglichst viele Zeugen. Es müssem die Pflege- sowie die ärztliche Direktion, der Wachdienst, das Public Relations Department und ein Übersetzer alarmiert werden, alles Leute, die in Deeskalation solcher Situationen geschult sind, zum Schutz des Personals vor bösen Folgen. Ein wohldurchdachtes System, dessen Notwendigkeit etwas nachdenklich stimmt. Keiner im Auditorium kichert jetzt mehr.

Zum Tagesabschluss »Verhalten im Brandfall« mit Löschübung, mehr ein Spaß als ernste Übung, der gesellschaftliche Aspekt steht dabei im Vordergrund. Insgesamt zwei interessante Tage.

Erst später wird mir ein Mangel dieser Veranstaltung bewusst. Sie haben uns nichts über Waasta erzählt, und damit die Essenz, die das öffentliche Leben hier am Laufen hält, nicht einmal erwähnt. Waasta ist arabisch und steht für »Verbindungen«, »Einfluss«, »Netzwerk«, eine nicht so gern gehörte Interpretation wäre »Korruption«. Waasta macht alles möglich, ein Fehlen desselben ist oft mit Scheitern gleichzusetzen. Gewachsen ist diese Tradition der gegenseitigen Gefälligkeiten im Stammes- und Familienwesen der Emirati, und deren Bande sind stärker als Vorschriften und Regeln. Absichtlich oder ungewollt, darüber hat man uns damals bei der Orientierungsveranstaltung nicht belehrt.

Das Team ist klein, und der Arbeitsanfall ist reichlich, besonders nachts und am Wochenende. Ein Diensthabender für 18 Patienten, sechs davon im pädiatrischen Intensivbereich. Dass es überhaupt zu schaffen ist, verdanken wir großteils den Schwestern. Trotz der harten Arbeit ist die Stimmung aber meistens gut, nur hin und wieder gibt es Spannungen auf der Station, Eifersucht, Streit, lesbische Beziehungsdramen.

Überraschend viele Schwestern sind Lesben, und manche Pfleger schwul. Gleichgeschlechtliche Paare auf Wanderschaft im Mittleren Osten, von Saudi-Arabien in die Emirate, den Oman, Katar, Kuweit. Warum sie sich entscheiden, ausgerechnet in einem arabischen Land zu leben, wo sie mit ihrer sexuellen Orientierung eine Gefängnisstrafe und anschließende Deportation riskieren, ist nicht ganz leicht nachzuvollziehen.

Einige sind schon mehrere Jahre hier und geben gerne alle möglichen Anekdoten, aber auch viel Interessantes und Wissenswertes zum Besten. Geschichten auch über die Anfänge des Krankenhauses, wie es von »Interhealth Canada«, einer kanadischen Krankenhausbetriebsfirma aufgebaut wurde – es ist dieselbe Firma, für die ich ein Jahr später in Dubai arbeiten werde –, Erzählungen, wie hunderte Expatriates im klinischen und administrativen Bereich erfolgreich einen Spitalbetrieb auf hohem Niveau aufgebaut haben. Wie dann, was in dieser Region so üblich ist, nach einiger Zeit die einheimischen Entscheidungsträger beschlossen, den Betrieb zu übernehmen und alles selbst zu führen. Meistens läuft es aber schließlich doch nicht so einfach und so rund wie geplant, sodass nach einiger Zeit die nächste ausländische Firma geholt wird. So ändert sich zyklisch alle paar Jahre das Management, jedes bemüht, mit viel Aufwand schnelle, kurzfristige Erfolge zu erzielen, langsam und mit Nachhaltigkeit etwas aufzubauen ist kein Trumpf in diesem Spiel.

Zu meiner Zeit hat nach dem privaten Betreiber gerade das Ministry of Health das Ruder übernommen. Den Posten eines Chief Executive Officer bekleidet eine, wenn man so will, schillernde Figur, mit einem anderswo nicht gerade karrierefördernden Werdegang. Es kursieren Gerüchte über ihn, denen ich nachgehen will. Meine Recherche im Internet bringt Interessantes zutage. Ich lese vom Quorum-Skandal, einem Zig-Millionen-Dollar-Betrugsskandal in den USA. Der Distrikt-Leiter dieser Krankenhausbetriebsgesellschaft verlangte von den Verwaltern, die Buchhaltung zu frisieren. Einer weigert sich, spielt nicht mit, wird gefeuert und bringt als Whistleblower, als Informant, die Sache vor Gericht. Quorum wird verurteilt. Der Distrikt-Leiter verlässt die USA in Richtung Vereinigte Emirate, konvertiert zum Islam und macht Karriere im Sheikh Khalifa Hospital.

Er wohnt im 7-Sterne-Emirates-Palace-Hotel, weil sich angeblich keine andere standesgemäße Bleibe finden lässt, er bekommt, aus welchen Gründen auch immer, einen BMW 650 geschenkt. Im Krankenhaus weiß niemand, wer und warum, aber jemand Einflussreicher hält seine schützende und großzügige Hand über unseren CEO. Ein gutes Beispiel für big Waasta. Früher oder später lernt jeder hier, was das ist.

Ich arbeite die meiste Zeit auf der Kinder-Intensivstation. Die Babys hängen am Beatmungsgerät, Schläuche für Ernährung und Infusionen im Körper, alle sind kritisch krank. Viele haben seltene Stoffwechselanomalien und andere genetische Defekte – die traurigen Folgen der häufigen Ehen unter Verwandten. Das Angebot einer genetischen Beratung wird nur selten genutzt, die Tradition ist stärker.

Nachtdienst, ich bin alleine zuständig für 18 Patienten. Ein nach einer großen Operation maschinell nachbeatmetes Baby ist instabil, kontinuierlich verschlechtern sich der Kreislauf und die Atmung. Bluttransfusionen und Flüssigkeit laufen über einen zentralen Venenkatheter. Der Kreislauf wird immer schlechter, die Schwester infundiert schneller, holt mich, als das Kind kaum noch zu beatmen ist. Das rasch angeforderte Lungenröntgen zeigt eine totale Verschattung im Bereich der rechten Lunge, und das Herz ist nach links verdrängt. Der in der Tagschicht gelegte Venenkatheter liegt nicht dort, wo er soll, die Infusionen und das transfundierte Blut haben die Lunge komprimiert.

200 Milliliter blutige Flüssigkeit lassen sich aus dem Venenkatheter absaugen, danach normalisieren sich die Beatmungsparameter, der Kreislauf wird wieder stabil.

Übergabebericht an die Tagschicht am nächsten Morgen. Der Vorfall wird aufgearbeitet, von allen Beteiligten diskutiert, Verbesserungsvorschläge eingebracht, Maßnahmen getroffen, ein Action Plan erstellt. Professionelles Fehlermanagement, so wie es sein soll, hier zu arbeiten macht wirklich Spaß.

Ein Problem gelöst, und schon bahnt sich das nächste an, weniger ein medizinisches als ein rechtlich ethisches. Ein kleines Mädchen wird eingeliefert, halb erstickt, schwere Hirnschwellung, sie war angeblich eingeklemmt zwischen ihrem Bettchen und der Wand, sie konnte sich nicht selbst befreien und wurde erst zu spät entdeckt. Die einheimischen Eltern verhalten sich eigenartig, anders als man es von besorgten Eltern erwarten kann. Sie fragen kaum, zeigen keine Emotionen, halten Abstand und wollen ihr Kind nicht berühren. Die Mutter ist voll verschleiert, ihre Augen verraten nicht, was sie denkt. Der Vater besucht die Kleine immer nur ganz kurz, ist nervös und ungehalten bis aggressiv. Die Schwestern waschen das Kind und stellen dabei einen massiv erweiterten Anus und Verletzungen an demselben fest. Wir leiten unseren Verdacht auf sexuellen Missbrauch weiter. Das Mädchen stirbt am zweiten Tag. Der mögliche Missbrauch wird nicht weiter untersucht, niemand wagt es, bei einer emiratischen Familie diesem Verdacht nachzugehen.

Es ist Sommer und Ferienzeit. Ich fliege für einige Zeit nach Hause, dann kommt meine Frau mit mir zurück nach Abu Dhabi. Nach ihr besuchen mich meine Söhne. Sie sind zum ersten Mal in Abu Dhabi, zum ersten Mal in den Emiraten. Alles ist spannend, alles ist neu, jeder Tag ein Abenteuer, jeder Tag liefert Stoff zum Erzählen, für später dann, für daheim. Ihre Vorstellung von der Stadt war etwas anders, als sie sich ihnen jetzt präsentiert. Abu Dhabi gleicht mehr einer amerikanischen als einer orientalischen Stadt, mit seinen Bürotürmen, den großen Autos, den gehsteiglosen Straßen. Wechselndes Flair je nach Bezirk, arabisch, westlich, und in manchen Vierteln wähnt man sich eher in Indien als in der Hauptstadt der Arabischen Emirate.

Wir absolvieren auch obligates Touristenprogramm, Wüsten-Safari mit Land Cruisern, Dune-bashing. Die Fahrer rasen große Dünen hinauf und wenden vor dem Scheitelpunkt gekonnt, ähnlich einem Surfer, mit einem Drift zur Talfahrt die Düne hinab. Das schaut recht einfach aus, braucht aber viel Erfahrung. Immer wieder gibt es Berichte über Fahrer, die ihr Können überschätzen, sie kippen dann um und rollen im Auto die Düne hinunter.

Das Abendessen nehmen wir im Freien an der Corniche, der Promeniermeile am Strand zu uns. Promeniert wird aber weniger zu Fuß als im Auto. Einer Autoshow gleich, ziehen Ferraris, Bentleys, Aston Martins, Porsches und Mercedes in großer Zahl an uns vorbei. Ampelstarts, laute Musik, das volle Programm. Wir bestellen Sharwama, Fleisch mit den Zutaten in eine Art Tortilla eingerollt, ähnlich der mexikanischen Fajita. Nach dem Essen noch Tee mit frischer Pfefferminze und die unvermeidliche Shisha, die arabische Wasserpfeife, vorzugsweise in Apfel- und Mango-Geschmack.

Es ist spät am Abend und hat fast 40 Grad. Nur einige wenige sitzen schwitzend im Freien, fast ausschließlich rotgesichtige Europäer. Emiratis fahren vor, in ihren großen 4x4 mit dunklen Scheiben. Sie hupen, und die Shisha wird ihnen zum Auto serviert. Die Pfeife selbst bleibt vor der Türe draußen, aufgestellt auf einem Schemel, der Schlauch, durch das spaltbreit offene Fenster, versorgt die Insassen drinnen mit dem Rauch. Der Motor läuft, die Klimaanlage kühlt. Rauchgenuss auf Emiratisch.

Ein paar Mal Heimurlaub, meine Familie ein paar Mal auf Besuch, das Jahr geht schnell dem Ende zu. Eine Kollegin erzählt, dass Interhealth Canada ein neues großes Trauma Center in Dubai betreiben wird. Sie suchen Intensivmediziner, haben auch noch keinen Abteilungsleiter. Ich mach mir keine allzu große Hoffnungen, rufe aber an, um mein Interesse zu bekunden. Ja, die Leiterstelle ist noch frei, ja, es gibt einige Bewerber, ja, wir würden sie gerne interviewen.

Das Bewerbungsgespräch wird kurzfristig angesetzt. Der Direktor und der Chef der Personalabteilung haben in Abu Dhabi zu tun, wir treffen uns zum Dinner in einem Hotel. Die Unterhaltung vollzieht sich im Plauderton und erstreckt sich kaum auf Fachliches. Job-Beschreibung, Unterkunft, Bezahlung, viel Information zu Lammspießchen und Soda Lemon-Minth. Sie haben sich schon zuvor über mich erkundigt, das jetzige Gespräch ist mehr eine Formalität als eine Notwendigkeit. Es liegt an mir anzunehmen oder nicht.

Drei Tage geben sie mir Bedenkzeit, für etwas, wofür ich mich eigentlich schon entschieden habe. Wir verabschieden uns, bis in drei Tagen in Dubai. Es war ein netter, ein für mich zukunftsweisender Abend.

Dubai

Februar 2006, Neuanfang in Dubai, im Rashid Hospital Trauma Center, angestellt bei Interhealth Canada, der kanadischen Firma, die das Trauma Center betreiben wird. Das Center ist noch nicht fertig und soll erst später schlüsselfertig an uns übergeben werden. Auch von Seiten unserer Firma ist noch nicht alles bereit. Statt wie versprochen in neuen Apartments werden wir in schäbigen Hotels untergebracht. Der flauschige Spannteppich wie auch die Polstermöbel in meinem Zimmer riechen modrig und sind fleckig, ich sitze nie in den Sofas und ziehe die Schuhe nie aus. Die Gegend, in der wir wohnen, wird anderswo, trotz der neutralen Beleuchtung hier, Rotlichtviertel genannt.

Dieses Provisorium dauert mehrere Wochen, einigen im Team ist das zu lange, und sie steigen wieder aus. Die Übergabe des Trauma Centers wird mehrmals verschoben, das bedeutet dann sechs Monate Vorbereitung und Planung, Personalauswahl und viel Schreibtischarbeit. Die Ärzte und Schwestern sollen wir, soweit möglich, aus dem vorhandenen Rashid-Hospital-Personal rekrutieren.

Der Andrang ist groß. Von der Anästhesieabteilung und der Intensivstation melden sich mehr Interessenten, als wir Stellen haben, alle kommen freiwillig, bis auf zwei. Die eine ist Irakerin, Anästhesistin, sie weint während des Vorstellungsgesprächs. Ihr jetziger Chef kann sie nicht leiden und macht ihr das Leben schwer. Ihre Qualifikationen und ihr Ruf unter den Kollegen sind gut, ich akzeptiere sie. Bis zur Eröffnung muss sie aber noch auf der Anästhesieabteilung ausharren. Ihr Chef gönnt ihr die neue Chance nicht und kündigt sie umgehend. Er wird mir nie ganz verzeihen, dass ich ihr den Job habe retten wollen. Jahre später, ich bin dann schon in einem anderen Krankenhaus in Al Ain, bewirbt sie sich wieder, und ich nehme sie ins dortige Team.

Der andere unfreiwillige Kandidat ist Syrer, Dr. Yasser Masri, ungefähr mein Alter, klein, unzugänglich, und irgendwie auch arrogant. Das langärmelige Hemd bis oben zugeknöpft, die Hose bis fast zur Brust hochgezogen und eng mit einem Gürtel zugezurrt, sichtbarer Linksträger. Ein Scheitel wie mit dem Messer gezogen, Schnurrbart, unverheiratet, bei seinem Vorgesetzten und im Team ist er recht unbeliebt. Sein bisheriger Chef wollte ihn schon drei Mal kündigen, was ihm aber nicht gelang. Yassers Mutter ist eine Freundin des Ärztlichen Direktors, ihn loszuwerden deshalb nicht so einfach. Yasser kommt mehrmals, er ist hartnäckig, schließlich nehme ich ihn.

Ich selektiere weiter, erreiche, dass einige der Ausgewählten gleich schon freigestellt und mir zugewiesen werden, um bei der Planung mitzuhelfen und Zeit zu haben, das Team kennenzulernen. Lathika, Dina, Jose, Abbas und wie sie alle heißen, und Ajimsha, der Erfahrenste, er ist mir von Abu Dhabi nachgefolgt. Es ist eine Freude, mit ihnen zu arbeiten, sie sind mehr Freunde als Kollegen.

Aber die Freude ist nicht allgemein. Dass wir das neue Trauma Center betreiben sollen, weckt auch Neid und Missgunst, zerstört bei den Alteingesessenen so manche Träume, Hoffnungen und Zukunftspläne. Wir sind die unerwünschten Eindringlinge in eine bestehende Gemeinschaft. Unser Kommen wurde noch dazu denkbar schlecht vorbereitet und wird von vielen als Bedrohung empfunden. Wir stehen für Umstrukturierung und Neuorganisation, aber die uns entgegenschlagende Ablehnung ist mehr als nur die verständliche Unsicherheit vor einer Veränderung.

Die bestehende Allgemeine Intensivstation soll in Zukunft nur noch internistische Patienten betreuen, alle chirurgischen Patienten kommen in die Trauma-Intensivstation, die ich leiten werde. Die alte Intensivstation wird dadurch fast bedeutungslos, da 80 Prozent aller Intensivpatienten chirurgische Fälle sind, und die werden dann alle in meiner Station betreut.

Der Chef der alten Intensiv, Dr. Hussain Al Rahma, ein Emirati, hat allerdings gehofft, ja eigentlich fest damit gerechnet, dass er die

Leitung beider Stationen übernehmen wird. Er ist durch diese neue Entwicklung aufgebracht und enttäuscht. Er will sich mit der Situation auch nicht abfinden, wird aufsässig und destruktiv. Er lässt Personal, das zu uns wechseln will, nicht gehen, nimmt an keinen Besprechungen über unsere zukünftige Zusammenarbeit teil und sucht ständig Streit bei allen Berührungspunkten, die sich zwangsläufig ergeben. Dadurch wird er langsam nicht mehr tragbar, die Krankenhausleitung versetzt ihn kurzerhand. Hussain Al Rahma muss weg, er kommt ins Dubai Hospital.

Statt ihm wird der Chef der dortigen Intensivstation, Mohammed Baquer, auch ein Emirati, zu uns an das Rashid Hospital transferiert. Er ist ein ruhiger, höflicher Mann, in den USA ausgebildet, fachlich sehr kompetent, ein absolut netter Kollege. Wir verstehen uns auf Anhieb gut, haben beide ähnliche Vorstellungen von Intensivmedizin und wie eine Station zu führen ist.

Aber seine anfängliche Begeisterung währt nicht sehr lange. Immer öfter klagt er mir sein Leid mit seinem Oberarzt, Dr. Hassan Fouad Kamaliddin, einem im Vergleich zu ihm sehr minderqualifizierten Iraker. Hassan war nicht nur die rechte Hand des zwangsversetzten alten Chefs, sondern auch dessen Lakai, von ihm stets protegiert und dadurch im Rashid Hospital groß geworden. Hassan ist geschickt und gefährlich. Er sitzt in fast allen Komitees und Ausschüssen, zieht viele Fäden, er hat überall seine Finger drin, und: Er hat seinen neuen Chef im Visier.

Ein negativer Kommentar an der richtigen Stelle hier, eine abfällige Bemerkung da. Immer wieder stichelt er mit gespieltem Mitleid, dass sein Chef so hilflos, so unfähig sei. Sein Chef tue ihm ja so leid, er sei ja ein so netter Mensch, aber er könne die Station nicht leiten, sei nicht dazu imstande und werde es, trotz all seines redlichen Bemühens, auch niemals sein.

Mohammed setzt dies ziemlich zu, er versteht es nicht, sich zu wehren, gesteht mir, dass er sich jeden Morgen nur noch widerwillig in den Dienst schleppe. Er ist zu ruhig, zu höflich. Er gibt auf und verlässt das Rashid Hospital. Bislang war ein solcher Fall unvorstellbar, weder vorher noch nachher hat es das je gegeben, dass ein Expatriate erfolgreich einen Emirati absägt.

Hassan, Mohammeds Oberarzt, triumphiert, er wird vorübergehend Leiter, aber sein Triumph währt kürzer, als er denkt.

Ein neuer Schub von Schwestern bewirbt sich bei uns, sie lehnen es ab, mit Hassan zu arbeiten, und wollen weg von seiner Station. Ein paar Wochen darf der Iraki seine Chefposition genießen, dann, ganz überraschend – breaking news, die Neuigkeit verbreitet sich wie ein Lauffeuer im Krankenhaus. Die gute Nachricht, Mohammed kommt zurück, die schlechte Nachricht, Hassan wird auf unsere Station versetzt. Ich werde zu dieser Entscheidung nicht befragt, mein Team läuft dagegen Sturm und bedrängt mich, es zu verhindern. Aber leider, keine Diskussion, die Krankenhausleitung hat schon entschieden.

An seinem ersten Tag bei uns, zu seiner allerersten Morgenbesprechung, kommt Hassan zu spät. Ohne Entschuldigung tritt er ein, grüßt knapp und steuert auf mich zu. Er schüttelt mir die Hand. Kalt, feucht und völlig schlaff sein Händedruck, der eigentlich kein Druck ist. Wie ein toter Fisch liegt seine Hand in meiner.

Die ersten Wochen ist er um den äußeren Eindruck reibungsloser Harmonie bemüht, erzählt überall, wie gut wir miteinander können und wie gut die Zusammenarbeit funktioniert. Beides kann ich nicht einmal ansatzweise nachvollziehen.

Aber es bleibt nicht lange so ruhig, schnell hat er sich sein Arbeitsumfeld so zurechtgerichtet, wie es ihm passt, und führt sein eigenes Dasein auf der Station. Er geht, sobald ich komme, und kommt, wenn ich nicht da bin. Er schart die arabischen Kollegen um sich, die gemeinsame Sprache und Kultur verbindet, und bildet sich auf diese Weise sein eigenes Team. Die Station verändert sich, wird langsam zweigeteilt.

Hassan hat ein klares Ziel vor Augen, er weiß genau, was er will. Hassan will für sein Leben gerne Chef sein.

Mittlerweile habe ich mich gut in Dubai eingelebt, habe aber am Anfang Abu Dhabi sehr vermisst. Dubai ist lauter, hektischer, schriller. Wie die Stadt, so auch ihre Menschen. Gebäude, Hotels, Metro, Fluglinie, künstliche Inseln, immer und überall das Größte, Höchste, Teuerste, Beste, alles ist »Weltklasse«, alles ist »exzellent«. Die größte Baustelle der ganzen Welt und 15 Prozent aller ihrer Kräne. Am Anfang ist es noch ganz unterhaltsam, aber nach einiger Zeit fällt es einem auf die Nerven und wirkt lächerlich, dieses Angebergehabe, dieser inflationäre Gebrauch von Superlativen, dieses infantile, neureiche Protzen.

Die Arbeitswoche geht von Sonntag bis Donnerstag, die Freitage verbringe ich häufig mit Sadik, seinen Brüdern und Freunden. Wir haben uns im Fitness Club kennengelernt, schon bald nachdem ich nach Dubai gekommen bin. Sportbekanntschaften sind meist unkompliziert, manchmal entwickeln sich Freundschaften, so auch mit Sadik. Wir treffen uns in seiner Wochenendvilla, eine reine Männergesellschaft, zum Essen, Kartenspielen, Teetrinken und Plaudern, zum Zusammensitzen in der Majlis, einem Aufenthaltsraum, von der Idee her wie bei uns das Herrenzimmer früherer Tage.

Zunächst trafen wir uns noch in Jebel Ali, südlich von Dubai, später dann in Umm Al Queimm, einem der kleinen nördlichen Emirate. Die Villa in Jebel Ali mussten sie räumen, sie hatte einer Großbaustelle zu weichen, dem »Jebel Ali Palm«-Projekt. Das Projekt wurde dann nie vollendet, der Bau in der Wirtschaftskrise, wie so viele andere, über Nacht einfach eingestellt. Jetzt verrottet die Palme, die künstlich aufgeschütteten Inseln fallen wieder zurück ans Meer.

Nicht nur der Fitness Club, in dem wir trainieren, gehört Sadik, sondern das ganze Gebäude, ein Turm mit dreißig Stockwerken, so wie auch der Nachbarturm, der noch höher ist. Eine wohlhabende Familie sind sie, auch für hiesige Maßstäbe, er, seine sieben Brüder und drei Schwestern. Sie waren zwölf, einer hat aber bei einem Speedboot-Rennen sein Leben gelassen. Alle sind verheiratet, alle mit mehreren Kindern. Eine ziemlich große Familie, eine sehr alte emiratische Familie.

Sadik und die älteren seiner Brüder sind noch im Beduinenzelt aufgewachsen, ohne Strom, ohne Fließwasser, ein Privatlehrer dreimal die Woche hat sie unterrichtet. Dann kam Geld ins Land, viel Geld für viel Öl, und die Emirate haben sich verändert, niemand lebt heute mehr in einem Zelt. Sadiks Familie kannte den Vater des jetzigen Herrschers, Sadiks Vater war mit dem Sheikh befreundet. Freundschaft ist gut für Beziehungen, und Beziehungen sind gut fürs Geschäft. Sie waren eine sehr einflussreiche Familie. Aber einer der Brüder überwirft sich mit einem Sheikh, verliert dadurch seinen guten Ruf und schädigt so auch das Ansehen der ganzen

Familie. Sie sind noch immer wohlhabend, nur nicht mehr ganz so einflussreich.

Arbeit gibt es jede Menge, mehr als wir bewältigen können, und zwar rund um die Uhr, Tag und Nacht. Nie haben wir genug Betten, instabile Patienten werden frühzeitig verlegt, um Platz für neue, noch kränkere zu schaffen. Jeden Morgen Besprechung mit dem Ärztlichen Direktor und allen klinischen Department-Leitern. Sind unsere Kapazitäten erschöpft, wird »Internal-Desaster Code«, eine organisatorische Notsituation, verlautbart. Rettungsfahrzeuge werden angewiesen, andere Krankenhäuser anzufahren, alle planmäßigen Operationen werden abgesetzt und alle gehfähigen Patienten vorzeitig entlassen. Patienten, die von der Intensivstation nicht mehr profitieren können, weil ihr Zustand entweder zu gut oder aber hoffnungslos schlecht ist, werden ausgemustert und auf eine Intermediate Care Station verlegt.

Wir haben häufig diesen »Desaster Code«, mehr Tage mit als ohne, Internal-Desaster ist nicht die Ausnahme, vielmehr schon die Regel. Das Trauma Center ist das einzige designierte Unfallzentrum des Emirats. Im Schnitt jeden Tag mindestens ein Polytrauma, 120.000 Patienten in der Notaufnahme jedes Jahr. Die Unfälle kommen etwa zu gleichen Teilen von Baustellen und dem Straßenverkehr, die Patienten sind ein demographisches Abbild von Dubai. 20 % Emirati, 80 % Ausländer. Wir leisten gute Arbeit, die Sterberate auf der Station ist, gemessen am Schweregrad der Verletzungen, relativ gering. Sogar im internationalen Vergleich liegen wir ganz vorne mit dabei. Etwa 60 Patienten pro Jahr schaffen es trotzdem nicht. Ein ständiges Kommen und Gehen und Sterben.

Wir sind gut, und das spricht sich herum. Seine Hoheit Sheikh Mohammed bin Rashid al Maktoum Herrscher von Dubai, Premierminister der Vereinigten Arabischen Emirate, gibt uns die Ehre seiner Anwesenheit. Sein Besuch ist bereits vor Tagen angekündigt, wurde vorher schon zweimal kurzfristig abgesagt. Alles muss blitzsauber sein, nichts Schmutziges, Ekelerregendes, Anstößiges darf den Eindruck des Herrschers beeinträchtigen. Keine Leibschüssel, keine blutigen Verbände, keine schlafenden Angehörigen im Warteraum, aufgeregt vergewissert sich die Direktion mehrmals, ob auch sicher alles bestens und zeitgerecht vorbereitet ist.

Zuerst die Bodyguards als Vorhut, dann Seine Hoheit mit Gefolge. Würdenträger, Entscheidungsträger, einige wenige Leistungsträger, alle drängen sie in seine Nähe. Ungefragt erklärt man ihm Geräte und Patienten, hastig, pausenlos und übereifrig. Die Informationen prasseln auf den Herrscher nieder, sind viel zu viel, viel zu schnell und viel zu spezifisch, sehr wahrscheinlich für Laien völlig unverständlich. Aber Würden-, Entscheidungs- und Leistungsträger, alle wollen glänzen.

Seine Hoheit schreitet nickend mit kritischem Blick von Bett zu Bett, der Sohn und Kronprinz neben ihm. Als Seine Hoheit vor einem Krankenbett innehält, streift die Robe des Herrschers kurz daran, und der Ärztliche Direktor, der dies wahrgenommen hat, bückt sich sogleich, wischt etwaigen, wenngleich unsichtbaren Schmutz mit der bloßen Hand ab und hält diese dann schützend zwischen Bett und hoheitlichem Gewand, auf dass so ein Missgeschick sich ja nicht wiederhole. Ich fange den verächtlichen Blick einer Kollegin auf, wir denken mit Sicherheit dasselbe.

Der Kronprinz schert aus der Gruppe aus, beginnt, sich mit dem Vater eines hirntoten Kleinkindes zu unterhalten. Das Kind, ungesichert auf dem Beifahrersitz sitzend, hat sich bei einem Auffahrunfall den Schädel am Armaturenbrett zertrümmert. Der Vater, der das Unfallauto lenkte, gibt nicht Gott, aber der Welt und im Besonderen natürlich uns die Schuld am aussichtslosen Zustand seines Kindes. Und der behandelnde Neurochirurg gießt noch Öl ins Feuer. Er macht uns überhaupt dauernd schlecht, eine Schwester hört, wie er zum Vater sagt, alle Christen, also wir, die Westler, gehörten aus dem Land gejagt.

Der Kronprinz will für das Kind etwas Gutes tun, und wir werden angewiesen, es keinesfalls zu verlegen, nicht bevor es ganz genesen ist. Zwei Monate leisten wir dieser, oberflächlich betrachtet, mildtätigen Anordnung Folge. Dann verlegen wir das Kind, für das intensivmedizinisch schon lange nichts mehr getan werden kann, stillschweigend woanders hin. Zwei Monate lang war damit ein Bett blockiert, zwei Monate lang wurden schwerkranke Patienten so um die Chance einer Intensivbehandlung gebracht.

Ganz anders verläuft einige Wochen danach der Besuch von Sheikh Mohammeds Zweitfrau, Ihrer Hoheit Prinzessin Haya, der Tochter des verstorbenen König Hussein von Jordanien. Sie kommt mit kleiner Entourage, nur wenige Sicherheitsleute, einige Fotografen sowie Mitglieder des Hofs, sie alle werden von der Führung des Krankenhauses und den üblichen Adabeis umschwirrt. Prinzessin Haya hat im Westen, in Oxford studiert und bewegt sich vertraut in beiden Kulturen. Im eleganten Sommerkostüm, nicht traditionell gekleidet, absolviert sie diesen Besuch.

Interessiert betritt sie den Patientenraum, in dem ich gerade beschäftigt bin, und reicht mir, sehr zum Erstaunen ihrer Begleiter, freundlich grüßend die Hand. Vom Anblick unserer schwerkranken Patienten sichtlich berührt, bietet sie ihre Unterstützung an, fragt, ob wir etwas brauchten. Wie sind gut ausgerüstet, und es mangelt nicht an Mitteln, so bitte ich sie nur, uns Zeit zu geben. Zeit könne sie selber gut gebrauchen, erwidert sie und lacht, gibt mir die Hand zum Abschied und muss schon weitereilen, zum nächsten Termin.

Wir betreiben die Station jetzt seit einem Jahr und haben mehr geschafft, als wir selbst und andere erwartet hätten. Alle gesetzten Ziele und Benchmarks wurden erreicht, die meisten sogar deutlich übertroffen. Zum Jahresjubiläum lasse ich einen kleinen Film produzieren. Er ist eine kurze Präsentation, die Einblick in unsere tägliche Arbeit und unser Umfeld geben soll. Als ich schon lange weg bin und in einem anderen Krankenhaus arbeite, taucht dieser Film im Internet auf. Unter »Rashid Hospital Trauma Center« hat ihn jemand auf YouTube gestellt.

Nicht nur in Dubai selbst konnten wir uns einen guten Ruf erarbeiten, auch die Gesundheitsminister von Deutschland und Kanada bekunden Interesse und Wertschätzung und statten uns einen Besuch ab. Wir weisen die besten Leistungsindikatoren auf, sind die Vorzeigestation des Hauses, man lobt uns, zeichnet uns aus, viele sonnen sich in unserem Erfolg.

Der kanadische Gesundheitsminister lässt sich aus erster Hand, von einem bei uns liegenden kanadischen Landsmann, über die Qualität der Versorgung berichten. Der Kanadier hat ein tragisches Schicksal erlitten, er ist auf seinem Rad von einem Lastwagen gerammt worden. Wirbelbrüche und eine bleibende komplette Lähmung vom Brustbereich abwärts sind die Folge. Der Minister hilft, ein Bett in Kanada und den Heimtransport zu organisieren. Der Patient lebt jetzt in Toronto, schreibt mir noch manchmal, wie er sein Leben im Rollstuhl trotz aller Schwierigkeiten meistert. Vom

Verursacher des Unfalls oder dessen Versicherung hat er bis jetzt noch keine Entschädigung erhalten, und er rechnet auch nicht mehr damit, aus einleuchtendem Grund. Der in dem Unfall ermittelnde Polizeibeamte ist gleichzeitig, und natürlich rein zufällig, Sponsor und Beteiligter des Transportunternehmens, dessen Fahrer den Unfall verursacht hat.

Wir arbeiten wie am Fließband, unsere Patienten sind einander alle irgendwie ähnlich, sie sind jung, ohne Vorerkrankungen, männlich, haben die Familien nicht in Dubai und sind arm, sehr arm. Einige sind aber anders, setzen sich fest im Kopf, und sind ziemlich schwer zu verdauen.

Eine junge Frau wird aufgenommen. Schweres Polytrauma nach einem Sprung in selbstmörderischer Absicht aus dem vierten Stock, sagt man uns. Sie ist Hausmädchen, Filipina, und sie ist schwanger. Das Kind kann durch einen Kaiserschnitt gerettet werden. Vater des Kindes ist der emiratische Hausherr, er hat das Mädchen vergewaltigt, sie wurde schwanger. Dass sie selbst gesprungen sei, ist eine Annahme. Das Mädchen überlebt mit schweren Dauerschäden. Vom Krankenhaus kommt sie direkt ins Gefängnis, unehelicher Beischlaf wird bestraft, möglicherweise wird ihr auch noch Verführung zum Beischlaf angehängt, der Mann das Opfer. Nach Absitzen ihrer Haftstrafe wird sie des Landes verwiesen werden. Das Kind, der Vater ist ja Emirati, darf nicht mit, kommt in ein Heim. Die Mutter wird es nie zu Gesicht bekommen.

November 2008, die jährliche Mitarbeiter-Beurteilung steht wieder an und bereitet mir zunehmendes Kopfzerbrechen. Im vorigen Jahr verursachte sie ein Chaos. Das aus der Industrie übernommene Beurteilungssystem ist nicht für einen Krankenhausbetrieb entwickelt worden, und daher ungeeignet und ungerecht. Vier verschiedene Kategorien, von »exzellent« bis »gerade noch geeignet«, existieren, und auf diese vier Kategorien müssen die Mitarbeiter verteilt werden, somit also siebzehn Ärzte, die gleichmäßig vier Gruppen zugeordnet werden sollen. Vier werden »exzellent« und froh sein, vier hingegen »gerade noch geeignet« und sehr enttäuscht.

Vielleicht funktioniert dieses System im Industriebereich, bei klaren Stückzahlen und messbarer Produktivität, aber für einen Spitalsbetrieb passt es nicht. Ich wollte kein Team von lauter Weltmeistern und habe nach anderen Gesichtspunkten ausgesucht. Männer, Frauen, Ehrgeizige und Phlegmatische, Schnelle und Bedächtige, Erfahrene und Lernende, das Team sollte mehr sein als die Summe der Einzelnen. Zwar sind nicht alle »exzellent«, aber keiner ist »gerade noch irgendwas«, es ist eine Gruppe, in der jeder sich entfalten kann. Dazu kommt, dass sie noch von oben nach unten gereiht werden müssen, von eins bis siebzehn, vom Primus bis zum Schlusslicht. Das zu tun widerstrebt mir, so wie allen anderen Abteilungsleitern auch. Einige haben sich im Jahr zuvor geweigert, nach diesem Prinzip zu reihen, und die Beurteilungen ohne Platzierung abgegeben. Daraufhin hat die Direktion gereiht, willkürlich, noch ungerechter, aber die Leiter haben sich den Zorn des Teams erspart.

Für dieses Jahr plane ich eine 360-Grad-Bewertung, einen Teamentscheid, um wenigstens möglichst objektiv zu sein: Eine Gruppe von Schwestern wird alle Ärzte reihen, die Ärzte sich selbst und schließlich alle ihre Kollegen. Der Durchschnittswert soll dann die endgültige Platzierung ergeben.

Als die Befragungsbogen zurückkommen, stellt sich, kaum überraschend, heraus, dass sich bis auf ein paar wenige Mitarbeiter alle selbst als die Nummer eins sehen. Niemand reiht Hassan unter die ersten Vier, keiner außer Hassan reiht Ajimsha schlechter als an zweiter Stelle.

Eine schwierige Situation, Hassan als Fünfter? Gerecht, aber er wird toben, und die Kollegen werden es zu spüren bekommen, besonders dann, wenn ich nicht da bin.

Ich bespreche mich mit denjenigen, die vor ihm gereiht sind, drei von ihnen packt die Angst, sie ziehen den Frieden einer guten Reihung vor. Ich reihe also Hassan als Zweiten, Nummer eins ist Ajimsha. Die Beurteilung geht hinaus, nun ist sie offiziell.

Lange Gesichter, Diskussionen, Vergleiche und viel »Ja-Aber!«, ein wenig Freude, mehr Enttäuschung, insgesamt aber viel weniger Unruhe als im Jahr davor.

Nur zwei richten offen ihren Groll gegen mich. Einer von ihnen ist der Syrer, den ich nur ungern ins Team genommen habe, Dr. Yasser Masri. Mit rotem Gesicht platzt er in mein Büro, setzt sich nicht, bleibt stehen, beschimpft mich von oben herab. Er sei schon am längsten da, er habe die meiste Berufserfahrung, er bilde sich am meisten fort, er sei die wahre Stütze der Station, und ich hätte ja überhaupt keine Ahnung und so weiter und so fort. Drei Minuten, dann ist er wieder draußen.

Und natürlich auch, wie erwartet, unzufrieden, aber in seiner Reaktion ganz anders – Hassan. Er lässt sich Zeit, kommt erst nach zwei Tagen, klopft nicht, setzt sich, grinst. Ich hätte einen großen Fehler gemacht, hätte Persönliches mit Faktischem vermischt, niemand, aber auch wirklich niemand hier könne ihm das Wasser reichen, schon gar nicht ich. Dann geht er und lässt die Türe offen.

Das Team beruhigt sich allmählich, akzeptiert, viele hoffen auf das nächste Jahr. Alles geht wieder seinen gewohnten Gang. Nur Hassan spricht nicht mehr mit mir, erwidert auch meinen Morgengruß nicht. Ich gewöhne mir an, ihn immer zweimal zu grüßen, etwas lauter das zweite Mal, trotzdem ernte ich beharrliches Schweigen.

Sein Schweigen bedeutet aber keineswegs, dass er nicht aktiv ist, ganz im Gegenteil. Er beginnt, herumzuerzählen, dass ich Rassist sei, dass ich die Araber benachteilige und die Inder bevorzuge. Seine Behauptung macht die Runde, ich werde in die Direktion zitiert, erkläre dort die Beurteilungen und zeige offen die Berechnungen. Die arabischen Kollegen liegen im Durschnitt sogar besser als die Inder. Man ist erstaunt und beeindruckt von Art und Durchführung der Beurteilung, hält sie für vorbildlich.

Ich berufe eine Teambesprechung ein, präsentiere und erkläre alles noch einmal. Alle sind da, nur Hassan nicht. Ich stelle ihn bei nächster Gelegenheit zur Rede, fordere ihn auf, das Intrigieren zu stoppen. Seine Unschuld beteuernd, gibt er vor, von nichts zu wissen. Welche Intrige, welches Gerücht? So ganz kann er sich aber dann doch nicht verstellen, irgendwie muss es aus ihm heraus. »If I stab you, you will not even notice it is me!«, »Wenn ich dich absteche, merkst du nicht einmal, dass ich es bin!« Das sind seine überhaupt letzten, höchst aufschlussreichen Worte, die Hassan jemals an mich richten sollte.

Ungefähr zur selben Zeit, es ist Mitte Januar 2009, wird ein pakistanischer Arbeiter eingeliefert. Er hat sich beim Sturz vom Stockbett das Genick gebrochen und ist vom Hals abwärts vollständig gelähmt, er kann Beine und Hände nicht bewegen. Die Verletzung des Halsmarks ist so hoch und schwer, dass er nicht einmal mehr selber atmen kann. Als er in die Notaufnahme eingeliefert wird, steht sein Herz still, und er muss reanimiert werden.

Die diensthabende Ärztin der Intensivstation, Dina, begleitet ihn von der Notaufnahme zu uns. Kaum dass er in der Intensivstation angekommen ist, er liegt noch nicht einmal in seinem Bett, erleidet er wieder einen Stillstand, wird neuerlich reanimiert, mit Erfolg. Dieser Herzstillstand wiederholt sich in den nächsten Tagen häufig.

Auf unser Ersuchen legt der Kardiologe schließlich einen temporären Schrittmacher, der zwar zahlreiche Stillstände verhindert, aber nach einigen Tagen wegen Infektionsgefahr wieder entfernt werden muss. Ein permanenter Schrittmacher wird vom Kardiologen wegen der hohen Kosten, die ihm für so einen hoffnungslosen Fall nicht gerechtfertigt erscheinen, abgelehnt. Es folgen immer wieder Reanimationen, manchmal mehrmals täglich. Der Patient isst, er trinkt, er wird durch eine Kanüle in der Luftröhre beatmet, sonst erhält er keine Therapie. Das geht wochenlang dahin, immer gleich, künstliche Beatmung, Reanimation, der neurologische Defekt ist permanent, eine Aussicht auf Besserung besteht nicht.

Zugleich herrscht schon seit Jahresbeginn Unruhe im Interhealth Canada Team. Der Vertrag, den Interhealth Canada mit der Dubai Health Authority hat, ist am Auslaufen. Niemand weiß, wie es weitergeht, die Chancen auf eine Verlängerung stehen schlecht, es heißt, die Dubai Health Authority wolle das Trauma Center in Zukunft selbst führen. Jeder schmiedet Plan B, bereitet sich vor für den Fall der Fälle.

Ich weiß von einem österreichischen Spitalsprojekt in Al Ain, im Emirat Abu Dhabi, eineinhalb Autostunden von Dubai. Die VAMED und die Medical University Vienna International betreiben dort ein Krankenhaus, ein großer Neubau ist geplant. Österreichische Betreiber, österreichische Gesellschaften, das klingt gut in meinen Ohren, verheißt Chancen auf eine zukünftige Karriere mit mehr Heimatbezug, ein erster Schritt zur Rückkehr. Ich melde mein Interesse an und nehme Verhandlungen auf.

Bei Interhealth Canada springen schon die ersten Leute ab, sie suchen und finden leicht andere Jobs, ihre frei werdenden Stellen bleiben unbesetzt. Die Aussichten auf Vertragsverlängerung schwinden weiter. Mitte Januar unterschreibe ich in Al Ain und kündige bei Interhealth. Nur meine engsten Vertrauten wissen davon, es öffentlich zu machen, könnte mir meine Aufgabe während der letzten drei Monate unnötig erschweren. In Al Ain ist der Neubau der Intensivstation schon im Gange, in Fragen der Detaillösungen werde ich bereits mit eingebunden, ein gleitender Ausstieg aus dem Trauma Center.

Der pakistanische Querschnittspatient ist bereits seit fünf Wochen bei uns. Sein Zustand ist weitgehend unverändert. Er erleidet wiederkehrende Herzstillstände, dazwischen ist er aber stabil. Es ist Donnerstag, das Wochenende, hier in den Emiraten Freitag und Samstag, steht vor der Tür. Die Intensivstation ist zum Bersten voll, frische Patienten werden kommen. Meine Mitarbeiter und ich gehen die Patientenliste durch. Der pakistanische Querschnittspatient ist am ehesten verlegungsfähig, er braucht nur Beatmung, gelegentlich Reanimation. Die gleiche Überwachung wie auf der Intensivstation, sogar eine Betreuung durch Intensivmediziner, ist auch auf der Intermediate-Care-Station gewährleistet. Wir beschließen, dass im Falle einer dringlichen Neuaufnahme er der Kandidat sei, der dorthin verlegt werden solle.

Aber es kommt nicht so weit, am Wochenende verstirbt der Patient. Sein Tod ist für niemanden überraschend, die meisten haben nicht erwartet, dass er es überhaupt so lange schafft.

Es gärt

Hassan und Yasser stecken neuerdings sehr viel zusammen, meist hinter verschlossener Tür in Hassans Büro, zwei verwandte Seelen haben sich gefunden. Ajimsha und Lathika bemerken es auch, sie haben ein feines Gespür, irgendetwas ist im Gange, und sicher nichts Gutes, sie warnen mich. Hassan und Yasser, eine beunruhigende Kombination. Yasser schleicht um mich herum, offensichtlich will er etwas von mir und wartet nur auf einen günstigen Moment.

Nach Tagen spricht er mich an, bittet mich in einer Art und Weise, die eigentlich mehr ein Fordern ist, eine Empfehlung für ihn zu schreiben. Eine Empfehlung für seine Beförderung vom Specialist zum Senior Specialist. Er ist Ende vierzig, viel Jüngere sind schon Seniors, mit seiner Beförderung hat es nie geklappt, er ist in der Diensthierarchie weit unten geblieben.

Einmal schon habe ich ihm helfen wollen, die Beförderung wurde aber von der Ärztlichen Direktion abgelehnt. Ich gehe jetzt ebenfalls auf seine Bitte ein, aber nicht aus Überzeugung und auch nicht in der Annahme, dass es viel bewirken wird, sondern damit ich Ruhe vor ihm habe. Ich versichere ihm, dass ich das erforderliche Schreiben verfassen werde, um seine Eignung zum Senior zu bestätigen.

Ich lasse mir mit dem Schreiben allerdings ein paar Tage Zeit und übergebe es Yasser dann persönlich. Ungeduldig nimmt er es entgegen, mir zu danken fällt ihm schwer. Und noch am selben Tag, es ist der 1. März, zehn Tage nachdem der gelähmte pakistanische Patient verstorben ist, schreibt er einen Brief an den Ärztlichen Direktor, in dem er mich beschuldigt, durch medizinische Fehlbehandlung und die Aufforderung zum Unterlassen von Hilfeleistung den Tod des Patienten herbeigeführt zu haben. Von diesem Brief sollte ich erst später erfahren.

Auf Yassers Schreiben hin ordnet jedenfalls der Ärztliche Direktor postwendend eine Untersuchung an, und er hat nicht einmal so viel Anstand, vorher mit mir zu sprechen oder mich wenigstens zu informieren. Der pakistanische Patient wird im Morbidity & Mortality Committee vorgestellt, was allerdings nicht ganz ungewöhnlich ist, da die meisten Todesfälle in diesem Komitee präsentiert werden. Sehr ungewöhnlich ist hingegen, dass Hassan den Fall vorstellt, er ist Co-Vorsitzender des Komitees, und er schreibt auch den Bericht.

Hassan bestätigt alle von Yasser in seinem Brief erhobenen Vorwürfe, nimmt Bezug auf Ethik und Recht, schreibt sogar von Mord und Totschlag. Er fordert eine Untersuchung auf höherer Ebene durch den Krankenhausträger, die Behörde, in diesem Fall die Dubai Health Authority.

Hassans Bericht ist vernichtend. Ich werde nicht informiert, nicht befragt, weder vom Ärztlichen Direktor noch vom Komitee, bekomme den Bericht erst später von einer Freundin zugespielt. Hassan versteht es, die richtigen Fäden zu ziehen, er weiß nur allzu gut, wie das System funktioniert, er hat entsprechendes Talent und viel Erfahrung, das Intrigieren liegt ihm einfach im Blut.

Im April 2009 verlasse ich das Trauma Center und beginne meinen neuen Job im Al Ain Hospital. Das Department für Anästhesie und Intensivmedizin, das ich hier leite, ist mit 120 Mitarbeitern ziemlich groß. Neuorganisation der Abteilung, die Intensivstation und OP-Räume werden neu gebaut – es gibt viel Arbeit, ich habe alle Hände voll zu tun.

Die Stadt Al Ain ist nicht Dubai, sie ist viel kleiner und sehr ruhig, sehr traditionell, sehr provinziell. Ein idealer Platz für Familien mit Kindern, gute Schulen und hohe Sicherheitsstandards. In Al Ain haben viele Sheikhs aus der Hauptstadt ihre Wurzeln, besitzen hier Paläste, ihre Familien leben hier. In Al Ain ist viel Geld und viel Macht zu Hause, nicht dass es ins Auge fiele, alles sehr diskret, Al Ain ist ein ruhiges Refugium der oberen Tausend, eineinhalb Autostunden von der Hauptstadt Abu Dhabi, und genauso weit von Dubai.

Meine Wohnung in Dubai aufgeben und nach Al Ain übersiedeln will ich jedoch nicht. Ich pendle lieber, stehe jeden Tag um halb sechs auf, fahre 150 Kilometer nach Al Ain und am Abend wieder zurück, 90 Minuten in der Früh, 90 Minuten am Abend. Ich komme kaum noch zu etwas anderem, nur noch schlafen, fahren, arbeiten.

Während der folgenden zwei Monate erreichen mich vermehrt besorgte Anrufe von Freunden aus dem Rashid Hospital. Die Dubai Health Authority hat eine Untersuchung eingeleitet, genau so wie es Hassan in seinem Bericht gefordert hat. Yasser sowie einige Krankenschwestern sind schon einvernommen worden. Ajimsha ist ziemlich nervös, weil auch er vorgeladen werden soll.

Die Untersuchungskommission besteht aus Dr. Ashraf El Houfi, zwei Anästhesisten und jemandem aus der Rechtsabteilung der Dubai Health Authority. Ashraf hat den Vorsitz inne, er ist mit der Leitung betraut, die anderen dürfen als Statisten agieren. Einer der Anästhesisten, ein Schwede, ist Kinderanästhesist im Al-Wasl-Kinderspital, auch in Dubai. Der zweite Anästhesist arbeitet so wie Ashraf im Dubai Hospital. Ashraf ist dort leitender Oberarzt der internen Intensivstation, und sein Chef ist Hussain Al Rahma, jener Al Rahma, der vom Rashid Hospital ins Dubai Hospital zwangsversetzt worden war. Jener Al Rahma, der wegen Interhealth und mir seine Zukunftspläne als großer Macher im Trauma Center begraben hatte müssen. Für Al Rahma ist Ashraf jetzt das, was ihm zuvor Hassan im Rashid Hospital gewesen war, seine rechte Hand und sein Stellvertreter, sein Scherge und Lakai. Ashraf ist ein guter Freund von Hassan.

Ich besuche im Internet die Website der Dubai Health Authority, wo alle Ärzte nach Fachgebieten gelistet sind. Ashraf scheint weder unter der Rubrik »Intensivmediziner« auf noch in der Liste der Internisten oder unter irgendeiner anderen Fachdisziplin, er findet sich in der Rubrik »Andere«. Ashraf ist praktischer Arzt, hat also keine intensivmedizinische Ausbildung absolviert, aber trotzdem leitet er eine Intensivstation. Dieser Umstand verrät einiges über seine Verbindungen.

Ajimsha wird vorgeladen und einvernommen, gleich danach ruft er mich an. Die Befragung erschien ihm sehr unangenehm und irritierend. Ashrafs Taktik war es zu verunsichern und suggestiv zu fragen, alle Fragen nur in eine Richtung weisend, in die meine. Die Untersuchung ist Ashrafs One-Man-Show, und Ashraf will mich kriegen.

Peter, der Verwaltungsdirektor des Trauma Center ruft mich an, er ist ein älterer Herr, Kanadier, seit einem Jahr erst angestellt bei Interhealth. Er hält Augen und Ohren offen, und er hat mitbekommen, dass Hassan und Yasser jene Schwestern, die als Zeugen vorgeladen werden, einschüchtern wollen und zu manipulieren versuchen. Außerdem weiß er, dass der Schwede aus dem Komitee für längere Zeit bei Hassan in seinem Büro auf der Intensivstation war, und dass Yasser sich damit brüstet, es mir schon noch zu zeigen.

Peter hat die Ärztliche Direktion schriftlich informiert und seine Bedenken darüber geäußert, dass eine objektive Untersuchung auf solche Weise nicht gewährleistet werden kann. Die Direktion hat nicht einmal darauf geantwortet und auch nich sonstwie darauf reagiert. Peter leitet seine diesbezügliche E-Mail-Korrespondenz an mich weiter.

Ashraf schließt die Untersuchung ab, ohne mich einvernommen zu haben, und verfasst einen Bericht, der für mich beschuldigend ist. Die Dubai Health Authority findet diesen Bericht unvollständig und fordert Ashraf auf, auch meine Stellungnahme einzuholen.

Mitte Juli werde ich von meinem Ärztlichen Direktor verständigt, dass ich mich im Dubai Hospital einfinden soll, das Untersuchungskomitee will mit mir reden. Sehr bezeichnend für Ashraf, dass er mir das nicht persönlich mitteilt, sondern es gleich an die große Glocke hängt. Ein Freund rät mir, einen Anwalt mitzunehmen, einen seiner Bekannten, einen Syrer, der ein Doktor der Rechte ist.

Der Anwalt begleitet mich zur Einvernahme, ein kleiner älterer Herr über sechzig, verschmitzt, quirlig, er hat etwas von einem Wiesel. Wir fahren gemeinsam hin. Der Treffpunkt ist in Ashrafs Büro. Die Kommission wartet schon. Die Kommission besteht aus Ashraf, dem Schweden und einem Angehörigen der Rechtsabteilung, der zweite Anästhesist ist zu dieser Zeit auf Urlaub, unterschreibt aber trotzdem später auch den Bericht.

Ich sehe Ashraf hier zum ersten Mal. Er ist kleiner als erwartet, untersetzt, dicklich. Er wirkt aufgeblasen, in mehr als einer Hinsicht. Seine Begrüßung ist gespielt freundlich, fast jovial, er trieft vor Selbstgefälligkeit.

Wir sitzen kaum, da poltert mein zuvor recht umgänglicher Anwalt auch schon völlig unerwartet los. Er werde alle hier verklagen, wegen Rufmords, wegen Verleumdung, auf zwei bis drei Millionen Dirhams, mindestens, wenn nicht mehr. Ich ersuche ihn, sich zu beruhigen und doch erst zuzuhören. Er beendet seine Attacke, aber trotzdem, es ist ein denkbar schlechter Anfang. Damals wusste ich noch nicht, dass dieser Mann gar kein Anwalt ist, kein Doktor der

Rechte, und auch niemals einer war, nur dass er Syrer ist, das dürfte stimmen. Dafür hat er einen einflussreichen Sponsor, einen mit Waasta, der es ihm ermöglicht, so zu agieren. Das Verhör verläuft in etwa so wie von Ajimsha beschrieben. Keine offenen Fragen, alle mit einer Unterstellung, alle mit einem Ziel. Mir gegenüber versucht Ashraf aber nicht zu drohen, er gibt sich eher kumpelhaft und verständnisvoll. Ja, natürlich hätte auch er Mitleid mit so einem Patienten gehabt, ja, natürlich hätte auch er das Leiden nicht unnötig verlängert, und selbstverständlich hätte auch er den Tod als Erlösung gesehen. Ashraf gestikuliert, spricht viel, spricht laut, alles im Brustton der Überzeugung. Mir wird klar, warum Ashraf werden konnte, was er ist. Er hat alle Voraussetzungen, in dieser Welt der Halbgebildeten erfolgreich zu sein, wo sie wetteifern, buhlen und rivalisieren, ohne wirklich kompetent zu sein, und wo dann derjenige Recht bekommt, der am dicksten aufträgt und am lautesten schreit.

Ich sage alles, was ich sagen will, alles, was ich glaube, anbringen zu müssen. Ich erwähne, dass was mir hier fälschlich vorgeworfen wird, nämlich die Therapiereduktion bei hoffnungslosen Patienten, im Rashid Hospital gang und gäbe ist. Und dass die Richtlinie, die dieses Vorgehen formal deckt, vom Ärztlichen Direktor unterschrieben, für jedermann abrufbar im Krankenhaus-Intranet steht. Hätte ich die Therapie wirklich reduzieren wollen, so hätte ich das anders, nämlich ganz offiziell, im Einklang mit dieser Richtlinie tun können. Ich erkläre und rechtfertige die Gabe von Morphium, die Form der maschinellen Beatmung und das Entfernen des zentralvenösen Zugangs.

Der Schwede nickt zustimmend, Ashraf grinst süffisant. Die ganze Angelegenheit dauert keine 40 Minuten.

Das Protokoll unterschreibe ich nicht, sondern ich bestehe darauf, meine Aussage selbst schriftlich einzubringen, sie per E-Mail zu senden. Ashraf drängt mich, er will morgen nach Hause, nach Ägypten auf Urlaub fliegen und den Bericht noch vorher abschließen. Ich schicke das E-Mail noch am selben Tag. Ashraf bedankt sich, schreibt, er sei froh über mein Erscheinen vor der Untersuchungskommission, weil jetzt die Sache viel klarer sei. Er klingt so, als wäre die Angelegenheit hiermit erledigt.

Wochen vergehen, an Ashraf und die Untersuchung denke ich kaum noch, ich habe viel Arbeit, und hauptsächlich die im Kopf. Morgen soll ich einen Vortrag halten, nicht lang, höchstens 30 Minuten, über Verwahrung und Verordnung von »high alert drugs«, konzentrierte Elektrolytlösungen, Opiate, Muskelrelaxantien, alles Medikamente, die rasch und stark wirken, die, falsch verabreicht, großen Schaden anrichten können. Ich sitze im Auto, schon auf der Fahrt nach Hause, von Al Ain nach Dubai, und überlege mir dabei, welche Powerpoint-Folien ich am Abend noch machen soll.

Aber ich werde keinen Vortrag halten, nicht am nächsten Tag, und auch nicht in den Tagen danach. Ich werde das Krankenhaus in den kommenden vier Monaten nicht einmal mehr betreten. Ein Anruf, die Nummer von Stefan, dem stellvertretenden Ärztlichen Direktor, erscheint am Display. Er ruft manchmal an um diese Zeit, ich am Heimweg, er noch im Büro, Zeit zum Plaudern. Er zögert, weiß offenbar nicht so recht, wie er es mir schonend beibringen soll, aber da war so ein Anruf aus Abu Dhabi, von der Lizenzierungsabteilung. Meine Lizenz sei mir entzogen worden, ab sofort dürfe ich nicht mehr arbeiten, wegen irgendeiner Sache in Dubai. Die Dubai Health Authority hat mir die Zulassung, als Arzt zu arbeiten, entzogen, hat Abu Dhabi über diesen Schritt informiert, nichts Schriftliches, nur ein Anruf unter Kollegen. Abu Dhabi schließt sich einfach Dubai an, ohne die Entscheidung zu hinterfragen. Ich bin mit sofortiger Wirkung, und natürlich ohne Bezüge, vom Dienst suspendiert. Das ist alles, keine weiteren Details.

Stefan meint, ich soll die Angelegenheit in Dubai regeln, Abu Dhabi kann da nichts machen und mischt sich auch nicht ein. Stefan tut es leid, er würde gerne, kann aber von sich aus gar nichts tun, es gibt nicht mehr dazu zu sagen. Ich werde mich darum kümmern, sofort, morgen, ich werde ihn auf dem Laufenden halten.

Die Nachricht trifft mich völlig unerwartet, ich muss mich erst ein wenig fangen. Die Untersuchung war im Juli, und jetzt haben wir Anfang Dezember, ich hatte der Ruhe nie ganz getraut, aber doch gehofft, die Angelegenheit sei längst erledigt.

Sofort am nächsten Morgen versuche ich, bei der Dubai Health Authority herauszufinden, was genau da mit meiner Lizenz los ist, aber die nächsten Wochen sind erfolglos und frustrierend. Überall das Gleiche, wo auch immer ich hingehe, die Personalstelle, die Rechtsabteilung, das Lizenzierungsdepartment, niemand in der Dubai Health Authority kann oder will mir Auskunft geben. Ich habe keinen Bescheid, keinen Untersuchungsbericht, keine Aktennummer, keinen Namen eines Sachbearbeiters. Ich habe keine Lizenz, das ist alles, was ich weiß. Niemand kann mir Genaues sagen, nur dass die Kommission mich für schuldig befunden hat.

Ich telefoniere, schreibe E-Mails, klopfe an zahllose Türen. Meistens werde ich abgewimmelt, einige wenige nehmen sich Zeit für mich, aber nur, bis sie von mir erfahren, worum es geht. Ich lasse nicht locker, bin hartnäckig, komme täglich wieder. Nichts, wochenlang nichts. Endlich dringe ich bis zum Leiter der Lizenzierungsabteilung vor. Dr. Ramadan, jung, freundlich, hilfsbereit, er ist selber Arzt. Es tut ihm leid, all das, viel mehr kann er mir nicht sagen, er handle nur auf Anordnung, habe seine Vorschriften, an die er sich zu halten habe. Aber ich könne natürlich gegen den Bescheid berufen und die Entscheidung anfechten, da gebe es klare Vorgehensweisen.

Ich habe aber keinen Bescheid, weiß nicht, wer, wo, wann, was entschieden hat, habe nur keine Lizenz. Ramadan verspricht zu helfen, mir die Information per E-Mail zukommen zu lassen. Ich bin erleichtert, ein Lichtblick, endlich. Ich warte drei Tage auf sein E-Mail, dann schreibe ich ihm. Ich rufe an, ich gehe zweimal unangemeldet hin, dann gebe ich auf. Dr. Ramadan ist für mich nicht mehr zu sprechen.

Ich informiere die Österreichische Botschaft und nehme mir einen Anwalt. Der Anwalt ist jung, ein Österreicher, die deutsche Kanzlei, in der er arbeitet, ist groß und renommiert. Einen vergleichbaren Fall hat er vorher noch nie gehabt, auch seine Kollegen nicht. Stundenlang sitzen wir beisammen, und ich erkläre mein Problem, erkläre ihm die Struktur der Dubai Health Authority und wer was zu sagen hat. Jede Stunde kostet, jede Stunde ist teuer, umgerechnet 300 Euro. Er weiß nicht so recht weiter und zieht zur Unterstützung einen emiratischen Berater hinzu. Eine gut vernetzte Kontaktperson, das ist recht üblich hier, die durch Beziehungen regelt, was sich im Amtsweg spießt, jemanden mit Waasta.

Der Kontaktmann ist ein älterer Herr, sehr gewichtiges Auftreten, sehr traditionell, sehr große und sehr goldene Uhr. Das Gesundheitswesen ist neu für ihn, Wirtschaft ist sein Hauptgebiet, so wie auch für den Anwalt. Wieder sitzen wir, und ich erkläre stundenlang. Jede Stunde kostet, diesmal doppelt, sie sind ja jetzt zu zweit. Der Kontaktmann zieht ein paar Fäden, besucht ein paar Leute, hört sich um, aber ohne Resultat.

Nach einigen Wochen verlässt der Anwalt die Kanzlei, er wird gegangen, und eine Kollegin übernimmt. Sie versteht schneller, erkennt rasch das Wesentliche, hat Ideen und bemüht sich sehr. Sie verfasst ein Statement der Verteidigung, es ist brillant. Nur, wem und wann und ob wir es überhaupt jemals übergeben werden, das wissen wir noch nicht.

Nachdem alle meine Bemühungen, bei der Dubai Health Authority Berufungsmöglichkeiten gegen den Lizenzentzug in Erfahrung zu bringen, nichts fruchten, bietet mir die Botschaft Unterstützung an. Konsul Dedic arrangiert einen Termin beim Director General der Dubai Health Authority, zu dem ich ihn begleite. Der Director General heißt Qadhi Al Murooshid und ist schlicht anzusprechen mit »Ihre Exzellenz«. Im Krankenhaus wird er kaum gesehen, man kennt ihn eher durch die Geschichten und Geschichtchen, die über ihn kursieren.

Eine erzählt davon, wie es kam, dass er Director General wurde. Sein Vater soll auf dem Sterbebett einem Sheikh das Versprechen abgerungen haben, seinem Sohn diese Position zu geben, und der Sheikh hat sein Wort gehalten. Bis dahin soll Al Murooshid mit Pferden zu tun gehabt haben, aber mit seiner Leibesfülle wohl eher nicht als Reiter. Vielleicht nur eine Fantasiegeschichte, zumindest aber ein netter Versuch, seine Karriere zu erklären, die durch seine Fähigkeiten nicht zu rechtfertigen ist. Sonst ist »Seine Exzellenz« bekannt für eher peinliche öffentliche Auftritte und seinen erfolglosen Kampf gegen sein Gewicht.

Der Konsul und ich erscheinen pünktlichst zum vereinbarten Termin, eine Sekretärin weist uns in den Warteraum. Ruhe und keine sichtbaren Aktivitäten in den umliegenden Büros. Wir warten. Nach zwanzig Minuten spaziere ich schon auf und ab, der Konsul übt sich in Geduld. Türen gehen auf und zu, und Leute hin und her, niemand nimmt Notiz von uns. Wir warten. Nach dreißig Minuten finde ich es genug der Demütigung für den Repräsentanten der Republik und meine Wenigkeit, der Konsul betrachtet es gleichmütig als Teil des üblichen Spiels.

Nach fast einer Stunde, vermutlich die als angemessen empfundene Zeit, um uns unsere Unwichtigkeit unmissverständlich vor Augen zu führen, ist »Seine Exzellenz« geneigt, uns zu empfangen. Außerdem noch anwesend sind Dr. Ramadan, der Leiter des Lizenzierungsdepartments, nicht gerade der hellste Stern am Himmel, wie sich später noch herausstellen wird, und derselbe Rechtsberater, der damals bei meiner Einvernahme durch Ashraf auch ein Mitglied der Kommission war. Ein farbloser Charakter, reglos, wortlos, dumpf.

Kurze allgemeine Begrüßung, mehr an den Konsul gerichtet, weniger bis kaum an mich, und belangloser Smalltalk über Austria. »Seine Exzellenz« der Generaldirektor verwendet dem Herrn Konsul gegenüber auch diese Anrede, und zwar auffallend oft, er scheint den Klang des Titels sehr zu genießen. Er erzählt über seinen letzten Besuch in Wien und wie wunderbar die Operation seiner Bandscheiben dort verlaufen ist. Er gibt sich schwer beeindruckt von all den modernen medizinischen Geräten im Wiener AKH. Kein Wort über die guten Ärzte oder die guten Schwestern, aber die vielen Knöpfchen und all die bunten Lichtlein haben es Seiner Exzellenz ziemlich angetan.

Irgendwann kommen wir dann doch auf den Grund unseres Besuchs zu sprechen. Der Konsul führt an, dass ich nie einen Untersuchungsbericht, nicht einmal eine schriftliche Mitteilung oder Begründung erhalten habe und deshalb gar nicht wisse, wie ich berufen könne.

Die Antwort kommt prompt, forsch und ist nicht diskutierbar. »Unsere Kommission hat auf schuldig entschieden, eine Berufung wird nicht gewährt.«

Ich schlage sogar noch vor, auf meine eigenen Kosten ein international anerkanntes Gremium wie die »European Society for Intensive Care«, das britische »Royal College for Anästhesiologists« oder die »American Society for Critical Care Medicine« den Fall untersuchen zu lassen. Aber dieser Vorschlag gefällt Seiner Exzellenz ganz und gar nicht, er verärgert ihn. Dubai habe selbst die besten Experten, und Rat aus dem Ausland hätten sie schon gar nicht nötig, überhaupt sollte ich dahin zurückgehen, wo ich herkäme, wenn ich den Experten hier nicht vertraue. Was für ein Pharisäer, seine banalen Bandscheiben ließ er sich natürlich in Österreich operieren, aber um über mein Schicksal zu entscheiden, da wären seine sogenannten Experten hier dann doch gut genug.

Die Atmosphäre ist jetzt deutlich weniger blumig als eingangs, und die Besprechung nähert sich rasch ihrem Ende. »Er kann ja probieren, beim Higher Committee zu berufen!«, meint Seine Exzellenz der Direktor abschließend zu Seiner Exzellenz dem Konsul, mit einem sarkastischen Unterton, der die Aussichtslosigkeit eines solchen Ansinnens verrät. Dann sind wir endlich draußen. Seine Exzellenz sollte sich noch wundern!

Eines ist nach diesem enttäuschenden Treffen klar: Bei der Dubai Health Authority renne ich gegen eine Wand an, hier noch etwas zu erreichen, brauche ich gar nicht weiter probieren.

Zwei Wochen nach diesem Treffen erhalte ich ein Schreiben vom Lizenzierungsdepartment, gezeichnet von Dr. Ramadan. Es besagt, ich hätte dem pakistanischen Patienten dadurch geschadet, dass ich angeordnet hätte, ihn nicht wiederzubeleben, obwohl ein solches Vorgehen durch keine Krankenhausrichtlinie gedeckt sei. Außerdem hätte ich dabei nicht die dazu in der Krankenhausrichtlinie vorgegebenen Schritte eingehalten.

Ich lese diesen Unsinn zweimal, dreimal, fünfmal. Kaum zu glauben. Die bestechende Logik des Dr. Ramadan.

Ich kann nur noch versuchen, über Abu Dhabi etwas zu erreichen, über die dortige Gesundheitsbehörde, denn die haben mich ja schließlich suspendiert. Das gleiche Spiel beginnt von vorne, Abklappern verschiedener Stellen, Durchfragen, langsam Einblick gewinnen in das Zusammenspiel der verschiedenen Abteilungen.

Schließlich lande ich beim Leiter der dortigen Lizenzierungsabteilung, Dr. Ali, dem Pendant zu Dr. Ramadan. Er ist ein kleiner Mann, war Offizier beim Militär, bevor er seine Zivillaufbahn im Gesundheitswesen antrat. Dr. Ali ist höflich, spricht leise, ein wenig unsicher, fast schüchtern, aber er will helfen, und er will sich die Sache genauer anschauen. Ich soll in einer Woche wiederkommen, er wird sehen, was sich machen lässt.

Nach nicht ganz einer Woche komme ich wieder, Dr. Ali hat schon einen Plan. Er möchte, dass seine Leute selbst den Fall beurteilen, er hat die entsprechenden Unterlagen von Dubai angefordert, sie sind aber noch nicht da, und er weiß nicht, wie lange das noch dauern wird. Er begleitet mich zur Tür, meint, die Sache werde sich schon aufklären, Inshallah, so Gott will.

Ein paar Tage vergehen, dann bestellt mich seine Sekretärin neuerlich zu ihm. Dr. Ali empfängt mich, wieder sehr höflich, wieder zuvorkommend. Die Dubai Health Authority hat die Unterlagen leider nicht geschickt, sie gibt sie nicht heraus, auch nicht den Untersuchungsbericht, nur das Ergebnis, nur den Schuldspruch ohne einen weiteren Kommentar. Dr. Ali tut es leid, er entschuldigt sich, aber ihm seien die Hände gebunden, er könne jetzt nichts mehr für mich tun, vielleicht solle ich es doch noch einmal in Dubai probieren, Allahhu akbar, Gott ist groß.

Wieder eine Hoffnung weniger, aber ich gebe nicht auf. Dubai ist für mich keine Option mehr, ich beschließe stattdessen, mich an die Bundesbehörde, das Gesundheitsministerium, zu wenden.

Jetzt habe ich schon Routine, ich rufe an, klopfe an Türen, spreche vor, hoffe, dass mir jemand zuhört. Eine Sachbearbeiterin nimmt sich Zeit, sie hat schon von ähnlichen Fällen gehört, sie weiß, dass es schwierig ist, aber sie schickt mich nicht weg. Sie ruft ihren Chef an, jemand Gewichtiger in der ministeriellen Hierarchie. Er ist nicht im Haus, bei einer Besprechung irgendwo in der Stadt, aber ich soll warten oder wiederkommen, so in zwei Stunden ungefähr.

Zwei Stunden später sitzen wir in seinem Büro, der Chef, die Sachbearbeiterin und ich, und wieder erzähle ich meine Geschichte. Sie hören aufmerksam zu, machen ein paar Telefonate, holen Information aus dem Computer ein, diskutieren miteinander, schütteln ungläubig den Kopf. Sie finden keinen Hinweis, keinen Aktenvermerk, keinen Eintrag in der Roten Liste. Sie finden nichts Amtliches, keinen Grund, warum es mir nicht erlaubt sein sollte, ganz normal zu arbeiten. Ich bin offiziell ein unbeschriebenes Blatt.

Das ist mir ein kleiner Trost, macht die Sache aber auch nicht einfacher. Wieder nichts, was beeinsprucht und wogegen angekämpft werden kann, wieder nichts Greifbares. Der Chef meint, es gäbe nur noch eine Möglichkeit, eine kleine Chance, aber eine mit erheblichem Risiko. Eine Berufung durch das »Higher Committee for Medical Liability«, das Bundesorgan, die allerhöchste Instanz in medico-legalen Fragen. Diese Möglichkeit steht im Gesetz, er zeigt es mir, das Bundesgesetz Nummer 10/2008, unterzeichnet von Sheikh Khalifa, dem Präsidenten der Landes. Er meint, es sei insofern riskant, als dass, wie auch immer das HCML entscheidet, das Urteil endgültig und unwiderrufbar ist, kein Einspruch mehr möglich, eben die höchste Instanz.

Dieses Risiko schreckt mich überhaupt nicht, scheint mir mehr als akzeptabel, ich sehe das Higher Committee als die einzige mir verbleibende Möglichkeit. Wir verabschieden uns, ich danke für die Hilfe und die gewidmete Zeit, sie wünschen mir viel Glück. Ich besorge mir den Gesetzestext, das Law 10/2008. Das Higher Committee kann laut Gesetz aber nur von Behörden oder Institutionen angerufen werden, nicht von Privatpersonen, also nicht von mir.

Das macht es schwierig, sehr schwierig sogar, aber nicht unmöglich, ich werde schon einen Weg finden. Ich ersuche neuerlich um einen Termin bei Dr. Ali, er ist wieder höflich und nett, aber vielleicht nicht mehr ganz so höflich und nett wie zuvor. Er hört mir zu, horcht beim Namen des Herrn aus dem Ministerium auf, und er überlegt. Er muss sich erst besprechen, will jetzt noch nichts sagen, aber ich werde bald von ihm hören.

Ich fahre von Abu Dhabi wieder heim nach Dubai, weiß in den nächsten Tagen nicht recht, was tun, ich kann nur warten und weiter hoffen. Drei Wochen vergehen, ich betreibe viel Sport, lese, denke nach, versuche erfolglos, mich abzulenken. Langsam beginnen alle die schlechten Erfahrungen, meinen Blickwinkel auf die Emirate zu verändern, langsam sticht das Negative für mich immer mehr hervor.

Durch die Wirtschaftskrise ist es mittlerweile in und um Dubai ein bisschen ruhiger geworden. Ruhiger geworden ist auch der Verkehr, die halbe Zeit nur noch für die gleiche Strecke, kein Vergleich zum letzten Jahr. Der Bau der Metro, von der Architektin Zaha Hadid geplant, ist ins Stocken geraten und sie wurde schlussendlich an Japaner verkauft. Kaum jemand spricht jetzt noch von der Stadt der meisten Kräne, weil sie mittlerweile ja auch, genau genommen, zur Stadt der meisten stillstehenden Kräne geworden ist, und das klingt nicht wirklich toll.

Im Rashid Hospital, so erzählen mir meine Freunde, fehlt das Geld sogar für einfache Verbrauchsartikel wie Venenkatheter und Verbandsmaterial.

Nicht Dr. Ali, sondern der Ärztliche Direktor aus meinem Krankenhaus ruft mich dann eines Tages an. Dr. Ali hat beim HCML (Higher Committee for Medical Liability) die Untersuchung meines Falles beantragt, und das HCML hat akzeptiert. Damit ist meine Suspendierung für die Dauer der Untersuchung aufgehoben, ich darf wieder arbeiten, ab heute, ab sofort. Wir haben jetzt Anfang April 2010, seit vier Monaten habe ich das nicht mehr getan, ich setze mich ins Auto und fahre aufgeregt und voller Freude zu meiner Arbeit nach Al Ain.

Das Krankenhaus steht kurz vor der Zertifizierung durch die »Joint Commission International«. Alle Vorbereitungen laufen auf Hochtouren. Fast täglich Vorträge und Schulungen, das Wissen der Belegschaft wird stichprobenartig überprüft, Schwachstellen werden ausgelotet und beseitigt. Ein Scheitern der Akkreditierung wäre gleichbedeutend mit dem Aus für die österreichische Betreibergruppe, das erfolgreiche Abschneiden eine Bestätigung, dass wir internationalen Standard zu bieten im Stande sind. Alle erdenklichen Arbeitsabläufe werden analysiert, organisiert, standardisiert, von der Medikamentenverordnung über Händedesinfektion bis zur fachgerechten Entsorgung von infektiösem Müll.

Der Druck ist groß, das Personal ist stark gefordert, manchmal überfordert, und die Patientenversorgung kommt dadurch oft zu kurz. An Patienten mangelt es trotzdem nicht, die Intensivstation ist meistens voll. Kollegen aus Wien kommen wochenweise, helfen mit und sind erstaunt über die medizinische Vielfalt unserer Fälle. Patienten, wie man sie zu Hause nur selten oder überhaupt nie sieht. Tetanus, Darmverschluss durch Wurmerkrankung, immer wieder Suizidversuche durch Pestizide, ein verzweifelter letzter Ausweg für die Ärmsten.

Ein Mädchen wird aufgenommen, das Erinnerungen an Dubai wachruft. Sie ist Indonesierin, Hausmädchen, kommt mit akutem Bauch, reichlich freie Luft und Flüssigkeit in der Computer-Tomographie. Sie wird notfallmäßig operiert, es finden sich mehrere Perforationen in Enddarm und Vagina. Ihr Zustand ist kritisch, reichlich spät erst ist sie in die Notaufnahme gekommen, sie wurde dort abgeliefert, abgegeben von ihrem emiratischen Hausherrn. Er hat sie missbraucht, mit einem länglichen Gegenstand grausam malträtiert, sie überlebt nur knapp. Wir sorgen dafür, dass sie nur von Schwestern und nicht von Pflegern betreut wird, dass nur Ärztinnen und keine Männer sie visitieren.

Wir vergrößern unser Team in der Intensivstation, rekrutieren durch Agenturen und auch recht zahlreich vom Rashid Hospital. Viele wollen weg von dort und möchten stattdessen zu uns. Nach und nach nehmen wir sie auf, einen nach dem anderen. Ein gutes Dutzend Schwestern, einige Ärzte, darunter Lathika, Dina, und später auch Ajimsha. Der Intensivstation im Rashid Hospital mangelt es unseretwegen schon an Personal. In der Verwaltung scherzen sie bereits, dass das Rashid Hospital mich deswegen verfluchen wird.

Seit mehr als sechs Wochen arbeite ich jetzt wieder und denke nicht mehr viel an mein Lizenzproblem. Das HCML hat sich der Sache angenommen, die Untersuchung ist im Gange, einige Schwestern und Yasser sind schon einvernommen. Jetzt, wo sich das Higher Committee der Sache angenommen hat, sehe ich keinen Grund mehr, mich viel zu sorgen, und auch keinen, um an einem positiven Ausgang zu zweifeln.

Jäh werde ich aus meiner Zuversicht gerissen. Ein Anruf mit unterdrückter Nummer, aus Dubai, die Al-Reefa-Polizeistation. Ich soll morgen zu ihnen kommen, zur Befragung über einen Todesfall im Rashid Hospital, meinen Reisepass müsse ich gleich mitbringen. Ein Arzt der Intensivstation im Rashid Hospital habe Anzeige erstattet, ein Dr. Yasser Masri, er behaupte, ich sei schuld am Tode eines Patienten.

Ich brauche einen Moment, um wieder einen klaren Kopf zu bekommen, der Anruf triff mich wie ein Keulenschlag. Wie kann Yasser eine Sache bei der Dubai-Polizei anzeigen, die bereits von einem Bundesorgan, dem Higher Committee, untersucht wird?

Irgendetwas läuft da völlig schief. Ich lasse alles liegen und stehen, fahre nach Dubai, direkt in die Kanzlei zu meiner deutschen Anwältin. Auch für sie kommt diese Entwicklung völlig unerwartet, ich falle jetzt unter das Strafrecht, und das ist leider nicht ihr Gebiet. Als Ausländerin darf sie mich bei der Polizei oder vor Gericht auch gar nicht vertreten, nur einheimische Anwälte, Emiratis, dürfen das.

Sie ruft einen solchen Anwalt an, einen, mit dem die Kanzlei oft zusammenarbeitet und gute Erfahrungen hat. Wir fahren gemeinsam hin. Sein Name ist Al Shamsi, das heißt übersetzt »Meine Sonne«. Wir werden ja sehen! Er hat eine imposante Kanzlei, in bester Lage, groß, lässt zumindest viel Geld, mitunter auch Geschick vermuten. Er gibt sich optimistisch, das Ganze sei ja lächerlich, so etwas habe er noch nie gehört, nicht in seinen Jahren als Staatsanwalt, und auch nicht später als Anwalt, in all den Jahren danach. Er verspricht, mich morgen zur Polizei zu begleiten, Treffpunkt bei der Al-Reefa-Polizeistation, um 14 Uhr. Ich solle mir keine Sorgen machen, er kriege das schon hin.

Ich bin etwas beruhigt, schlafe dennoch spät und schlecht. Um halb zwei stehe ich vor der Polizeistation und warte, meinen Pass habe ich, wie verlangt, dabei. Es wird zwei, von Al Shamsi keine Spur. Ich rufe an, er hebt nicht ab, ich warte. Ich rufe alle zwei Minuten an, irgendwann schaltet er das Handy aus. Ich rufe die Anwältin an, sie kann mir nicht helfen, nicht hier bei der Polizei, nicht mit Al Shamsi, auch sie erreicht ihn nicht. Es ist halb drei, länger kann ich nicht mehr warten, so gehe ich eben ohne ihn.

Die Polizeistation ist groß, das Verhör findet im zweiten Stock statt. Viel Personal, überall Uniformierte, auf den Gängen, hinter Glaswänden in ihren Büros, es wird getippt, geschrieben, Tee getrunken, herumgestanden, nirgends wird gelacht. Mit Ketten an Händen und Füßen gefesselte Männer und Frauen werden vorgeführt oder sitzen wartend auf Bänken in Vorzimmern. Mir wäre jetzt leichter, wenn Al Shamsi hier wäre.

Ich finde endlich das richtige Zimmer mit dem richtigen Beamten. Er steht zum Grüßen nicht auf, atmet schon im Sitzen schwer, leidet sichtlich unter seinem Gewicht. Er verlangt sofort meinen Pass, nimmt ihn an sich und sperrt ihn gleich im Schreibtisch weg. Dann erklärt er kurz, worum es geht, wessen ich beschuldigt bin. Sein Englisch ist schlecht, Wörter wie Querschnittslähmung, Kreislaufstillstand und Reanimation wollen ihm im ersten Anlauf einfach nicht gelingen.

Er stellt simple Fragen und unterstellt mir böse Absichten, dabei schaut er die ganze Zeit nicht auf, ist voll und ganz auf seine Unterlagen fixiert. Morphium findet er sowieso schlecht und hält es auch für falsch, dass ich es gegeben habe. Morphium ist gefährlich, er als Polizist weiß da Bescheid, er hat da seine Erfahrungen.

Ich versuche zu erklären, vereinfache mein Englisch und den Inhalt des Gesagten, er aber ist unbeirrbar in dem, was er gut für den Patienten hält. Für ihn heißt das: kein Morphium und viel Sauerstoff, er hat sich seine Meinung schon gebildet.

Abschließend hält er mir sein Verhörprotokoll zum Unterschreiben hin. Natürlich alles in Arabisch, handschriftlich niedergelegt, ich sage, ich unterschreibe nicht, ich kann ja nicht einmal lesen, was da steht, er tut, als hätte er nicht recht gehört.

Ein zweiter Polizist wird zugezogen, sein Englisch ist besser, er versichert, dass hier genau das steht, was gesprochen wurde. Das sagt er, obwohl er selber gar nicht dabei war. Einen Dolmetscher hätten sie hier nicht, und sie könnten auch keinen kommen lassen.

Ich unterschreibe und verfluche Al Shamsi.

Am Abend ruft Al Shamsi mich an, gut gelaunt und sehr beschwichtigend. Ihm sei etwas Wichtiges dazwischengekommen, er sei leider unabkömmlich gewesen. Morgen wird er zusammen mit mir hingehen, wird dann das Protokoll ganz gründlich prüfen. Alles überhaupt kein Problem, er kennt dort alle, sie sind seine Freunde.

Am nächsten Tag erscheint Al Shamsi pünktlich, begrüßt auf dem Weg zum Verhörbüro ausgiebig alle seine uniformierten Freunde. Das Protokoll entspricht mehr oder weniger dem, was ich gesagt habe, auch Al Shamsi scheint erleichtert zu sein.

Im Spital erzähle ich nur ein paar guten Freunden vom Verhör bei der Polizei und von der Abnahme meines Passes. Ich will diese Angelegenheit so gut wie möglich von der Arbeit getrennt halten. Im Job muss ich funktionieren, ich will mein Problem nicht in das Krankenhaus tragen, um Gerüchten keine Nahrung zu geben und der Direktion keinen Grund, mich wieder zu suspendieren.

Lathika und Dina wissen natürlich Bescheid, sie kennen meine Geschichte von Anfang an, sie haben mich damals schon, noch bevor es losging, vor Hassan und Yasser gewarnt. Ajimsha wird bald zu unserem Team stoßen, ist aber jetzt noch am Rashid Hospital. Er ist sozusagen mein Auge und Ohr hinter den feindlichen Linien.

Ich fahre jeden Tag um sechs Uhr früh nach Al Ain, arbeite bis so vier, halb fünf, dann geht's wieder zurück nach Dubai. In Dubai, auf dem Weg zur Wohnung, Zwischenstopp im Fitness Club zum Training und um Freunde zu treffen, oder Zwischenstopp am Strand, schwimmen und alleine nachdenken, einmal so, einmal so, je nachdem. Danach Abendessen und bald ins Bett. Die Arbeit und mein Fall lassen mir keinen Raum für Zerstreuung. Kein Ausgehen, kein Kino, keine Einladung zum Essen, ich beginne, mich abzusondern, und lebe immer mehr in meiner selbstgewählten Isolation. Schon das Klingeln des Telefons oder eine neue E-Mail in der In-Box reichen, und mein Puls wird schneller, weil fast jede Neuigkeit eine unerfreuliche ist. Ich bin konditioniert wie ein Pawlow'scher Hund.

Ein Arzt aus meinem Team erzählt mir von einem Kongress-Besuch in Dubai. Ashraf, Hassans aufgeblasener Freund, hat ihn dort angesprochen und wollte wissen, wie es mir so geht und ob ich zur Zeit wohl recht mitgenommen aussehe. Lachend habe er noch gemeint, sie würden mich nicht so einfach davonkommen lassen, sie würden mich schon noch kriegen.

Die Freitage verbringe ich nach wie vor oft mit Sadik, seiner Familie und seinen Freunden in der Villa in Umm Al Queimm, aber die Treffen werden allmählich seltener. Es ist eine sehr ehrenwerte Familie, und ich will sie mit meinen Besuchen nicht belasten, solange mein Name nicht wieder reingewaschen ist. Ich kenne sie nun schon seit Jahren, werde von ihnen Bruder genannt und auch so behandelt. Sie helfen, wo sie können, benützen ihre Beziehungen, so gut es geht. Wir fahren auch oft aufs Meer hinaus zum Fischen und kommen meist mit reicher Beute zurück. Sie kennen ihre Gewässer ziemlich gut, die Wüstensöhne als Seeleute. Der Großteil des Fangs wird nach der Reinigung eingefroren und dann an die Armen verschenkt, so wie die Datteln aus Sadiks Hainen, die er nur betreibt, um Datteln zum Verschenken zu haben. Er gibt sehr viel, und er gibt gern. Er sagt, so verlangt es der Koran.

Abends, wenn es nicht allzu heiß ist, laufen wir oft am Strand entlang. Einmal gelangen wir dabei in eine Gegend abseits der besiedelten Gebiete, Sadik will mir dort etwas zeigen. In einer Bucht stehen ein paar Autos. Aus Kleinbussen und von Pick-ups wird Alkohol verkauft. Gin, Whisky, Wein, alles sehr billig, und die Auswahl ist groß. Jeden Freitag wird hier feilgeboten, an jeden, auch an Muslime, niemand fragt nach einer Alkohollizenz. Auf dem Strand liegen Dutzende Inder, Pakistani, Araber, alle schwer betrunken, keiner kann sich mehr auf den Beinen halten. Es wird gesoffen, gegrölt und erbrochen. Jede Woche das Gleiche, seit Jahrzehnten, illegal, aber stillschweigend toleriert. Ein abstoßender Anblick. Ein halbverwester Delfin, angespült am Strand, fügt sich harmonisch in dieses beklemmende Bild.

Die Polizei in Dubai und das »Higher Committee«, das HCML, ermitteln und untersuchen inzwischen parallel. Das HCML bestellt einen Unterausschuss, um meinen Fall zu prüfen. Die Mitglieder sind, soweit herauszufinden war, Ärzte und Juristen, eine Gruppe von etwa sechs. Den Vorsitz in dieser Gruppe bekleidet ein gewisser Dr. Numairy, ein plastischer Chirurg. Auch er hat einmal, aber schon vor meiner Zeit, im Rashid Hospital gearbeitet, jetzt betreibt er seine eigene Privatklinik.

Plastische Chirurgie boomt in den Emiraten, ästhetische Korrekturen sind im Trend und ein blühendes Geschäft. Nicht nur Frauen, auch junge Mädchen und Männer helfen der Natur vermehrt mit dem Messer nach. Ein neues Näschen, oder dort und da etwas weniger oder ein bisschen mehr, es ist gesellschaftlich akzeptabel, in manchen Kreisen schon fast ein Muss.

Numairy ist ein Local, ein Emirati, genauer gesagt ein Neo-Emirati, ein Eingebürgerter. Ich kenne ihn flüchtig vom Sehen, in seiner Funktion als Präsident der »Emirates Medical Association«. Ursprünglich ist er Iraker, ein Schiit, nicht unbedingt die allerbeste Voraussetzung für eine Karriere in den sunnitischen Emiraten, trotzdem aber hat er Erfolg. Dabei hilft ihm neben seinem Können auch vielleicht sein Auftreten, weil er sich durchzusetzen weiß, er hat das bei Veranstaltungen der Medical Association oftmals bewiesen.

Er ruft mich an, um mir mitzuteilen, dass der Ausschuss die Arbeit aufgenommen hat, und er verspricht eine faire und professionelle Untersuchung. Ich habe noch andere Kontakte zum HCML und bekomme auch Informationen aus anderen Quellen. Auf diesem Weg erfahre ich, dass ein wichtiger Mann, der Präsident des HCML, von der medizinischen Fakultät Al Ain ist. Er ist Kinderarzt, auch ein eingebürgerter Emirati, er hat seine Familie und gute Beziehungen in Dubai. Gute Beziehungen zu Leuten, die wiederum gute Beziehungen zur Dubai Health Authority haben. Das klingt nicht gut, gar nicht gut. Er heißt Youssef und noch irgendwie. Einer meiner Freunde kennt ihn, er ruft Youssef an, um die Lage so sondieren. Youssef weiß über meinen Fall, weiß sogar mehr, als er nur durch die Unterlagen wissen kann. An seinen guten Kontakten zur Dubai Health Authority ist also etwas dran. Es klingt durch, dass er mir, gelinde gesagt, nicht besonders gut gesonnen ist. Kein Problem, solange er nur fair bleibt, aber besonders ermutigend ist dieser Umstand nicht.

Der Ausschuss arbeitet sehr langsam, muss immer wieder an die HCML-Hauptversammlung berichten, die Hauptversammlung tagt aber nur alle sechs Wochen, Youssef, der Kinderarzt, sitzt ihr vor. Ich rufe Numairy an und bitte ihn, die Untersuchung zügig anzugehen. Er weiß von meiner Situation, von den polizeilichen Ermittlungen und der Passabnahme. Youssef plant ein Jahr Auszeit, ein Sabbatical, ein ganzes Jahr für sich privat. Er legt alle Ämter zurück, zum Glück auch das beim HCML. Ein Chirurg aus Sharjah folgt ihm in dieser Funktion nach, der Sohn eines Sheikhs, des Herrschers von Umm Al Queimm.

Numairy meint, es wird jetzt schneller gehen. Aber es kommt der Sommer, und es kommt der Ramadan. Nichts geht schnell im Sommer und im Ramadan, erfahrungsgemäß sind das Monate des Stillstands.

Zügiger verlaufen da schon die Ermittlungen durch die Polizei. Schwestern, Pfleger und Ärzte werden einvernommen, unter ihnen auch Dr. Obeid. Obeid ist Inder, er ist jener Arzt, der in der Nacht Dienst hatte, als der Patient verstarb. Obeid belastete mich von Anfang an, schon in der Untersuchung durch die Dubai Health Authority. Bei der Befragung durch Ashraf gibt er zu Protokoll, dass meine Anordnungen falsch gewesen sind und dem Patienten geschadet haben. Niemand fragt ihn, warum er dann diesen vermeintlich falschen Anordnungen Folge geleistet hat, warum er sie nicht korrigiert oder ignoriert hat, an jenem Wochenende, an dem er verantwortlich für den Patienten war. Niemand fragt ihn das, nicht Ashraf, nicht die Polizei.

Obeid gibt unterschiedliche Statements, sagt mehrmals anders aus, bei Ashraf, bei der Polizei und zweimal später dann beim Staatsanwalt. Vier verschiedene Versionen, und eine weitere dann einige Monate später schriftlich vor Gericht. Obeid tut brav, was man ihm sagt, er ist ein unterwürfiger Diener seines jeweiligen Herrn. Das war er auch unter mir. Sein ständiges zustimmendes Nicken, immer vorauseilend, schon bevor ich beenden kann, was ich sagen will. Obeid schenkte mir zu jener Zeit manchmal indische Naschereien, Mitbringsel von seinen Heimurlauben, aber auch zwischendurch. Stark aromatisierte Süßigkeiten, oft mit silberner Glasur, wie mit Metall überzogen, und immer in Kartons, die auf eine feuchte, lange Lagerung schließen ließen. Einmal überreicht er mir ein Parfum, ein ganz spezielles, wie er sagt, extra ausgesucht von seiner Frau und als Geschenk gedacht für die meine. Ich erkläre, dass ich das nicht annehmen kann, und lehne die Aufmerksamkeit ab. Das ist unhöflich, und er ist sichtlich enttäuscht, aber was zu viel ist, ist zu viel. Er geht und nimmt sein Parfum wieder mit, auch die Süßigkeiten bleiben fortan aus.

Obeid ist kein schlechter Arzt, eher einer der besseren hier. Er hat fast zwei Jahrzehnte Erfahrung in Intensivmedizin und eine ebenso lange Erfahrung mit diesem Land. Alles, was er will, ist beruflich überleben, nirgends anecken, seine Familie erhalten. Frau und Kinder leben schon in Kanada, er plant, ihnen irgendwann zu folgen, aber noch darf er dort nicht arbeiten. Er will seinen Kindern eine gute Ausbildung ermöglichen, und die gibt es nicht in den Emiraten. Deswegen Kanada, aber Kanada ist teuer, und Obeid kann es sich nicht leisten, seinen Job zu verlieren, genauso wenig wie die meisten hier.

Dass Obeid seinen Job unbedingt braucht, das weiß auch Hassan, und Hassan ist jetzt sein Chef, er leitet die Intensivstation, seitdem ich weg bin. Hassan ist sehr gerne Chef, und Hassan kommentiert gerne meinen Fall, während der Visite, in der Pause, zum Kaffee, und immer gerne öffentlich. Obeid ist Obeid, er nickt, und er stimmt zu, ist immer Hassans Meinung, besonders vor seinen Einvernahmen bei Ashraf und der Polizei. Dazu besprechen sich die beiden auch immer lange in Hassans Büro.

Viel von dem, was da so vor sich geht, erfahre ich von meinem alten Team, Ärzten und Schwestern, meinen Augen und Ohren in meiner früheren, jetzt leider Hassans Station. Hassan beobachtet und lenkt, passt sein Vorgehen an, je nach der aktuellen Entwicklung in meinem Fall. Obeid wiederum passt seine Aussagen Hassan an, er ändert sie, fügt hinzu, er dreht sich so lange, bis er sich widerspricht. Hassan bleibt wie immer geschickt im Hintergrund und tritt nach außen hin kaum in Erscheinung. Die Ermittlungen werden langsam heiß, viel heißer, als zu Beginn zu erwarten oder vorherzusehen war. Sie entwickeln eine Eigendynamik, weg vom medizinischen Bereich.

Hassan wird nervös, er selbst hat mehrfach genau das getan, was er in seinem Bericht über mich Mord und Totschlag nennt. Er hat angewiesen, Patienten nicht mehr wiederzubeleben, sogar noch nachdem die Krankenhausleitung die entsprechende Richtlinie für null und nichtig erklärt hatte. Seine Anweisungen erfolgten schriftlich, und er weiß, dass ich davon Kopien habe. Hassan gefällt es plötzlich nicht mehr in Dubai, er spricht davon, fortzugehen, weg von Dubai und den Emiraten. Überraschend geht er nach Australien. Hassan Fouad Kamaliddin gibt seine gutbezahlte Leiterposition in Dubai auf und tritt laut seinem Facebook-Profil einen Job in Armidale an, einer Kleinstadt in New South Wales.

Die Polizei schließt nach einer Weile ihre Ermittlungen ab und übergibt den Akt an die Staatsanwaltschaft. Es dreht sich jetzt nicht mehr um ärztliche Fehlleistung, Kunstfehler oder ein Unglück. Die Polizei geht von einem Tötungsdelikt aus. Hassan ist mittlerweile weit weg.

Seit er damals mit mir bei der Polizeistation war, um das Vernehmungsprotokoll zu überprüfen, habe ich meinen Anwalt, Al Shamsi, nicht mehr gesehen. Wir telefonieren ein paarmal, aber nicht oft und nur kurz. Vielleicht gibt es ja auch in dieser Phase für einen Anwalt nichts zu tun. Die Fragen, die er mir im Gespräch manchmal stellt, sind irritierend. Wer, was, wann getan, gesagt, geschrieben hat, er fragt immer wieder die einfachsten Details, hat falsche Vorstellungen von den Zusammenhängen, verwechselt Ereignisse und Orte. Das fördert nicht unbedingt mein Vertrauen in ihn, leise Zweifel kommen auf. Eines Tages ruft er mich an, um mir mitzuteilen, welcher Staatsanwalt meinen Fall bearbeiten wird. Er kennt ihn, ein junger Mann mit noch wenig Erfahrung, das kann gut sein oder aber schlecht, wir werden sehen. Inshallah.

Der junge Mann heißt Youssef, er ist assistierender Staatsanwalt. Er beginnt mit den Vernehmungen, beruft Ärzte und Schwester ein. Er arbeitet sehr langsam, ein Verhör alle paar Wochen. Yasser wird gleich zu Beginn vorgeladen, er hat die Sache angezeigt und ins Rollen gebracht. Danach Ashraf, als Repräsentant der Dubai Health Authority. Nach Ashraf kommt Dr. Obeid, der zuständige Arzt, der Dienst hatte, als der Patient verstarb. Obeid wird zweimal vorgeladen, sagt zweimal aus, beantwortet viele Fragen, und manche beim zweiten Mal anders.

Der diensthabende Pfleger für diesen Patienten in jener Nacht war Amin, auch er wird einvernommen, auch ihm werden viele Fragen gestellt, manche beantwortet er anders als Obeid. Youssef ist hartnäckig, er bohrt und bohrt, ist nicht zufrieden mit dem, was Amin ihm erzählt. Amin dementiert, dass meine Anordnungen dem Patienten geschadet haben, er dementiert, dass ich angewiesen hätte, ihn im Falle eines neuerlichen Herzstillstandes nicht mehr zu reanimieren. Er widerspricht Youssefs Unterstellung, mich nur deswegen nicht zu belasten und mir damit zu helfen, weil wir beide Christen sind. Amin stellt fest, er sage nur wahrheitsgetreu, was sich in jener Nacht zugetragen hat. Umgekehrt hat Youssef Ashraf oder Yasser nie gefragt, ob sie mich deswegen beschuldigen, weil ich kein Muslim bin wie sie.

Es vergehen Wochen und Monate, Staatsanwalt Youssef arbeitet nach wie vor sehr langsam, Al Shamsi hält ihn für schlichtweg faul. Er vereinbart für uns beide einen Termin, um mit Youssef zu reden und den Stand der Ermittlungen sowie einen Zeitplan zu erfragen, so gut es eben geht.

Ich warte auf Al Shamsi, am vereinbarten Ort, zur vereinbarten Zeit, in Dubai Prosecution um 14 Uhr. Al Shamsi kommt spät, viel zu spät, Youssef ist jetzt beschäftigt, hat keine Zeit, vielleicht aber sagt er das auch nur so. Wir warten. Al Shamsi kennt die Räumlichkeiten, kennt die Leute, die hier arbeiten, seine ehemaligen Kollegen, er fühlt sich sichtlich wohl, grüßt, wird gegrüßt, mit einigen plaudert er. Es dauert, aber dann empfängt uns Youssef.

Al Shamsi ist gut gelaunt, fast überschwänglich, und er gibt sich jovial. Er, der alte Fuchs, begrüßt den Junior, der erfahrene ehemalige Staatsanwalt den jungen Spund. Das kommt nicht gut an bei Youssef, er bleibt distanziert und abweisend kühl. Al Shamsi macht es sich auf dem Sofa bequem, will mehr über den Stand der Dinge wissen, fragt auch nach meinem Pass. Youssef taut einfach nicht auf, bleibt verschlossen, er will und kann vielleicht nichts sagen. Die Akte ist derzeit nicht bei ihm, wurde zur Begutachtung weitergeleitet an einen Vorgesetzten, an Staatsanwalt Zarounie, seinen unmittelbaren Chef. Er kann nicht sagen, wie lange das dauern wird, und es ist nicht absehbar, wie und wann es weitergeht.

Wochenlang höre ich dann nichts mehr von meinem Anwalt, er scheint sehr beschäftigt zu sein, hat keine Zeit, meine Anrufe entgegenzunehmen oder auf E-Mails zu antworten. Manchmal spreche ich mit seinem Sekretär.

Wir haben nun Dezember 2010, seit mehr als einem halben Jahr habe ich keinen Pass. In den Emiraten kann ich mich frei bewegen, für etwaige Kontrollen habe ich eine polizeiliche Bestätigung, dass mir der Pass entzogen ist.

Eines Abends ruft Dr. Numairy vom Higher Committee an, es ist schon spät, ich bin kurz vor dem Zubettgehen. Er ist aufgeregt, er freut sich, mir eine gute Nachricht überbringen zu können. Der Untersuchungsbericht ist fertig, er wurde am heutigen Tag in der Versammlung angenommen und signiert. Ich bin in allen Punkten entlastet, eindeutig unschuldig, nicht nur im Zweifel, jetzt ist es amtlich, seit heute Abend offiziell. Er wünscht mir eine gute Nacht und frohe Weihnachten, zweifellos daheim bei der Familie.

An Schlaf ist jetzt nicht zu denken. Ich rufe meine Frau an, sage ihr, ein gutes Ende sei nur noch eine Frage der Zeit, sie und meine Söhne sind erleichtert, wir freuen uns schon auf gemeinsame Weihnachten. Danach rufe ich ein paar Freunde an, daheim in Österreich und hier in den Emiraten, alle jene, die mit mir schon seit Monaten bangen. Ich schlafe erst sehr spät, aber tief und fest, zum ersten Mal seit langer Zeit.

Ich warte ein paar Tage, dann erkundige ich mich beim Lizenzierungsdepartment in Abu Dhabi, bei Dr. Alis Sekretärin, ob sie den Bericht vom HCML schon bekommen haben. Ich erzähle ihr, dass die Untersuchung zu meinen Gunsten abgeschlossen ist und die Sache bald zu einem Ende kommen wird. Sie kennt mich, wir haben schon oft miteinander telefoniert, und ich war auch schon mehrmals dort bei ihr. Sie ist hilfsbereit, und sie bemüht sich, von einem Bericht weiß sie jedoch nichts, wird sich aber bei ihren Kolleginnen erkundigen, und auch bei Dr. Ali. Am nächsten Tag probiere ich es wieder, nein, leider kein Bericht, weder in der Posteinlaufstelle noch bei ihr, noch sonst wo in der Abu Dhabi Health Authority. Sie hat überall gründlich nachgefragt, aber sie wird mich gleich verständigen, sollte doch noch etwas kommen.

Ich warte eine Woche oder länger, sie ruft nicht an. Ich fahre nach Abu Dhabi, will mich persönlich vergewissern, und klopfe unangemeldet bei ihr an. Sie führt mehrere Telefonate, fragt dort und da, aber nirgends ein Bericht. Ich rufe Dr. Numairy an, er hebt ab, ist kurz angebunden, weil er im Ausland ist, für drei Wochen, er kommt erst im Januar wieder zurück. Auch er weiß nicht, wo der Bericht sein könnte, er sollte schon längst übermittelt worden sein.

Weihnachten verbringe ich in Dubai, habe keine Lust, hier zu feiern, ich feiere Weihnachten mit meiner Familie übers Telefon. Zu Hause sind sie traurig und besorgt, aber weniger als vor ein paar Wochen, damals hatte ich ja noch keinen Bericht, damals war meine Unschuld noch nicht bewiesen.

Mitte Januar kommt Numairy zurück, die Verzögerung mit meinem Bericht ist ihm peinlich, er kann sie sich nicht erklären. Von der Lizenzierungsstelle in Abu Dhabi ist der Antrag auf die Untersuchung gekommen, an sie sollte der Bericht gehen, und müsste auch schon längst dort eingetroffen sein. Er verspricht, mir eine Kopie zu geben, in seinem Büro, in seiner Klinik. Ich warte auf ihn an der Rezeption, die Dame dort weiß von meinem Termin, sie bittet um Geduld, Dr. Numairy wurde aufgehalten, er kommt später, ist aber schon auf dem Weg. Es macht mir nichts aus zu warten, in Dubai verspätet sich fast jeder, die Schuld gibt man dann immer dem Verkehr.

In der Rezeption hängen nebeneinander drei große Porträts, von Sheikh Khalifa, dem Präsidenten, von Sheikh Mohammed Al Maktoum, dem Herrscher von Dubai und von Sheikh Rashid Al Maktoum, seinem Vater. Der Präsident hängt in der Mitte, flankiert von den beiden Al Maktoums.

Solche Bilder hängen in allen öffentlichen Gebäuden, in Ämtern und in den meisten Büros. Sie begrüßen Reisende am Flughafen und begleiten sie am Straßenrand, auf riesengroßen Tafeln, die abgebildeten Royals über-überlebensgroß und ewig jung. Ich bekomme Tee serviert, trinke schon meine zweite Tasse, als Dr. Numairy mich rufen lässt.

Er hat einen anderen Eingang genommen, nicht den durch die Rezeption, und wartet bereits auf mich in seinem Büro. Ich sehe ihn zum ersten Mal aus der Nähe, sozusagen privat. Ich hätte ihn fast nicht erkannt. Keine traditionelle Bekleidung, wie sonst immer, wenn ich ihn getroffen habe. Er ist mit dem Motorrad gekommen, Lederhose, Lederjacke, die Haare halblang und durchgeschwitzt, sie kleben am Kopf, plattgedrückt vom Helm, der jetzt vor ihm auf dem Schreibtisch liegt.

Er bemerkt meine Verwunderung, scheint sie ein wenig zu genießen, hat sie, so kommt es mir vor, fast auch erwartet. Wir sitzen uns gegenüber, er lässt Tee servieren, er blättert durch den Bericht und übersetzt für mich aus dem Arabischen. Er findet meine Geschichte sehr interessant, er beschäftigt sich viel mit medizinischer Ethik, er erkundigt sich auch, wer mich rechtlich vertritt. Er kennt den Namen, mehr aber nicht. Er spricht lobend über seinen eigenen Anwalt, über dessen Erfahrung mit medizinischen Fällen, als plastischer Chirurg braucht er ihn oft, und er ist sehr zufrieden mit der Art und Weise, wie er ihn vertritt.

In Numairys Büro finden sich die gleichen Bilder wie schon in der Rezeption, ebenso groß, wenn nicht noch größer. Sie stehen auf einem Schrank direkt hinter ihm, ich sitze also ihm und den drei Herrschern gegenüber. So wie sie dort stehen, erinnern sie mich an Heiligenbilder in den Herrgottswinkeln mancher Häuser bei uns daheim. Und so, wie man sich bei uns von den Heiligen Schutz und Segen für das Haus und seine Bewohner erhofft, so erhofft man sich hier in aller Demut das Gleiche von den in den Herrschaftswinkeln abgebildeten Herren.

Am nächsten Morgen kopiere ich den Bericht gleich mehrfach, scanne ihn ein, speichere ihn auf Notebook, Memory Stick, PC und in der Cloud. Er darf auf keinen Fall verloren gehen. Eine Kopie bringe ich zu Dr. Alis Sekretärin nach Abu Dhabi, die noch immer nicht das Original in Händen hat, eine geht an den Direktor meines

Krankenhauses in Al Ain, wird dort übersetzt und kommt in meine Akte in der Personalabteilung.

Eine Kopie ist für Al Shamsi, er will sie gemeinsam mit mir zum Staatsanwalt bringen, einem gewissen Al Zarounie, der bearbeitet jetzt meinen Fall. Ich suche Al Zarounie über Google, finde nicht sehr viel, aber einen aufschlussreichen britischen Blog. Es gibt einen Al Zarounie, der ist, oder besser war, ein großer Hai im Immobiliengeschäft. Ein gutes Geschäft für viele vor der Krise, ein weniger gutes für die meisten während ihr und in der Zeit danach. Vor der Krise wechselten Wohnungen oft sogar vor Baubeginn mehrfach den Besitzer, verdoppelten und verdreifachten ihren Preis schon vor dem ersten Spatenstich. Dieser erste Spatenstich blieb freilich mitunter auch aus, weil so mancher Bauträger den Grund, auf dem die verkauften Wohnungen errichtet werden sollten, nicht einmal besaß. Im Blog beklagten Käufer, Al Zarounie habe sie um Millionen gebracht, sie wollten ihr Geld zurück, sie hätten ihn angezeigt, sie wollten klagen. Die Akte Al Zarounie liegt beim Staatsanwalt, aber die Ermittlung ruht, die Geschädigten glauben, für immer. Auch der Staatsanwalt ist ein Al Zarounie.

Ich treffe Al Shamsi im Gebäude der Staatsanwaltschaft, und wir gehen gemeinsam zu Al Zarounie in sein Büro. Al Shamsi gibt ihm den Bericht, zeigt ihm die wesentlichen Passagen, weist auf die Zusammenfassung am Ende hin, sie unterhalten sich auf Arabisch. Al Zarounie, scheint es, ist kein sehr gesprächiger Mann. Er nimmt den Bericht, locht ihn penibel und ordnet ihn ein in meine Akte, dann verabschiedet er uns mit knappen Worten.

Eine Woche Ruhe, dann ruft Al Shamsi mich an. Ich solle doch, so schnell es geht, noch einmal eine Kopie vom Bericht zu Al Zarounie bringen, in sein Büro, am besten heute noch. Dieser habe seine Kopie nämlich verloren, er könne sie nicht mehr finden und brauche dringend eine neue. Mein Bericht, mein wichtigstes Dokument in diesem Fall, einfach im Büro des ermittelnden Staatsanwalts verlegt und verloren. An manche Zufälle ist sehr schwer zu glauben.

Wieder nehme ich mir einen Tag frei von der Arbeit, wieder fahre ich zur Dubai Prosecution. Vorbei am Wachpersonal, gehe ich in Al Zarounis Büro, übergebe ihm neuerlich eine Kopie, er nimmt sie ohne irgendeinen Kommentar. Ich frage nach meinem Pass, er schüttelt den Kopf, ich verweise auf den entlastenden Bericht. Dieser Bericht, so erklärt er mir, ist ein Stück Evidenz, so wie der Bericht der Dubai Health Authority und die Zeugenaussagen, lauter gleichwertige Evidenzen, alle werden in der Beurteilung in Betracht gezogen. Den Pass kann er mir keinesfalls geben, völlig ausgeschlossen, die Vorwürfe wiegen viel zu schwer. Irgendwie haben wir scheinbar etwas falsch verstanden, meine deutsche Anwältin, Al Shamsi, Dr. Numairy, meine eingeweihten Freunde und ich. Auch wenn das Bundesgesetz besagt, dass das HCML über allem steht, steht Dubai offenbar doch noch ein Stückchen darüber.

Schön langsam wird es ernst, irgendetwas läuft bedrohlich schief. Al Shamsi meint kryptisch, wir müssten sehr vorsichtig sein, er vermutet, dass da jemand die Fäden zieht, jemand Mächtiger im Hintergrund. Er lässt offen, was er mit »Vorsichtigsein« meint, und ob das nur ihn oder auch mich betrifft. Für mich ist diese Idee nicht neu, neu ist nur, dass jemand wie er es ausspricht, ein Insider und Profi, einer, der es wissen muss.

Ich rufe ihn fast täglich an, versuche es, besser gesagt, bin aber nur selten erfolgreich, ich spreche mehr mit seinem Sekretär als mit ihm. Al Shamsi weiß, dass meine Akte jetzt im »Technical-Office« ist, jener Stelle in Dubai Prosecution, die auf formale Richtigkeit überprüft. Er kennt den Leiter, einen gewissen Khalifa, er will mit mir gemeinsam hingehen, und versuchen ob er mit uns spricht.

Ich warte zum vereinbarten Zeitpunkt, Al Shamsi ist, wie üblich, noch nicht da. Draußen, im Freien, vor der Dubai Prosecution, ist es viel zu heiß, ich warte drinnen im Foyer. Später Vormittag, es ist Hochbetrieb, wo ich auch stehe, stehe ich im Weg. Ein kleiner Bereich ist mit Blumentrögen abgegrenzt, ein kleines Café, ein paar Tische nur. Der in der Ecke ist frei, von dort habe ich gute Sicht und werde Al Shamsi gleich sehen, falls er doch noch kommt. Bei Kaffee und Wasser beobachte ich Leute. Dutzende sitzen dicht gedrängt und warten, warten, bis auf der Anzeigetafel ihre Nummer aufscheint und zeigt, dass sie jetzt an der Reihe sind. Verteidiger, Richter, Staatsanwälte kommen, gehen, stehen und diskutieren. Sie schauen aus wie uniformiert, traditionell in weißer Dishdash, mit schwarzem Talar über die Schultern gehängt oder nur über den Arm, Aktentasche, Kugelschreiber an der Brust, eine Uhr am Handgelenk. Ich vertreibe mir die Zeit mit Raten. Große goldene Uhr, wahrscheinlich ein Verteidiger. Älter, leicht verhärmt, wahrscheinlich ein Richter. Herausfordernd, eher jung, das muss ein Staatsanwalt sein. Schwieriger, aber ungleich interessanter, das gleiche Spiel mit denen, die da warten, so wie auch ich, meine Leidensgenossen. Das müssen sie sein, so wie sie da stehen und herumgehen, unsicher um sich schauend, auf der Suche nach Rat und Hilfe, angewiesen auf jemanden, der sie aus ihrer misslichen Lage befreit. Ein Dieb vielleicht der eine, in seiner zerschlissenen Kleidung, schmutzig und verschwitzt, ein Scheckbetrüger womöglich der andere, in seinem teuren Anzug, den kleinen Finger mit einem Edelsteinring geschmückt. Ich beobachte und rate von einem zum Nächsten, und schließlich lande ich bei mir. Wonach sehe ich wohl aus, beim Kaffee, in meinem hellblauen Hemd mit Krawatte, wie ein Dieb, ein Scheckbetrüger, oder gar wie ein Mörder?

Al Shamsi kommt, ziemlich spät, aber doch. Er winkt mir von der Balustrade aus, ist unbemerkt an mir vorbei. Das Technical Office ist im letzten Stock, der Vorraum zu Khalifas Büro ist mehr so etwas wie ein mittelgroßer Salon. Al Shamsi wirkt weniger selbstbewusst als in den Stockwerken darunter. Leise und verhalten fragt er nach Khalifa, der Sekretär, ein junger Mann von kaum über zwanzig, sagt, dass Khalifa beschäftigt sei, aber die Akte ist bei ihm, und er hat vor, sie bald durchzuschauen, wir sollen es irgendwann später dann noch einmal probieren. Weiter als bis zu ihm dringen wir nicht vor.

Eine Woche später, derselbe Sekretär, wir sollen wieder warten, Khalifa kann jetzt gerade nicht. Aus dem Raum dahinter dringen Stimmen und Gelächter. Eine Gruppe von jungen Staatsanwälten wird gerade zu Richtern ernannt, Khalifa ist bei ihnen, er verabschiedet sie. Die Stimmen kommen näher, die neu ernannten Richter strömen aufgekratzt aus dem Saal heraus. Als Letzter kommt Khalifa. Sein Sekretär hat ihn schon informiert, es gibt aber von seiner Seite nichts dazu zu sagen, eine ernste Sache, kein Kommentar. Am Gang, nicht einmal im Vorraum, fertigt er Al Shamsi ab. Wir gehen, und bis zum Hauptausgang, zwei Stockwerke tiefer, hat sich Al Shamsis Selbstbewusstsein dann auch schon fast wieder normalisiert. Trotzdem, ich spüre es förmlich, mein Fall nervt ihn, und zwar ordentlich und von Mal zu Mal mehr.

Von diesem Tag an ist Al Shamsi für mich noch viel schwerer, ja eigentlich kaum noch zu erreichen. Telefon, E-Mail, SMS, keine Antwort, aber ich lasse nicht locker, es geht um sehr viel für mich. Ich rufe in seinem Büro an, spreche mit dem Sekretär, verlange, verbunden zu werden, jetzt, nicht später, sofort. Ich habe schließlich genug bezahlt, erst vor ein paar Tagen wieder. Die vereinbarte Pauschale für den ganzen Fall war ihm jetzt doch nicht genug, der Fall ist komplexer, als von ihm anfänglich gehofft, das zusätzliche Honorar fast so hoch wie das erste.

Der Sekretär verbindet mich nicht gleich, erst muss er fragen, dann aber doch. Al Shamsi ist ungehalten, richtig aufgebracht, was ich wohl glaube, wo er doch so viel zu tun hat, er ist schwer beschäftigt, und ich störe ihn. Er hält mir verärgert vor, dass ich nur an einen, nämlich meinen Fall zu denken habe, er aber hat deren viele, mehr als tausend. Ich beschließe, Al Shamsi fortan zu entlasten, ich werde mir einen anderen Anwalt suchen.

Ich erinnere mich an das Gespräch mit Dr. Numairy, an den Namen seines Anwalts, den er damals genannt hat. Seine Nummer finde ich im Internet. Er hebt prompt ab, hört kurz zu, verweist mich aber dann, weil er im Ausland ist, an seine Tochter, sie leitet währenddessen alle seine Geschäfte. Er gibt mir ihre Nummer, verspricht, sie vorab zu informieren, dann legt er auf. Ich rufe Azza, seine Tochter, an, sie weiß in etwa schon Bescheid, wir vereinbaren kurzfristig ein Treffen. Die Kanzlei ist groß, aber alt und etwas heruntergekommen, zumindest und hoffentlich nur baulich. An den Schreibtischen wird gearbeitet, lauter Männer, sie wirken ernsthaft und kompetent. Azza weist mich in den Besprechungsraum. Sie hört sich meine mündliche Zusammenfassung konzentriert an, sie stellt ein paar Fragen, gute Fragen, zu den wichtigsten Punkten. Sie nimmt von mir einen Stapel Unterlagen entgegen, zur späteren Durchsicht mit ihren Kollegen.

Vorerst will ich nur eine zweite Meinung von ihr, um erst einmal herauszufinden, wie sie ist. Sie wird mir ihre Analyse und Meinung innerhalb der nächsten zwei Wochen schicken, auf Wiedersehen und alles Gute. Keine Frau von vielen Worten, sehr fokussiert, nicht unfreundlich, aber kühl professionell. Sie ist konservativ traditionell gekleidet, in schwarzer Abaya, das Kopfhaar zur Gänze verhüllt, eine schlichte Uhr, kein Schmuck, keine Schminke, dichte Augenbrauen, und die getrimmt und gezupft.

Nach zehn Tagen erhalte ich ihre Stellungnahme, unterzeichnet von ihr und einem weiteren Anwalt ihrer Kanzlei. Gute Arbeit, auf die wesentlichen Punkte reduziert, auf das, was relevant und wichtig ist, sehr gründlich recherchiert, sehr genau durchdacht. Auf zwei Seiten findet sich mehr, als ich von Al Shamsi in einem dreiviertel Jahr gehört habe. Ich bedanke mich schriftlich und bitte sie, ab sofort meine Vertretung zu übernehmen. Sie nimmt dankend an. Es folgen ein paar Besprechungen, mit ihr allein, und auch im Beisein ihrer Mitarbeiter. Sie holt Erkundigungen ein, besucht Staatsanwalt Youssef. Sie ist aktiv, an der Sache selbst ändert das aber nichts. Es ist März 2011, seit etwa zwei Monaten liegt der entlastende Bericht des Higher Committee vor, meine Akte rotiert in der Staatsanwaltschaft von einer Stelle zur nächsten, nichts geht schnell, alles dauert. Es gibt keine Fristen, damals nicht für die Polizei, und auch jetzt nicht für den Staatsanwalt. Wieder nur warten, warten.

Staatsanwalt Youssef beginnt zu arbeiten, oder vielleicht lässt man ihn jetzt arbeiten, endlich schickt man meine Akte vom Technical Office zurück an ihn. Azza informiert mich, dass ich zur Einvernahme vorgeladen bin. Wir können uns nicht gezielt darauf vorbereiten, haben kein Recht auf Akteneinsicht, die gibt es erst, wenn der Fall weitergeht und vor Gericht verhandelt wird.

Azza und ich kommen gemeinsam und pünktlich zu Youssefs Büro, aber es gibt eine Verzögerung, es dauert noch, bis der Dolmetsch kommt. Verhandlungssprache ist Arabisch, der Dolmetsch übersetzt die Fragen für mich auf Englisch, meine Antworten dann für den Staatsanwalt wieder zurück ins Arabische. In beide Richtungen, unvermeidlich, existiert ein gewisser individueller Spielraum für die Übersetzung.

Es dauert eine knappe Stunde, bis der Übersetzer kommt. Wir haben uns zu fünft im Büro versammelt. Youssef hinter seinem großen, L-förmigen Schreibtisch, ein Schreiber hat schräg gegenüber ihm Platz genommen. Direkt vor dem Schreibtisch sitzen der Dolmetsch und ich einander gegenüber, nur durch ein kleines Tischchen getrennt. Das Büro ist groß genug für eine Couch und Sofas, die rund um einen Teetisch gruppiert sind. In einem der Sofas sitzt Azza, aufrecht und ganz nach vorne an die Kante gerückt.

Der Dolmetsch stellt sich in schlechtem Englisch vor. Er bringe medizinische Erfahrung mit, deshalb wurde er ausgewählt. Interessiert frage ich nach, in welchem Krankenhaus er denn gearbeitet hat und welcher Tätigkeit er dort nachgegangen ist. Sein Krankenhaus gibt es schon nicht mehr, und er war dort als Messenger beschäftigt, als Bote und Träger, er lieferte Proben und Zettel von dort nach da, 15 Jahre lang, bis vor zehn Jahren. Soviel zur medizinischen Erfahrung.

Zur Eröffnung der Vernehmung wird die gegen mich erhobene Anschuldigung verlesen, von Youssef auf Arabisch an den Übersetzer und dieser auf Englisch dann an mich. Ich hätte durch die Gabe von Morphium, durch das Entfernen einer zentralvenösen Leitung und die Gabe von nicht ausreichend Sauerstoff den Tod des Patienten herbeigeführt. Ferner hätte ich angeordnet, im Falle seines Todes nicht zu versuchen, ihn wiederzubeleben.

Youssef beginnt nun zu fragen, konfrontiert mich mit angeblichen Aussagen von Zeugen, Ärzten, Schwestern und einem Pfleger. Zur Untermauerung des Gesagten verweist er immer wieder auf Ashrafs Untersuchungsbericht, dem an ihn übermittelten Bericht der Dubai Health Authority.

Youssef schaut in seine Unterlagen, richtet das Wort an den Dolmetsch, und der wiederum an mich. Eine Schwester sagt, dass Morphium gefährlich ist, es unterdrückt die Atmung, kann zum Ersticken führen. Da Ashrafs Bericht eine ähnliche Bemerkung enthält, ist es für Youssef eigentlich schon klar, dass ich dem Patienten damit geschadet habe. Er fasst seine Eindrücke zusammen, um uns zu zeigen, dass er die Sache verstanden hat. Je mehr Morphium, desto weniger Atmung, so einfach ist das.

Ich stimme ihm zu, dass dies so sein kann, aber nicht in unserem Fall. Nicht, wenn der Patient maschinell beatmet wird, ganz einfach weil das Morphium nicht auf die Maschine wirkt. Ich fasse das in einfache Worte, der Dolmetsch versteht nicht ganz, von welcher Maschine hier die Rede ist. Youssef bleibt skeptisch, das mit der Maschine ist ihm neu und überzeugt ihn auch nicht.

Frage um Frage kommt, aber eigentlich sind es eher Feststellungen, die er trifft, und er spricht dabei mehr zu seinen Unterlagen als zu uns. Es dreht sich immer um dasselbe: Morphium, Sauerstoff, Venenzugang und die angebliche Anordnung.

Youssef ist hartnäckig, ich erzähle ihm über Rezeptoren im zentralen Nervensystem, Partialdrucke von Gasen, Katheter-assoziierte Infektionen, kardiale Innervation, ich vereinfache Kompliziertes bis zur Schmerzgrenze, in der Hoffnung, dass er es dann versteht.

Youssef bleibt stur, fragt unbeirrbar seine Fragen, und sie zeigen, wie befürchtet, er hat nichts kapiert. In meinen Antworten erblickt er wahrscheinlich nur die Absicht, ihn mit medizinischen Details zu verwirren. Für ihn ist das Ganze eigentlich klar, Morphium schlecht, Sauerstoff gut, alles ziemlich einfach.

Azza sitzt fast unbeweglich auf ihrem Sofa, jetzt aber nach vorne geneigt, Ellbogen auf den Knien, sie wirkt weder müde noch gelangweilt, konzentriert horcht sie Stunde um Stunde zu. Auch der Herzschrittmacher kommt zur Sprache, der vorübergehend, für ein paar Tage wenigstens, Stillstände verhindert hat. Leider erschien ein dauerhaft implantierter Schrittmacher dem Spital zu teuer, weshalb der temporäre nach Entfernung ohne Ersatz blieb.

Statt von einem Pacemaker spricht unser Dolmetsch dauernd von einem Peacemaker, lässt sich auch durch meinen Hinweis, dass es sich um einen Schritt- und nicht um einen Friedensmacher handelt, nicht davon abbringen. Ich gebe auf, ich lasse ihn reden. Den Unterschied zwischen Pace- und Peacemaker zu erklären, reizt mich nur kurz, ich habe den Eindruck, dass weder mit Youssef noch mit dem Dolmetsch gut zu scherzen ist.

Die Vernehmung dauert jetzt schon Stunden, schön langsam werde ich vom langen Sitzen leicht verspannt. Ich lehne mich ein wenig zurück, schlage die Beine übereinander. Der Dolmetsch brüllt auf, ich denke zuerst, er brüllt vor Schmerzen. Er gestikuliert und herrscht mich an, meine Füße, alle beide, sofort auf den Boden zu stellen! Ich gehorche nur sehr langsam. Alle schauen auf mich, auch der Schreiber. Der sitzt gemütlich da, die Beine genau so überschlagen wie zuvor ich, aber bei ihm stört das keinen, während es bei mir als Ausdruck mangelnden Respekts nicht tolerierbar erscheint.

Schnell eine kleine Pause, nur fürs Gebet, zehn Minuten, ganze fünf Stunden haben wir schon hinter uns. Azza schüttelt den Kopf, sagt, sie versteht nicht, was das alles soll, die hätten nichts vorzubringen, nichts Handfestes gegen mich in der Hand.

Nach der Pause verschärft Youssef die Gangart, fragt aggressiver, quittiert meine Antworten mit einem zynischen Lächeln, alles nur Ausreden, seiner Meinung nach, aber nicht mit ihm, er durchschaue das, er ist ja ein Schlauer.

Vom Medizinischen hat er schon genug gehört, jetzt interessiert ihn mehr diese mutmaßliche Anordnung, den Patienten nicht zu reanimieren. Er fragt mich, warum ich diese Anordnung gegeben hätte, ich frage zurück, wo er sie denn etwa gesehen habe, weil in der Krankengeschichte sei mit Gewissheit keine zu finden. Er zeigt mir den Kommentar einer Schwester, aber das ist ein Kommentar, wo ist die Anordnung, die muss eine bestimmte Form haben, es gibt ganz klare Regeln.

Mit der Frage, ob er je eine richtige Anordnung, nicht wiederzubeleben, gesehen habe, überrasche ich ihn. Das war ihm zu schnell gefragt, er ist verwirrt und verneint, so etwas hat er noch nie gesehen. Ich frage, ob er eine sehen will, und halte ihm, ohne seine Antwort abzuwarten, drei Beispiele unter die Nase. Er überlegt noch, ob sein Nein zuvor auf meine Frage vielleicht doch nicht die geschickteste Antwort war. Drei Anordnungen, drei verschiedene Patienten nicht zu reanimieren, alle drei formal korrekt, eine klare ärztliche Anordnung, vom Arzt unterschrieben, nicht von mir, von meinem Stellvertreter Hassan. Ich frage weiter, ob er noch mehr Beispiele sehen will. Er tut so, als würde er die Schriftstücke lesen, wirkt aber eher so, als suche er nach einem Ausweg. Um eine Antwort verlegen, gibt er mir die Zettel kommentarlos zurück.

Wie schon vorher bei der Polizei, erkläre ich, wenn es in meiner Absicht gelegen hätte, zu tun, was er mir unterstellt, dann hätte ich ganz offiziell die »Keine-Reanimation«-Richtlinie des Krankenhauses anwenden können. Ich halte ihm auch diese Anordnung unter die Nase, eine Kopie des Originals, eine mit den Unterschriften.

Wir bewegen uns jetzt in eine Richtung, die ihm merklich nicht behagt. Er wirft nur einen ganz kurzen Blick darauf, dann gibt er die Kopie zurück. Er habe davon gelesen, in meinem Polizeibericht, aber das sei ja nur ein Entwurf, sei auch nie angewandt worden, so habe Ashraf ihm das erklärt. Er nennt das einen Entwurf, ein Dokument mit den Unterschriften des Ärztlichen Direktors und von zwei weiteren Personen, für jeden einsehbar im Intranet, Dutzende Male angewandt, ganz offiziell. Besser wieder zurück zu Morphium und Sauerstoff, Frage um Frage, viel Neues fällt ihm nicht mehr ein.

Hin und wieder Kommentare und Fragen des Dolmetschs an Youssef, auf Arabisch, ich schnappe davon ein paar Brocken auf. Sie sind sich einig, dass der Patient erstickt ist, weil er nicht genug Sauerstoff bekommen hat. Ob das auch alle Zeugen so sehen, will der Dolmetsch von ihm wissen. Youssef erwidert nach kurzem Zögern, nicht alle, aber Ashraf und Yasser, Dr. Numairy hingegen nicht.

Wie schon eingangs, liest Youssef uns auch am Ende vor, wessen ich beschuldigt bin, nur klingt es jetzt sehr anders. Nunmehr beschuldigt er mich der absichtlichen und geplanten Tötung. Azza unterschreibt das arabische Protokoll. Sie vereinbart eine Frist, binnen der wir eine schriftliche Verteidigung einbringen können.

Acht Stunden hat das Verhör gedauert, vor acht Stunden hieß es, ich hätte einen Tod verschuldet, jetzt heißt es gar schon Mord. Ich bin erschöpft, ein leises Gefühl von Angst und Verzweiflung steigt auf. Azzas Blick beim Abschied verrät ihre Sorge, das macht alles noch viel schlimmer.

Angeklagt

Am Heimweg vom Verhör mache ich einen Abstecher zum Strand, es ist erst früher Abend und noch hell genug. Ich muss schwimmen, mich bewegen, versuchen, die körperliche Anspannung zu lösen, aber mehr noch die mentale. Ich fühle mich wie erschlagen, bin vollkommen erledigt, so wie am Abend nach einem Tag in den Bergen, obwohl ich den ganzen Tag lang nur gesessen bin. Das Schwimmen tut gut, die rhythmische, monotone Bewegung, die synchronisierte Atmung, ich weiß, erst dann, wenn sie mühelos ist, bin ich entspannt. Ich schwimme weit, fast eine ganze Stunde, meine Standardstrecke, meine Nachdenk- und Meditationsmeile.

Heute dauert es lange, bis ich den Rhythmus finde, ich muss mich oft überwinden, um weiterzuschwimmen. Mit der inneren Ruhe wird es wohl nichts, schnell nach Hause, in meine Wohnung an der Marina, duschen, umziehen. Dann etwas, das mir sehr schwerfällt: das Überbringen einer schlechten Nachricht, der Anruf daheim.

Ich spreche mit meiner Frau, die große Angst um mich hat, sie macht sich Sorgen und stellt viele Fragen, von denen ich ihr die wichtigsten nicht beantworten kann. Wie das alles denn überhaupt sein könne, jetzt, nach dem guten HCML-Bericht, und die Anwälte waren doch auch so optimistisch, zuerst der eine und jetzt auch die neue. Alles Fragen, die ich mir selber stelle, und die ich auch Azza stellen werde, aber jetzt weiß ich keine Antwort, ich kann und mag auch heute gar nicht mehr denken. Es war ein langer Tag, ich schlafe spät, traumlos und schlecht.

Am nächsten Morgen ist es immer noch da, dieses Gefühl, hilflos ausgeliefert zu sein, eine beklemmende Bedrohung. Meine tägliche Fahrt zur Arbeit, die eineinhalb Stunden bis nach Al Ain, bietet Zeit zum Nachdenken. Im Spital funktioniere ich wie eine Maschine, Meetings, Visite, Besprechungen mit verzweifelten Angehörigen, tröstende Worte, Mitgefühl. Ich funktioniere gut, ich bin mir sicher, dass keiner merkt, wie es wirklich in mir aussieht.

Ich arbeite an meiner schriftlichen Verteidigung. Azza will sie dem Staatsanwalt Youssef, so wie mit ihm ausgemacht, in drei Wochen übergeben. Alle Ereignisse, alle Zusammenhänge und Details habe ich im Kopf, ich muss sie nur noch auf den neuesten Stand und in eine entsprechende Form bringen. Meine Freunde helfen mir dabei, die, die vom Rashid Hospital nachgekommen sind nach Al Ain. Lathika, Ajimsha, Dina und Souad.

Lathika hat ein ganz unglaubliches Gedächtnis, kann sich an viele Kleinigkeiten erinnern, von damals, von vor mehr als zwei Jahren. Sie ist Inderin, und ich weiß nicht, ob es in Indien als Kompliment gilt, ein Gedächtnis wie ein Elefant zu haben. Ich sag's ihr trotzdem, und sie lacht.

Das Dokument muss ins Arabische übersetzt werden, Dina und Asmaa kümmern sich darum. Dina ist Irakerin, sie spricht ein sehr schönes, ein sehr gepflegtes Arabisch. Asmaa ist meine Sekretärin, sie kennt meinen Fall besser als irgendwer sonst, hat mir bisher alle Übersetzungen gemacht. Trotzdem gestaltet sich die Übersetzung des von mir detailliert beschriebenen medizinischen Teils sehr schwierig. Viele Fachbegriffe gibt es einfach nicht auf Arabisch, sie werden schon während des Studiums nur auf Englisch gelehrt. Das ist so in Europa, im Irak, in Indien, fast überall.

Ich schicke Azza mehrere Versionen, alle paar Tage eine neue, bessere, der ganze Schriftsatz ist mittlerweile angewachsen auf über dreißig Seiten. Ich packe alles, was mir relevant erscheint, hinein, ich weiß ja ohne Einsicht in meine Strafakte nicht genau, was vorliegt, und will für alle Eventualitäten gewappnet sein.

Keine Rückmeldung von Azza, nicht ein Kommentar zu dem, was sie laufend von mir erhält.

Die österreichische Botschaft ist über die ernste neue Entwicklung informiert. Sie kennen meine Geschichte schon seit zwei Jahren, ganz von Anfang an. Botschafter und Konsul bitten um einen Termin bei Khalifa, dem Leiter des Dubai Prosecution Technical Office, wollen von ihm wissen, wieso die Staatsanwaltschaft den Bericht vom Higher Committee mehr oder weniger ignoriert.

Es ist ein kurzes Treffen, Khalifa sagt nichts wirklich Neues, nur dass die Vorwürfe gegen mich schwer seien und sie keine andere Wahl hätten, als meinen Fall dem Gericht zu übergeben, nachdem schon die Polizei in meiner Behandlung eine Tötungsabsicht gesehen habe.

Azza meldet sich endlich wieder bei mir, aber mit einer schlechten Nachricht. Sie wurde von Youssef informiert, dass meine Akte schon an das Gericht weitergeleitet sei, und das noch vor Ablauf der mit ihm vereinbarten Frist. Nun ist uns jede Möglichkeit der schriftlichen Verteidigung genommen, die letzte Gelegenheit, einen Gerichtsprozess zu verhindern, ist vorbei. Azza will versuchen, gemeinsam mit mir noch einmal mit Youssef zu reden, ob er uns nicht doch noch ein paar Tage zugesteht.

Youssef begrüßt mich mit einem breiten, schmutzigen Grinsen, fragt zynisch, wie es mir so geht, und lacht über seine eigene Frage, noch bevor ich sie beantworten kann.

Der Fall wandert zu Gericht, da ist nichts mehr zu machen. Azza meint, das habe auch etwas Gutes, wir haben jetzt Einsicht in die Akte, sehen damit endlich genau, was vorliegt, alle Aussagen und Anschuldigungen, sie kann mich nun gezielt verteidigen, ein großer Vorteil also insgesamt. Ich kann nicht nachvollziehen, was sie mir da weiszumachen versucht. Für mich wird von Monat zu Monat alles schlimmer, die Schlinge zieht sich unaufhaltsam immer weiter zu.

Vielleicht gibt es doch noch eine Möglichkeit, den Lauf der Dinge aufzuhalten, wir dürfen nichts ungenützt lassen, müssen alles ausprobieren. Es gibt auch noch einen Präsidenten der Dubai Health Authority, er ist dem Generaldirektor vorgesetzt, und mit dem zu sprechen sollten wir zumindest versuchen. Dieser Mann steht ganz hoch oben in der Hierarchie, es ist Sheikh Hamdan, der ältere Bruder des Herrschers. Eigentlich wäre er der nächste in der Thronfolge gewesen, aber nach dem Tod ihres Vaters nahm sein jüngerer Bruder Mohammed dessen Platz ein. Deshalb vielleicht, vielleicht aber auch einfach so, ist er ein bekannt mürrischer, meist schlecht gelaunter alter Mann. Einen Termin auf offiziellem Wege zu bekommen, kann lange dauern. Ich habe Kontakte, ich nütze sie, und am nächsten Tag schon wird dem Botschafter eine Audienz gewährt.

Sheikh Hamdan könnte, wenn er wollte, aber er will nicht, er verweist auf den unbeeinflussbaren Ablauf im bestehenden Rechtssystem. Ob wenigstens der Prozessbeginn etwas nach hinten verschoben werden könnte, ersucht ihn der Botschafter, um uns mehr Zeit zur Vorbereitung zu gewähren. Der Sheikh meint, das ließe sich schon machen.

Der Besuch fällt insgesamt frustrierend aus, wird aber am nächsten Tag in der lokalen Presse als Gespräch zur weiteren Verbesserung der österreichisch-emiratischen Beziehungen dargestellt. Durch seinen Sekretär lässt der Sheikh dem Botschafter zwei Tage später dann die Information zukommen, dass der Prozess nur durch ein Ansuchen meiner Anwältin aufgeschoben werden kann, und wir das eigentlich hätten selber wissen müssen.

Genau wie von Azza vorhergesagt, so ist es jetzt auch eingetreten. Für meinen ehemaligen Kollegen Obeid wird es ernst. Er hat, auf Anordnung der Staatsanwaltschaft, keinen Pass mehr, abgenommen, weg, Ausreiseverbot. Mein Mitleid hält sich in Grenzen. Er hat sich alle Mühe gegeben, mir zu schaden, hat gelogen, mich verleumdet, hat seine Aussagen mehrfach geändert, willfährig das gesagt, was meine Widersacher ihm geraten haben. Nun steckt er selber in der Klemme, kein Yasser, kein Hassan, keiner kann ihm jetzt noch helfen.

Obeid wäre besser zu Hause in Indien geblieben, das wäre gesünder gewesen für ihn und sein Herz. Obeid ist Mitte fünfzig, er leidet an einer Verengung der Herzkranzgefäße. Noch vor seiner ersten Einvernahme durch den Staatsanwalt wurden die Beschwerden schlimmer. Er brauchte rasch Behandlung, reiste nach Indien, ein Koronar-Stent wurde dort implantiert. Er sollte sich daraufhin schonen, jede Aufregung vermeiden. Obeid überlegte, in Indien zu bleiben, er ahnte die Gefahr, in meinen Fall hineingezogen zu werden, ahnte, was kommen könnte, und was dann auch kam.

Er erkundigt sich vorsorglich im Rashid Hospital und bei der Gesundheitsbehörde, will wissen, ob für ihn ein Risiko besteht. Man versichert ihm, es bestehe keines, versichert ihm dies von ganz oben, vom Generaldirektor der Health Authority. Obeid kehrt zurück nach Dubai, arbeitet wieder, vertraut auf den versprochenen Schutz, mit dem Stent im Herz geht es ihm auch besser.

Obeid wird vorgeladen, von Staatsanwalt Youssef einvernommen, erzählt ihm, wie sehr meine Anordnungen dem Patienten geschadet hätten, vor allem das Morphium. Der Staatsanwalt bohrt weiter, will wissen, wieso er die Anordnungen, obwohl so gefährlich, dann doch befolgte, anstatt sie zu ignorieren oder abzuändern.

Warum nicht er, oder die anderen drei Teams, die den Patienten versorgt hatten, nachdem ich außer Haus gegangen war, 36 Stunden vor seinem Tod.

Obeid kann nicht viel erwidern. Ich der Befehlsgeber, Obeid der Vollstrecker, so legt der Ankläger sich den Fall zurecht. Obeid wird vom Zeugen zum Beschuldigten, das ist die logische Konsequenz.

Obeid wird ein zweites Mal vorgeladen, ein Rechtsberater vom Krankenhaus wird ihm jetzt zur Seite gestellt. Obeid vertraut seinen Beschützern in der Dubai Health Authority und verschweigt beharrlich, was in jener Nacht geschah. Sie waren damals zu zweit im Dienst, die Patienten gleichmäßig aufgeteilt auf beide Ärzte. Der zweite Arzt schläft und wird verständigt, als einer seiner Patienten notfallmäßiger Hilfe bedarf. Trotz Anrufs, trotz Wachrüttelns sogar, er kommt nicht, er bleibt einfach im Bett liegen.

Obeid kommt dem Patienten seines Kollegen zu Hilfe, ist mit ihm beschäftigt, gleichzeitig geht es aber auch einem seiner Patienten, dem querschnittsgelähmten Pakistani, dramatisch schlecht. Vom einen zum anderen, Obeid sieht nach beiden, der Patient des schlafenden Arztes schafft es, der ihm zugeteilte jedoch verstirbt.

Den Hergang zu überprüfen wäre ein Leichtes, alles in der Akte des überlebenden Patienten dokumentiert, alles auch in einer beeideten Aussage der diensthabenden Oberschwester, die meiner Akte beigelegt ist. Wie von Azza vorhergesagt, Obeid und ich, beide schuldig oder keiner, keiner ohne den anderen.

Dass man ihm den Pass abgenommen hat, war unvermeidlich. Hilfe suchend, wendet sich Obeid an Generaldirektor Al Murooshid, der versichert ihm, die Passabnahme sei nur vorübergehend, die Dubai Health Authority stehe hinter ihm.

Meine schriftliche Verteidigung für die Staatsanwaltschaft ist fertig, ausführlich und überkomplett. Die medizinischen Fragen sind wissenschaftlich aufgearbeitet, mit Literaturhinweisen belegt, alles ist schon ins Arabische übersetzt. Meine Sekretärin Asmaa und Dina haben viel und gute Arbeit geleistet. Die Anwaltskanzlei hätte den medizinischen Teil niemals geschafft. An Youssef kann ich sie jetzt nicht mehr schicken, aber vor Gericht wird sie mir noch nützlich sein.

Azza hat meine Strafakte indessen bekommen und arbeitet sie zusammen mit ihren Advokaten durch. Sie ruft mich an, bittet mich zu kommen, mit all meinen Unterlagen, es ist ein längerer Arbeitsabend geplant. Wir sitzen in ihrem Besprechungsraum, Azza, drei ihrer Advokaten und ich. Jeder von ihnen präsentiert, kommentiert und erklärt den von ihm vorbereiteten Teil. Sie verfallen oft ins Arabische, diskutieren dann untereinander, übersetzen nur das Wichtigste für mich. Sie waren fleißig, meine Akte ist dick, haben Seite um Seite durchgearbeitet, Notizen, Kommentare, Übersetzungen und Fragen. Medizinisch kennen sie sich nicht aus, können sich nicht vorstellen, warum ein querschnittsgelähmter Patient zwar nicht atmen kann, aber sein Herz doch noch schlägt. Ich erkläre mehrmals und so einfach wie möglich, sie geben vor zu verstehen, so ganz sicher bin ich mir aber nicht.

Auch der Richter hat keine Ahnung, meint Azza, auch er wird das alles nicht verstehen, deshalb wäre es ratsam, ihm alles ganz einfach zu erklären, am besten schön illustriert, in einer kurzen Animation. Sie schlägt vor, ich solle etwas Entsprechendes vorbereiten, sie wird es bei Gericht dann präsentieren.

Eine Animation für die Richter, ein Zeichentrickfilm fürs Gericht, wie »Intensivmedizin für Dummies«? Meine Begeisterung hält sich in Grenzen, ich habe da so meine Bedenken, sehe ein Risiko darin, wenn wir Kompliziertes zu sehr simplifizieren, weil der Richter dann meinen könnte, er sei selbst der Experte und in der Lage, Zusammenhänge zu erkennen, die er mangels Ausbildung nicht wirklich verstehen kann. Dennoch, Azza besteht darauf, sie kennt den Richter, sie kennt das System, ich gebe nach.

Wir diskutieren stundenlang, bis tief in die Nacht. Azza und ihr Team sind guter Dinge, was meinen Fall betrifft, eine kurze, eindeutige Sache, ein Ausgang in meinem Sinne scheint gewiss. Ähnliches habe ich schon zuvor gehört, von verschiedenen Leuten, mittlerweile habe ich gelernt, mich nicht mehr zu früh zu freuen. Die Advokaten brechen auf nach Hause, Azza zeigt mir, schon im Gehen, noch schnell die Anklageschrift. Zwei Seiten auf Arabisch, nur das Wichtigste ist für mich übersetzt. Schon früher hat sie mir das mögliche Strafausmaß angedeutet, jetzt sehe ich es schwarz auf weiß. Die Staatsanwaltschaft fordert meine Exekution.

17. Juli 2011, der erste Verhandlungstag in meinem Prozess. Gen-

augenommen nicht nur mein Prozess, es ist auch der von Obeid. Obeid, der unbeabsichtigte Kollateralschaden. Das Gerichtsgebäude, Dubai Courts, ähnlich in der Bauweise der benachbarten, mir schon allzu gut bekannten Dubai Prosecution. Außen zwar ähnlich, innen aber noch fremd.

Ich bin viel zu früh da, schon um acht, Verhandlungsbeginn ist erst eine Stunde später. Mehrere Verhandlungssäle, vor jedem eine Liste der zu verhandelnden Fälle auf einer Tafel ausgehängt. Fünfzehn bis 20 Fälle pro Saal und Tag.

Ich finde meinen Namen auf der Tafel von Verhandlungssaal 4: Eugen, Österreicher, daneben Obeid, Inder. Wir stehen weit unten auf der Liste.

Ich warte, setze mich hin, steh wieder auf, gehe herum, warte im Sitzen, warte im Stehen, ich warte ungeduldig und nervös. Heute soll nicht viel geschehen, ist so üblich bei jeder ersten Verhandlung, routinemäßig wird vertagt, somit mehr Vorbereitungszeit für Richter und Verteidiger. Azza hält dies für einen Vorteil, ich sehe nicht ganz warum, vielleicht für den Richter, ich selber aber könnte nicht besser vorbereitet sein.

Azza ist noch nicht da, dafür aber Botschafter und Konsul, fast so früh wie ich, sichtbar weniger nervös. Wir warten gemeinsam.

Zuerst kommt Azzas Assistent, begrüßt uns, dann kommt Azza selbst, es ist kurz vor neun. Sie verschwindet gleich wieder, wir sind erst Fall 15, da bleibt genügend Zeit, sie hat auch noch in einem anderen Saal zu tun.

Hier draußen will ich nicht mehr warten, und sobald der Saal aufgesperrt ist, gehe ich hinein. Eine kurze, lasche Sicherheitskontrolle am Eingang, ein Blick in die Aktentasche und eine Ermahnung, das Handy auf stumm zu schalten. Holzbänke drinnen, vielleicht zehn Reihen, durch zwei Gänge in drei Bereiche getrennt, rechts sitzen nur Frauen, ganz vorne die Advokaten. An der Stirnseite des Saals, in etwas erhöhter Position und mit Blick in den Saal, die Richterbank. Dort werden sie sitzen, der Richter, flankiert von zwei Beisitzern, sowie ein Schreiber links, und der Staatsanwalt rechts.

Kurz nach neun ist der Saal halb voll. Zuerst kommt der Gerichtsschreiber, brüllt unvermutet ein Kommando wie beim Militär, alle stehen auf, und die Richter marschieren ein, gefolgt vom Staatsanwalt. Ich wäre jetzt wirklich lieber anderswo.

Der erste Angeklagte wird aufgerufen, geht nach vorne rechts, hinter eine Absperrung, zur Anklagebank, auf der man aber nicht sitzen darf. Er bleibt stehen, links und rechts von ihm uniformierte, mit Schlagstöcken bewaffnete Beamte. Sein Verteidiger tritt vor den Richter, beginnt, wie sich bald herausstellt, mit seinem Verteidigungsplädoyer. Seine Stimme, zuerst gesenkt, wird immer lauter, begleitet von immer heftigerem Gestikulieren, dann plötzlich wieder leiser, eine einstudierte Dramaturgie.

Von oben herab verfolgen die Richter völlig ungerührt dieses Schauspiel, die ganze Szene erscheint zumindest befremdlich. Nach zehn Minuten der nächste Fall, dann der nächste und so weiter. Sieben Fälle in weniger als einer Stunde. Neben der Anklagebank ist eine Stahltür, auch durch sie kommen Angeklagte, einzeln oder manchmal in Gruppen. Diejenigen, die durch diese Tür hereingelassen werden, sind jene, die bereits im Gefängnis sind.

Mein Name wird aufgerufen. Ich gehe nach vorne, ich weiß ja jetzt, wie das abläuft, und stelle mich hin, wo meinesgleichen zu stehen hat. Links von mir und etwas weiter hinten steht Obeid, so als wolle er sich verstecken, oder es auch nur vermeiden, von mir gegrüßt zu werden, wie vorhin draußen während des Wartens.

Die Anklage wird auf Arabisch vorgelesen, die Frage, ob wir uns schuldig oder nicht schuldig bekennen, wird von einem Dolmetsch ins Englische übersetzt. Ich sage nur nein, Obeid spricht etwas länger. Nach wenigen Minuten ist alles vorbei, die nächste Runde ist in drei Wochen anberaumt.

Zu Hause wartet meine Familie gespannt auf Nachricht, viel habe ich aber nicht zu erzählen.

Fast auf die Minute genau am Ende der Verhandlung erscheinen schon Berichte darüber in den Online-Ausgaben der lokalen Zeitungen, in »Gulf News«, in »The National« und wie sie alle heißen. Der Tenor ist in allen gleichermaßen negativ, der Inhalt sehr ähnlich und in allen Medien falsch. Sie berichten über Zeugenaussagen, ungeachtet dessen, dass heute gar keine Zeugen ausgesagt haben, ja nicht einmal welche geladen waren. Eine Zeitung weiß sogar zu berichten, dass ich zu später Stunde in das Zimmer des Patienten geschlichen sei, um den Stecker eines lebenserhaltenden Gerätes zu ziehen.

Die Vorstellung ist fast schon amüsant. Ich, der Leiter der Abteilung, schleiche unerkannt in ein Zimmer, in dem immer eine Schwester oder ein Pfleger anwesend ist, ziehe den Stecker der Beatmungsmaschine, deaktiviere vorher alle Alarme, schleiche unbemerkt wieder hinaus, und der Patient verstirbt. Eine dümmliche Behauptung, die irgendjemandes Fantasie entsprungen ist und mir dennoch gefährlich werden kann. Tage später fragt mich ein Mitarbeiter aus Azzas Kanzlei, wie ich zu beweisen gedenke, dass ich nicht wirklich spätnachts steckerziehend im Krankenzimmer war. Schuldig, bis die Unschuld bewiesen ist, so wird hier gedacht.

Es ist offensichtlich, dass die Berichterstattung vorbereitet war, ein Knopfdruck bei Verhandlungsende, alles schon online, noch bevor ich überhaupt aus dem Gerichtsgebäude draußen war. Dem Inhalt des Geschriebenen nach zu schließen, war sehr wahrscheinlich die Dubai Health Authority die Quelle. Was da über mich geschrieben steht, ist nicht nur verletzend, es schadet mir auch.

Erste Anrufe von Freunden in Dubai. In den Medien sind meine Initialen nachzulesen, mein Alter sowie die Nationalität, das Krankenhaus und die Station und natürlich meine Position. Nicht viele Österreicher mit Initialen E. A. leiten eine Intensivstation im Rashid Hospital. Fehlt nur noch ein Foto.

Die medizinische Gemeinschaft ist nicht sehr groß hier, alles spricht sich schnell herum. Spätabends erreicht mich noch ein Anruf von Michael, meinem Freund in Al Ain. Er hat etwas entdeckt, ich soll ins Internet gehen, dann kann ich in der österreichischen Kronen Zeitung online nachlesen, was schon in »The National« steht. Die gleichen Unwahrheiten, die gleichen Lügen.

Ich will sofort dort anrufen, finde aber keine Nummer. Ich schicke eine E-Mail und stelle die Meldung richtig. Kurz darauf ein Rückruf, die zuständige Journalistin erklärt, wie der Bericht zustande kam, verweist auf »The National« als ihre Quelle, nennt auch den Namen des arabischen Reporters, der den Bericht geschrieben und ihr gegenüber bestätigt hat. Ich erkläre ihr, was heute in der Verhandlung geschehen ist, und die korrigierte Version steht kurz danach online. Am darauffolgenden Tag kommen schon Anrufe von österreichischen Kollegen, sie bieten ihre Hilfe als Gutachter an.

Am nächsten Morgen wieder zurück zur Arbeit. Praktisch alle im Krankenhaus wissen Bescheid, es steht ja in jeder Zeitung. Noch vor der Visite ein Anruf des Ärztlichen Direktors, Anweisung aus Abu Dhabi, ich bin wegen des Strafverfahrens vom Dienst suspendiert. Ab sofort und ohne Bezüge.

Ein kurzes Gespräch. Manches sagt sich halt leichter über das Telefon. Ich habe es befürchtet und erwartet, jetzt trifft es mich dennoch hart. Im Büro packe ich rasch die wichtigsten Sachen, verabschiede mich kurz von ein paar Leuten, will nur schnell raus und alleine sein. Ich fahre zurück nach Dubai.

Gestern schon und jetzt noch viel mehr zahllose Anrufe von österreichischen Medien, Freunden und Bekannten und anderen Leuten, die meine Sache interessiert.

Ich bemühe mich, einen kühlen Kopf zu bewahren, muss die Dinge ordnen und gut überlegen, was jetzt zu tun ist. Ich informiere Azza und die Botschaft von meiner Suspendierung, erfahre dabei, dass Obeid weiterhin ungestört arbeiten darf, im selben Krankenhaus, auf derselben Station, auf welcher der Patient verstarb.

Obeid war in Wahrheit nie das Ziel, er war nur dumm genug, hineinzuschlittern, und jetzt lassen sie ihn nicht fallen. Ich hingegen, so steht es auf dem Papier zu meiner Suspendierung, bin eine Gefahr für die Patienten und darf nicht arbeiten, bis meine Unschuld bewiesen ist.

Schuldig, bis die Unschuld bewiesen ist. Das zieht sich durch den ganzen Fall, von Anbeginn an. In jedem Verhör, in der Untersuchung durch die Dubai Health Authority und jetzt, immer muss ich mein Tun rechtfertigen, immer gehen sie davon aus und behaupten, dass das, was ich getan habe, falsch war. Ihre Behauptungen lassen sich nicht beweisen, dennoch bin ich es, der das Gegenteil zu beweisen hat.

Für die Entscheidung, mich zu suspendieren, habe ich sogar Verständnis, für den angegebenen Grund jedoch nicht. Über meinen Fall gibt es jetzt zu viel Gerede, zu viele Fragen, das bringt Unruhe ins Krankenhaus, und das ist nicht gut für den Betrieb. Aber als Gefahr für meine Patienten angesehen zu werden, das akzeptiere ich nicht.

Für die nächste Verhandlung erwarte ich mir nicht viel, es wird

Ramadan sein, der Fastenmonat. Das öffentliche Leben steht zwar nicht still, läuft aber nur noch auf Sparflamme. Fasten für alle Muslime von Sonnenauf- bis -untergang, kein Essen, Trinken und Rauchen, keine Musik, keine Vergnügungen welcher Art auch immer, nur fasten und beten. Nach Sonnenuntergang wird alles wieder anders, nach Iftar, dem Fastenbrechen, wird nachgeholt, was während des Tages verboten war.

Auch Nicht-Muslime haben sich gebührend zu verhalten, nichts essen und trinken, kein Genuss, keine öffentliche Fröhlichkeit, solange die Sonne scheint. Das Leben verlagert sich vom Tag in die Nacht. Die Tagesarbeitszeit wird um zwei Stunden, von acht auf sechs, verkürzt, auch für alle Nicht-Muslime, auch für uns Ungläubigen.

Das Fasten fällt besonders in den ersten Tagen schwer, es ist weniger der Hunger, mehr der Durst, danach stellt sich der Körper um. Die Psyche tut sich da offensichtlich schon etwas schwerer, Gereiztheit und Ungeduld erleichtern das Miteinander nicht gerade. Manche begehen den Ramadan andächtig im Stillen, die meisten aber tragen sehr bewusst zur Schau, dass sie fasten, und dass sie beten.

Die Verhandlung am 7. August verläuft wie erwartet. Alle, außer den Angeklagten, machen einen leicht apathischen Eindruck, die Fälle werden einer nach dem anderen kurz und schnell wie am Fließband abgehandelt, ein besonders kurzer ist dann meiner: Er wird vertagt auf in vier Wochen.

Alles in allem kein angenehmer, aber auch kein besonders aufregender Tag. Meine Welt bricht erst später zusammen, am Abend, der folgt. Gabriel, der ältere meiner beiden Söhne ruft an. Schon beim ersten Wort verrät seine Stimme, dass zu Hause etwas passiert sein muss. Antonia, meine Frau, ist zusammengebrochen, wurde vom Notarzt ins Krankenhaus gebracht, eine weit fortgeschrittene Krebserkrankung wird dort diagnostiziert. Ihr Zustand ist kritisch.

Ich gehe buchstäblich im Kreis, in meinem Kopf dreht sich alles, es darf nicht sein, es kann gar nicht sein. Mit meiner Frau kann ich jetzt nicht reden, aber mit meinen Söhnen, noch mehrmals diese Nacht, sie lassen sie nicht allein, sind die ganze Zeit bei ihr.

Monatelang hat der Prozess meine Gedanken beherrscht, jetzt ist er wie weggewischt, kein Platz mehr, an ihn zu denken. Meine ganze Entschlossenheit, für mein Recht und meinen Ruf zu kämpfen, ist mit einem Schlag weg, ich will nur noch hier raus, nach Hause, um jeden Preis.

Ich rufe Azza an und danach den Botschafter, sie sollen wissen, dass ich, wie auch immer, nach Hause will und muss. Irgendwann gehe ich zu Bett, merke erst dann, wie unkontrollierbar schnell und tief mein Atem geht, meinen Puls spüre ich bis hinauf in den Hals, ich weiß noch, dass ich dachte, hoffentlich hört mein Herz nicht zu schlagen auf.

Azza versucht am nächsten Morgen, beim Richter die Rückgabe meines Passes zu erreichen, erfolglos, wie sie mich knapp, aber mit merklichem Bedauern, informiert. Erst Wochen später erzählt sie mir mehr über dieses Gespräch, erst als sie diesen Richter aus mehreren Gründen wegen Befangenheit ablehnen will. Damals, noch bevor er irgendeinen Zeugen angehört und noch bevor der Prozess richtig begonnen hatte, sagte er bereits zu Azza, es sei ihm völlig egal, wenn meine Frau jetzt sterbe, ich hätte ja schließlich auch jemanden umgebracht.

Azza drängt mich, dem Antrag auf Ablehnung zuzustimmen, ich will aber nicht. Ein neuer Richter bedeutet Verzögerung, und für Verzögerungen habe ich keine Zeit.

Die Wochen bis zum nächsten, dem dritten Verhandlungstag sind ein einziger Alptraum, im Blick zurück wie in einen dichten Nebel getaucht, die Ereignisse rund um mich nehme ich kaum noch wahr. Der Gedanke geht mir durch den Kopf, dass sich jetzt zeigen wird, ob ich wirklich der bin, der ich zu sein glaube, und ob oder besser wie lange noch ich diese Belastung aushalten kann. Kaum Schlaf, kaum Essen, ich nehme fast nur noch Kaffee und Zigaretten zu mir. Keine Stunde kann ich mich mehr entspannen, will es auch nicht, kann mir solchen Luxus nicht mehr leisten, jetzt wo mir mein Leben zwischen den Fingern zerrinnt.

An den Prozess kann ich in dieser Phase nicht mehr denken. Den ganzen Tag harre ich am Telefon aus, mit der Familie, und mehr noch mit österreichischen Medien. Anrufe nonstop, noch während ich mit jemandem spreche, klopfen schon mehrere nächste Anrufer an, der Akku reicht für keinen halben Tag mehr.

Die ersten Interviews gebe ich nur zu vereinbarten Zeiten in möglichst ungestörter Umgebung, bald jedoch zu jeder Zeit, unvorbereitet und überall, sei es im Auto während des Fahrens oder beim Einkaufen im Supermarkt, ich verpasse Abzweigungen, vergesse, was ich eigentlich kaufen wollte, und lasse Gekauftes an der Kassa liegen. Dauertelefonierend, halte ich immer das Handy mit einer Hand am Ohr.

Indirekt, über andere, erfahre ich von der Berichterstattung, selber verfolge ich sie nicht. Meine Mutter gesteht mir später, sie hätte sich an den Krieg erinnert gefühlt, als die Männer, selbst vom Tode bedroht, nicht heimkommen konnten, was auch immer daheim geschah.

Am Verlauf der nächsten Verhandlung interessiert mich kaum noch etwas, Hauptsache, alles ist schnell vorbei. Fünf Zeugen sind geladen, hoffentlich geht sich die Einvernahme aller zeitlich aus. Alle fünf sind Zeugen der Anklage, zwei Ärzte, zwei Schwestern und ein Pfleger. Die zwei Ärzte sind Yasser und Ashraf.

Der Richter ruft als Ersten Ashraf auf, der ist nicht erschienen. Der Reihe nach werden die Namen der anderen vier Zeugen verlesen, keiner von ihnen ist entschuldigt, aber keiner von ihnen ist da. Der Richter vertagt nach ein paar Minuten.

Wieder warten, wieder drei Wochen. Ich fühle mich wie versteinert, in ohnmächtiger Wut. Eines wird mir klar, hier vor Gericht brauche ich mir nichts zu erwarten oder zu erhoffen. Um schnell nach Hause zu kommen, muss ich nach anderen Möglichkeiten suchen.

Es gibt illegale Wege in das Land herein, und es gibt ebensolche aus dem Land hinaus, aber die sind ungleich schwieriger. Ich wäge alle Möglichkeiten ab, die zu Land, zu Wasser und in der Luft. Über den Luftweg könnte ich schnell weite Distanzen zurücklegen und am schnellsten in ein sicheres Land gelangen. Es ist zwar schwierig, aber nicht unmöglich, an Bord eines Frachtflugzeuges geschmuggelt zu werden, aber es ist am riskantesten zu organisieren, weil es die umfangreichste Planung braucht. Organisation und Planung eines solchen Vorhabens bedürfen einer detaillierten Kommunikation, und eine solche ist gefährlich, weil sie überwacht wird. Weniger organisatorischen Aufwand erfordert eine Reise zu Wasser oder Land, aber damit ist man noch lange nicht in Sicherheit, denn solche Reisen bergen tausenderlei Gefahren. Ich könnte mit dem Motorrad durch die Wüste nach Süden in den Jemen fahren. Nur, die Entfernung ist sehr groß und alleine kaum zu schaffen, der Jemen selbst ist unsicher, im Umbruch. Die Reise würde mich vermutlich vom Regen in die Traufe führen. Bleibt das Schiff, ich könnte irgendwo an Bord gelangen. Schmuggler und Schlepper aber bringen ihre Fracht vom Iran, von Indien und Pakistan, keiner schmuggelt oder schleppt in die andere Richtung, ich wäre ein einsamer Passagier. Meine emiratischen Freunde raten mir dringend ab, sie meinen, ich würde mein Ziel nie erreichen, man würde mich irgendwo auf hoher See über Bord werfen. Ein naheliegender Gedanke, denn die Schlepper könnten auf diese Weise ihr Risiko minimieren und neben der Bezahlung alles, was ich an Werten bei mir hätte, einkassieren.

Je mehr ich plane und überlege, desto mehr lerne und erfahre ich über das perfekte Sicherheits- und Überwachungssystem der Emirate. Es beginnt mit Fingerabdruck und Irisscan bei der Ausstellung von Visum und emiratischem Identitätsausweis. Kameras beobachten einen auf Schritt und Tritt in allen öffentliche Gebäuden und auch in Shopping Malls. Nummernschilderkennung auf den meisten Straßen ist Routine sowie Telefon- und E-Mail-Überwachung, die bei gewissen Stichwörtern automatisch aufzeichnet. Es ist ein dichtes, hochentwickeltes Netz.

Tot, vermisst oder bei der Flucht gefasst, würde ich meiner Familie keine große Hilfe sein. Ich muss eine bessere Lösung finden.

Die österreichische Botschaft war schon von Beginn an über meine Schwierigkeiten informiert. Gerichtsverhandlung, Mordanklage, Forderung der Todesstrafe sowie das große mediale Interesse haben meinen Fall auf eine höhere Ebene gehoben. Das Amt für auswärtige Angelegenheiten wird aktiv, Mag. Elisabeth Ellison, die Leiterin der Rechtsabteilung, wird mit diesem Konsularfall betraut. Sie fliegt nach Dubai und nimmt an der Verhandlung teil, sie will sich selbst ein Bild der Lage machen.

Mag. Ellison kommt gut vorbereitet, hat die Fakten in den Unterlagen gründlich durchstudiert, aber einen Eindruck von den beteiligten Personen und den vielschichtigen, oft schwer durchschaubaren Zusammenhängen kann sie sich nur in Dubai selber machen.

Zahlreiche Besuche von Schlüsselpersonen stehen auf ihrem Programm, sie will mit möglichst allen sprechen. Für den Nachmittag ist eine Audienz am »Ruler's Court«, einer Präsidentschaftskanzlei vergleichbar, geplant, in der Hoffnung, auf politischem Wege zu erreichen, wogegen die Behörden sich sträuben: eine temporäre Ausreisegenehmigung aus humanitären Gründen, wegen der Erkrankung meiner Frau. Bundespräsident Dr. Heinz Fischer hat seine Hilfe angeboten und sich bereit erklärt, mit dem Herrscher Sheikh Mohammed zu sprechen.

Meine emiratischen Freunde sind begeistert, ein Gespräch auf dieser Ebene klingt sehr vielversprechend, das Anliegen eines Präsidenten kann nicht abgeschlagen werden, sind zumindest sie überzeugt.

Empfangen werden Elisabeth Ellison und ihr Begleiter nicht von Sheikh Mohammed, er schickt den Thronfolger, seinen ältesten Sohn. Dieser gibt zu verstehen, dass ein Anruf unseres Präsidenten als Einmischung in ein laufendes Verfahren nicht erwünscht sei.

Meine Freunde sind sprachlos, sie halten diese Antwort für eine schallende Ohrfeige. Die Vertreter des Ministeriums kommentieren es diplomatischer, erwartet haben aber auch sie es nicht. Mich zumindest wundert schon gar nichts mehr. Wer den Rest der Welt mit dem Ölhahn gängeln kann, hat es einfach nicht nötig, auch noch höflich zu sein.

Das Beraterteam des Thronfolgers bringt auch die Möglichkeit der Blutgeldzahlung zur Sprache. Laut Sharia-Recht kann die Familie Blutgeld akzeptieren, wodurch die Strafe auf das Mindestmaß reduziert werden kann. Sie deuten auch an, dass das Verfahren gegen mich sogar eingestellt werden könnte, sollte die Familie damit einverstanden sein. Azza warnt vor dieser Option, sie meint, eine Blutgeldzahlung könnte auch als Schuldeingeständnis aufgefasst werden, und eine Einstellung des Verfahrens sei auf diesem Wege rechtlich eigentlich gar nicht möglich. Ich sehe dennoch eine Chance, in meiner Situation kann ich nichts unversucht lassen. In diesem Land gibt es nichts, was mit dem Segen von oben nicht möglich ist.

Ellison und ihr Begleiter reisen wieder ab, leider, in ihrer Gegenwart habe ich mich sicherer gefühlt. Ich setze alle Hoffnung auf die Familie des Verstorbenen und bin natürlich bereit zu zahlen. Dass dies wie ein Schuldbekenntnis aussehen könnte, stört mich dabei recht wenig. Azza glaubt, dass sie die Familie in Pakistan schnell aufspüren kann, sie hat Erfahrung in solchen Angelegenheiten. Die Suche beginnt üblicherweise bei demjenigen, der den Leichnam übernommen hat, von dort dann weiter zu all den Erben.

Wider Erwarten entpuppt sich das aber als viel schwieriger und dauert länger, als erhofft. Niemand hatte den Leichnam abgeholt, die Familie hatte kein Interesse, ihn zu Hause zu bestatten, die Frau war schon, noch bevor sie Witwe wurde, mit einem anderen liiert. Die Kontaktnummer, die der Herr Botschafter vom Ruler's Court bekommt, hilft nicht weiter, es stellt sich heraus, dass es, ein etwas makabres Detail, die Nummer des Verstorbenen ist.

Azza forscht eifrig weiter, die Angelegenheit gestaltet sich immer komplizierter. Der Patient hatte laut einem Cousin zwei Kinder. Jetzt meldet sich ein Onkel und spricht plötzlich von deren sechs, plus dem Kind, das die Witwe von ihrem neuen Partner hat und um das der Onkel sich jetzt kümmert. Eine der Töchter will demnächst heiraten, die Familie braucht dafür viel Geld. Der Onkel kommt nach Dubai, aber ohne die nötigen Papiere, Azza schickt ihn wieder zurück, er muss erst zum Notar und dort das Erforderliche regeln. Kosten für Flug, Notar, weitere Spesen, alles scheint überhöht. Kein Zweifel, die Familie wittert Geld, aber das ist mir egal, sollen sie es haben, nur möglichst schnell soll alles gehen.

Unterstützung kommt von vielen Seiten, auch von ganz unerwarteten. Alle Angebote sind gut gemeint, manche leider nutzlos bis absurd, einige aber hochinteressant. Ein Freund in Österreich hat gute Beziehungen zu einem deutschen Unternehmer, einem der wirklich ganz Großen, er erzählt ihm von mir, und der Unternehmer will mir helfen. Er verfügt über sehr gute Kontakte weltweit, auch in dieser Region. Einer seiner Anwälte ist beauftragt, mich zu kontaktieren, er will Informationen, möglichst viele Details und Unterlagen. Wir unterhalten uns ziemlich lange, er nennt seine Kontakte und Kanäle und verspricht, sein Möglichstes zu tun.

Eine Schlüsselfigur in seinem Netzwerk ist ein Texaner, Ölmilliardär, dessen Sohn in den Emiraten die Ölgeschäfte seines Vaters führt. Über den Vater laufen die medialen Kontakte. Es dauert nicht lange, und Mag. Peter Launsky-Tieffenthal, der Sprecher des österreichischen Außenamtes, wird von einem saudi-arabischen Sender zu meinem Fall interviewt. Der Bericht wird sogar von einem saudischen Sender ausgestrahlt, einem vielgesehenen Kanal in den Emiraten.

Für unsere Maßstäbe ist der Bericht zurückhaltend vorsichtig, für die Verhältnisse hier ist jedoch allein die Tatsache, dass berichtet wird, fast schon gewagt. Die örtlichen Kontakte laufen über den Sohn des Texaners, der in Abu Dhabi in den höchsten Kreisen verkehrt. Sein Freund und zugeich seine rechte Hand ist ein ehemaliger Pilot der US Navy, dieser ruft mich auch an. Art und Ton des Gesprächs sind in etwa so, wie man es sich bei seinem Hintergrund erwarten kann, sehr direkt, sehr nüchtern und entschlossen. Er will zur nächsten Verhandlung kommen und bis dahin noch mit einigen Leuten sprechen.

Der deutsche Anwalt ruft fast täglich an, erkundigt sich, was sich bei mir tut, und hält mich über seine Aktivitäten auf dem Laufenden. Er nennt viele bekannt klingende Namen und versucht, mir zu erklären, wer mit wem und wie vernetzt ist. Sollten alle Stricke reißen und ich Gefahr laufen, festgenommen zu werden, dann hätten sie noch einen Mann für heikle Aufgaben, einen Ex-Geheimdienstmann, er könnte mich verschwinden lassen, man würde dann nur noch mein Auto in der Wüste finden.

Aber bevor ich mich auf ein solches Unternehmen einlasse, möchte ich doch noch alle anderen Möglichkeiten ausschöpfen. Der Anwalt verhandelt gerade Geschäfte mit einem Mitglied der Herrscherfamilie, einem Al Maktoum. Er schickt ihm meine Unterlagen und bezieht meinen Fall in seine geschäftlichen Verhandlungen ein.

Schließlich tut sich noch eine weitere Möglichkeit auf, wie ich an die Al Maktoums herantreten könnte. Ein alter Bekannter, ein ehemaliger Nachbar in meiner Heimatstadt, jetzt schon ein alter, aber noch sehr aktiver Herr, bietet mir seine Unterstützung an. Er selbst kennt niemanden in Dubai, aber er kennt Leute, die Leute kennen, und er will unbedingt etwas für mich tun. Er ist Sudetendeutscher, hat bei seiner Vertreibung damals alles verloren, ich glaube, das hat ihn so hilfsbereit gemacht. Er mobilisiert eine seiner geschäftlichen Verbindungen. Dieser Freund ist ein unverschämt reicher Geschäftsmann aus Bahrein, ein Freund wiederum der Al Maktoum in Dubai, er geht im Palast ein und aus.

Ob die deutsche Connection oder die durch andere Freunde, ich suche jedes Mal im Internet nach den involvierten Namen und relevanter Information. Dabei finde ich zwar nicht alles, aber genug, um meine Bedenken über leere Versprechungen und falsche Hoffnungen zu zerstreuen. Alle diese Aktivitäten und Interventionen laufen nebeneinander, durcheinander, zeitversetzt und überschneidend, mit mir als Drehscheibe mittendrin. Ich handle mechanisch, für mich ist es ein Überlebenskampf, jeden Moment alles ausgerichtet auf das eine Ziel. Essen dient nur der Energiezufuhr, Sport nur, um mich fit zu halten, für den Kampf hier oder eine mögliche Flucht. Die Zigaretten spür ich nur noch ohne Filter, der Kaffee hat mehr schon einen beruhigenden Effekt. Gut gemeinte Einladungen zum Essen oder sonstige Zerstreuung lehne ich dankend ab. Ich befinde mich im Gefechtsmodus, rund um die Uhr.

Mein emiratischer Freund Sadik und seine Brüder überlegen ständig und wollen helfen, wo es nur geht, sie nützen ihre guten Kontakte, wie man es sonst nur für die eigene Familie tut. Dass sie sich für einen des Mordes verdächtigten Ausländer einsetzen, ist nicht selbstverständlich, sie riskieren dabei ihr Ansehen und ihren guten Ruf. Sadiks mächtigster Bekannter ist Sheikh Nahjan, den er seit seiner Jugendzeit kennt, er ist ein Bruder Sheikh Khalifas, des Präsidenten. Sadik hält sehr viel von ihm, beschreibt ihn als einen Mann von Wort.

Für die nächste Sprechstunde in der Majlis, dem Gesellschaftsraum des Sheikhs, meldet er unser Kommen an. Sadik holt mich ab, wir fahren mit seinem Auto.

Mehr als fünfhundert PS und ein Radarwarngerät bringen uns recht schnell nach Abu Dhabi. Im Palastviertel fährt er langsam, wegen der Kameras zur Nummernschilderkennung in allen Straßen, jede Bewegung wird aufgezeichnet und gespeichert. Die Zufahrt zu Sheikh Nahjans Palast ist frei, keine Sicherheitskontrolle, das Tor steht offen. Wie auch im Palast, jeder kann ungehindert hinein. Wir warten in der Majlis. Langsam kommen auch noch andere Bittsteller, Sadik kennt einige, jeder begrüßt jeden. Die Bänke entlang der Längsseiten sind bald halb gefüllt, etwa zwanzig Leute, drei davon so wie ich in westlicher Kleidung, die anderen traditionell, also Emiratis.

Der Sheikh kommt mit einem Freund, der fast noch grimmiger

als der Sheikh selbst dreinschaut, er nimmt Platz auf dem mittleren von drei thronähnlichen Sofas an der Front, sein Freund auf dem rechts von ihm. Er deutet Sadik, sich neben ihn zu setzen, auf das Sofa zu seiner Linken.

Es wird Tee getrunken und geplaudert, hin und wieder winkt der Sheikh jemanden zu sich heran, erlaubt ihm, sein Anliegen vorzutragen. Die Angesprochenen stehen in gebührendem Abstand vor ihm, er hört mehr oder weniger aufmerksam zu, mitgebrachte Unterlagen übernimmt sein Sekretär. Der, der neben mir sitzt, war schon zweimal da, er hofft, heute angehört zu werden.

Sadik kommt nun auf mich zu und sagt mir, der Sheikh wolle mit mir reden. Ich gehe vor, der Sheikh bedeutet mir, Platz neben ihm zu nehmen, zu seiner Linken, dort, wo vorher Sadik gesessen ist. Dankend setze ich mich. Er wartet, dass ich zu reden beginne, aber ich warte, bis er etwas sagt. So sitzen wir beide schweigend da, was ihn zu amüsieren scheint, aber mich auch, irgendwie. Er lehnt sich zu mir und fragt mich grinsend: »Hey, Doc, so tell me, what's up?«, »Hallo, Doc, sag mir, was gibt's?«

Wir unterhalten uns zehn Minuten lang, er hört zu, und er stellt Fragen, mein Fall ist ihm nicht unbekannt. Sein Sekretär will meine Unterlagen entgegennehmen, er aber greift selbst danach und verspricht, sich alles anzusehen. Sadik und ich verlassen den Versammlungsraum, zwanzig Augenpaare sind auf uns gerichtet. Beim Hinausgehen schaue ich, ob im Palast oder im Park, auf dem Weg zum Auto, Überwachungskameras zu finden sind. Zumindest sehen kann ich keine. Äußerst ungewöhnlich für einen Sheikh.

So schwierig meine Lage auch ist, sie ist nichts im Vergleich zu dem, was meine Familie durchmacht. Meine Söhne sind rund um die Uhr bei ihrer Mutter, die inzwischen in ein Tumorzentrum verlegt worden ist. Vorrangig und ganz dringend muss sie sich einer Strahlentherapie am Kopf unterziehen, fast zwei Wochen lang, dann erst kann mit der Chemotherapie begonnen werden. Sie lässt alles über sich ergehen, will nur so schnell wie möglich wieder heim. Trotz all des Chaos rundherum bewältigen meine Söhne nebenbei noch viel zeitaufwendige Medienarbeit. Eines ihrer Fernsehinterviews sehe ich in Dubai online, sie wirken gefasst und stark, ich bin ziemlich stolz auf sie.

Das Tumorzentrum, in dem meine Frau behandelt wird, ist ein Ordensspital. Um sie von der Öffentlichkeit abzuschirmen, wurde sie dort unter falschem Namen aufgenommen und auf einer Station, die sonst nur Ordensmitgliedern vorbehalten ist, untergebracht. Sie wird mit »Schwester Antonia« angesprochen, und nur wenige wissen, dass sie keine geistliche Schwester ist. Die dauernde Anwesenheit von zwei jungen Männern, die sich auch noch als ihre Söhne vorstellen, sorgt gelegentlich für amüsante Missverständnisse und einige Verwirrung. Später dann, zu Hause, erinnert sie sich gerne an diesen Aufenthalt als etwas ganz Besonderes, wegen der Geborgenheit, die ihr dort vermittelt wurde, und auch wegen der erheiternden Momente.

Nach den Bestrahlungen dann die Chemotherapie, der erste Zyklus. Das alles kann ich nur über Telefon und Skype verfolgen. Ich weiß, wie weit ihr Krebs schon fortgeschritten ist und wie viel Zeit uns in etwa noch gegönnt sein wird. Jede Minute ist kostbar, und jede hier in Dubai für mich verlorene Zeit.

Als wäre es nicht schön langsam genug, werde ich auch noch unvermutet am Rande in eine unangenehme Sache mit hineingezogen. Mein erster Rechtsvertreter, Herr Kawadri, der mich zu meiner Einvernahme durch Ashraf begleitet hatte, hat auch andere Österreicher vertreten, und das angeblich zu seinem Nutzen und deren Schaden. Eine mögliche Verwicklung des österreichischen Konsuls in Kawadris Aktivitäten wird vom österreichischen Korruptionsstaatsanwalt untersucht. Das ist sehr unangenehm für den Konsul und die Botschaft, auch unangenehm für Kawadri, und eine lästige Zusatzbelastung für mich. Überraschend und interessanterweise wird Kawadri in Dubai zum Oberstaatsanwalt zitiert, der ihn beschuldigt, dass er mir in meiner Sache sehr geschadet hat. Aus meiner Sicht war sein Auftritt bei meiner Einvernahme peinlich und unnötig aggressiv, ob er mir damit oder auch noch in einer anderen Weise geschadet hat, weiß ich nicht. Nach diesem einen Mal habe ich mich jedenfalls von ihm getrennt. Vielleicht war da noch etwas anderes, vielleicht weiß der Oberstaatsanwalt mehr.

Kawadri ruft mich an, er will von mir ein Schreiben, dass er mir nicht geschadet und mich zu meiner Zufriedenheit vertreten habe. Ich rieche Ärger und halte mich aus dieser Sache ganz heraus. Die

Geschichte wird von österreichischen Medien aufgegriffen, es gibt Spekulationen über eine Verwicklung der österreichischen Botschaft in Kawadris zahlreiche Aktivitäten. Kawadri droht mir mit einer Verleumdungsklage durch einen prominenten österreichischen Anwalt, falls ich Negatives über ihn sage. Auf Rückfrage bei dem prominenten Anwalt ist diesem der Name Kawadri nicht einmal bekannt. Aber in Dubai kann er mir dennoch gefährlich werden. Er bewegt sich dort seit vielen Jahren in Polizei- und Justizkreisen, hat auch einen einflussreichen Sponsor, der seine schützende Hand über ihn hält.

Zu allem Überfluss tritt die Hauptakteurin der mutmaßlichen Kawadri-Opfer an mich heran und will mich für ihre Sache gewinnen, schickt mir Unmengen von Unterlagen und Berichten, sie will seine Machenschaften damit beweisen. Sie führt einen besessenen Kreuzzug, soll sie, aber ohne mich. Elisabeth Ellison ist jetzt viel beschäftigt, ihre Besuche in den Emiraten gelten nun nicht mehr nur meinem Fall allein.

In wenigen Tagen, am 25. September 2011, wird die nächste Verhandlung sein, in den vorangegangenen drei Verhandlungen ist praktisch nichts geschehen. Die erste wurde routinemäßig vertagt, die zweite wegen des Fastenmonats Ramadan ebenso. In der dritten und bislang letzten sind alle fünf Zeugen der Anklage trotz Vorladung nicht erschienen. Immer wieder gehe ich die protokollierten Aussagen dieser Zeugen vor dem Staatsanwalt durch, kenne sie schon auswendig, Wort für Wort.

Ellison ist diesmal schon etwas früher von Wien angereist. Auf der Liste ihrer geplanten Termine steht auch der General Director der Health Authority, Qadhi Al Murooshid, ein Besuch, der, wie ich meine, reine Zeitverschwendung ist. Ellison aber will nichts unversucht lassen und sich auch selbst ein Bild machen. Sie bringt bei diesem Treffen die »Nicht-Wiederbeleben«-Krankenhausrichtlinie für hoffnungslose Patienten zur Sprache und konfrontiert Al Murooshid mit Beispielen von wirklichen »Nicht-Wiederbeleben«-Anordnungen meines Widersachers Hassan. Sie läuft aber bei ihm gegen eine Wand, er ist nicht gesprächsbereit, verweist selbstsicher auf das Gericht. So, oder so ähnlich, habe ich das vorhergesehen. Die Health Authority fühlt sich sehr sicher, und das zu Recht, denn juristisch ist sie unantastbar. Durch einen Erlass des Herrschers

Sheikh Mohammed ist es der Staatsanwaltschaft nicht erlaubt, gegen andere Behörden vorzugehen. Was auch immer Al Murooshid und seine Health Authority tun, juristisch sind sie sakrosankt.

Ellison kommt ergebnislos, aber um einen persönlichen Eindruck reicher von diesem Gespräch zurück.

Am gleichen Tag schickt Azza einen Entwurf für die Erklärung, welche die Familie des verstorbenen Patienten unterschreiben soll. Gemeinsam gehen Ellison und ich ihn durch. Er erwähnt den Verzicht auf die Todesstrafe nach erfolgter Zahlung, von der Einstellung des Verfahrens ist darin aber keine Rede. Azza wird das rasch ändern müssen, denn wir erwarten den Onkel jeden Tag.

Gabriel, mein älterer Sohn ruft an. Meine Frau musste, ein paar Stunden nachdem sie vom Krankenhaus heimgekommen war, wegen einer Blutung aus dem Tumor sofort wieder zurück ins Spital. Der Tumor zerfällt, ist größtenteils nekrotisch, der Chirurg weiß nicht, ob er die Blutung stoppen kann. Mit einem Schlag sind Azza, das Schreiben, der ganze Prozess, wieder in den Hintergrund getreten, eine belanglose Nebensache. Die Blutung kann zum Glück gestillt werden. Der Chirurg teilt meinen Söhnen mit, dass er im Fall der Fälle nicht versuchen wird, meine Frau wiederzubeleben. Der Tumor ist zu weit fortgeschritten, hat die Brustwand schon durchbrochen und frisst sich in die Lunge vor. Eine nüchterne fachliche Entscheidung, aber meine Frau will leben und ist bereit zu kämpfen, sie nimmt alles, was auch kommen mag, auf sich. Ich hoffe inständig, dass alles gut geht und ich sie noch sehen kann.

Von meinen Augen und Ohren im Rashid Hospital erfahre ich, dass Yasser, der Hauptzeuge der Anklage, überraschend fünf Wochen auf Urlaub gehen will, ab nach Spanien, statt zum Prozess. Selbst sein Ärztlicher Direktor findet das verdächtig und verlangt, dass er ihm das Flugticket zeigt. Eine weitere Zeugin wird sicher nicht zur Aussage kommen, sie ist zu Hause in Indien, die Vorladung konnte ihr deshalb nicht zugestellt werden. Also, vielleicht kein Yasser, sicher keine Schwester, ich weiß nicht, ob die verbleibenden drei Zeugen auftauchen werden, vielleicht auch wird neuerlich nur vertagt. Die Zeit läuft gegen mich, ich kann nichts tun, um die Sache zu beschleunigen, es liegt allein beim Gericht.

Am Abend treffe ich kurz einen Bekannten, einen Kollegen, er ist selber Arzt und sehr an meinem Fall interessiert. Wir unterhalten uns ein wenig. Er kennt einen der Ärzte aus der Untersuchungskommission, einen von den beiden, die zusammen mit Ashraf den Endbericht verfasst und unterschrieben haben, den bulgarische Anästhesisten. Er hat des Öfteren mit ihm gesprochen. Der Bulgare kann sich nicht erklären, wieso die Sache zu Gericht gegangen ist, der Bericht war nicht belastend, nichts, was eine Mordanklage begründen kann. Der Bulgare hat Angst und sagt ihm das alles nur streng vertraulich.

Am Vorabend der Verhandlung folgt eine letzte große Besprechung. Azza, ein weiterer Anwalt aus ihrer Kanzlei, Ellison und ich gehen noch einmal Punkt für Punkt alles durch, nicht nur das Faktische, auch das Formale, den Ablauf der Verhandlung betreffend. Meinem Antrag auf eine persönliche Übersetzerin hat der Richter stattgegeben. Asmaa, meiner Sekretärin, wird gestattet, dass sie vor der Anklagebank neben mir steht und simultan für mich übersetzt. Allfällige Fragen und Einwände muss ich auf einen Zettel schreiben, den Asmaa dann meiner Anwältin übergeben darf. Ob die von mir vorgeschlagenen Inhalte vom Richter auch vorgebracht werden, liegt ganz allein in seinem Ermessen.

Die Simultanübersetzung ist eine Premiere, noch nie in der Geschichte des Dubai-Gerichtes hatte ein Angeklagter einen Dolmetsch an seiner Seite, um den Prozess zu verfolgen, und es ist auch seither kein zweites Mal geschehen. All die anderen, meist bettelarme Inder oder Pakistani, werden verhandelt und abgeurteilt, ohne auch nur zu verstehen, was da gesprochen wird. Aus Sicht der Justiz ist das aber offenbar in Ordnung, weil der Angeklagte ja nicht sprechen darf, er ohnehin kein Recht darauf hat, gehört zu werden. Genehmigt wird mir das, wie ich vermute, nur wegen der großen Aufmerksamkeit, die mein Fall inzwischen erreicht hat.

Vierter Verhandlungstag, und wieder bin ich viel zu früh im Gerichtsgebäude. Ellison kommt, in Begleitung des Botschafters und des Konsuls, nur kurz nach mir. Zwei Zeugen sind auch schon da. Ein Pfleger und eine Schwester, sie stehen etwas verloren und nervös herum, sehen mich und kommen auf mich zu, um mich zu begrüßen. Ich sehe aber keinen Yasser. Meine Sekretärin Asmaa erhält von Azza noch die letzten Instruktionen, wo sie zu stehen und wie sie sich als Übersetzerin zu verhalten hat. Auch das Sprachrohr derer, die sich von Kawadri geschädigt fühlen, ist gekommen und redet jetzt auf mich ein. Es tut mir leid, aber ich bin augenblicklich weder in der Lage noch in der Verfassung, mich um anderer Leute Probleme zu kümmern. Ich reiße mich mit einer Entschuldigung los und gehe im Wartesaal auf und ab, dabei treffe ich auf Ashraf, der als Vertreter der Dubai Health Authority geladen ist. Er begrüßt mich, als wären wir alte Freunde und als sei er froh, mich hier zu sehen. Er beteuert, wie leid es ihm tut, dass diese Sache völlig aus dem Ruder gelaufen ist, dass sie niemals hierher gehört hätte, vor das Gericht. Er schimpft über die Justiz, nennt alle inkompetent und korrupt, keinem sei hier zu trauen. Deshalb habe er auch den Untersuchungsbericht persönlich ins Arabische übersetzt, um ganz sicher zu gehen, man könne ja nie wissen.

Er wirkt kleiner, als ich ihn in Erinnerung habe, wie er da so vor mir steht und redet und trotz der angenehmen Kühle, die heute in der Halle herrscht, unaufhörlich schwitzt. Er labert weiter, belangloses Zeug vom Spital und über Kollegen, und dann, noch einmal, ohne Anlass, kommt er auf den Bericht und seine persönliche Übersetzung zurück. Obwohl ich ihn nicht danach gefragt habe, fühlt er sich bemüßigt, gleich zweimal zu betonen, dass hier ja niemandem zu trauen sei und er deshalb lieber selber übersetzt habe.

Bei mir klickt etwas, die Hinweise fügen sich vage zu einem Verdacht zusammen. Zuerst der Lizenzentzug nach einer Untersuchung, obwohl ich alle Vorwürfe plausibel erklären konnte, dann Generaldirektor Al Murooshid, der auch auf Bitten des Konsuls keine Einsicht in den Untersuchungsbericht gewährte, schließlich der Bulgare, der beteuert, dass der Bericht harmlos war, und jetzt Ashraf, der offensichtlich das Bedürfnis hat, sich etwas von der Seele zu reden. Ich nehme mir vor, diesen Hinweisen genauer auf den Grund zu gehen.

Der Verhandlungssaal wird aufgesperrt, ich betrete ihn nicht gleich, will mir das einleitende militärische Gebrüll dieses Mal ersparen. Auf der Liste steht mein Fall weit unten, kommt wieder erst gegen Schluss. Den Anfang macht die übliche Schnellabfertigung von Dealern, Dieben und Kleinkriminellen. Seine Ehrwürden der Richter scheint heute gut gelaunt, erntet hin und wieder Lacher für die Scherze, die er auf Kosten der Angeklagten macht. Diese schauen weiter ernst, sie verstehen ihn ja nicht und können seinem Humor daher nicht folgen. Wir werden zusammen aufgerufen, der Mitangeklagte Obeid und ich. Den ganzen Weg bis zur Anklagebank mustert mich der Richter. Ich hoffe, dass, was ich über ihn denke, nicht allzu offensichtlich ist. Ashraf wird als erster Zeuge aufgerufen. Keine Spur mehr von dem zuerst mir gegenüber ausgedrückten Bedauern. Er genießt seinen Auftritt, ganz der erhabene Zeuge und Experte, er beschuldigt mich schwer und fällt dem Richter dabei wiederholt ins Wort.

Asmaa steht neben mir, übersetzt nur, was sie für erwähnenswert hält. Sie kennt den Fall ganz genau, sie weiß, was wichtig und zu übersetzen ist. Ich schreibe Fragen und Einwände auf einen Zettel, sie bringt ihn dann zu Azza nach vorne, dort, wo die Verteidigung steht. Nicht eine einzige meiner Fragen wird vom Richter genehmigt, er unterbricht Ashrafs Auftritt nicht. Dieser bleibt nach seiner Aussage im Saal, nimmt im Zuhörerraum Platz und breitet, lässige Überlegenheit signalisierend, seine Arme auf die Lehnen der leeren Stühle links und rechts von ihm aus.

Der Pfleger Amin wird als Nächster aufgerufen, er bleibt in seiner Aussage exakt bei dem, was er schon bei der Einvernahme durch den Staatsanwalt zu Protokoll gegeben hat. Er bestätigt, dass der Patient bis unmittelbar vor seinem Tod, soweit man das bei seinem Zustand überhaupt sagen kann, in guter Verfassung war. Nicht die geringsten Anzeichen von zu viel Morphium oder von zu wenig Sauerstoff, er habe noch getrunken und gegessen und, so gut es ihm möglich war, auch kommuniziert. Von einer Anordnung, Wiederbelebungsversuche zu unterlassen, weiß der Pfleger nichts, er habe mich ja auch damals schon seit Tagen nicht mehr gesehen. Eine ähnliche Aussage macht die Schwester, keine Anordnung, nicht schriftlich und auch nicht mündlich. Von seinem Platz aus unterbricht Ashraf den Richter zweimal, wird aber nicht aus dem Saal gewiesen, vom Richter nur gefragt, ob etwa er es sei, der die Verhandlung hier jetzt leitet.

Nach Verhandlungsende geht es spannend weiter. Meine Anwältin gerät in eine lautstarke Auseinandersetzung mit zwei Journalisten, die beide bisher falsch und sehr negativ über mich berichtet haben. Azza sind Journalisten und die Presse insgesamt nicht ganz geheuer, sie lehnt den Kontakt mit ihnen kategorisch ab. Sie hat mich auch mehrmals eindringlich davor gewarnt, mit österreichischen Medien zu reden, weil das hier gar nicht gern gesehen wird und mir schaden kann. Eine vielleicht gar nicht so unvernünftige Einstellung in einem Land, in dem es keine freie Presse gibt, aber auf eine angeblich unabhängige Rechtssprechung wirft dies kein gutes Licht. Der aktuelle Streit hier wird allerdings die Berichterstattung auch nicht unbedingt verbessern. Michael, mein Freund, geht geschickt dazwischen. Er setzt sich zu den Journalisten, spricht ruhig, hört ihnen zu, und binnen Minuten ist die Situation beruhigt.

Die Journalisten erzählen uns nun, dass sie nur berichten dürfen, was offiziell bei Gericht gesprochen wird, keine Kommentare, keine Hintergrundinformation. Um des lieben Friedens willen verbeiße ich es mir, sie zu fragen, wieso sie dann fälschlich über Zeugenaussagen geschrieben haben, als gar keine Zeugen geladen waren. Die beiden Reporter tauen auf und sind jetzt sehr gesprächig, aber meine Aufmerksamkeit gilt mehr dem, was sich am anderen Ende des Wartesaals tut.

Ashraf steht bei den beiden Zeugen, der Schwester und dem Pfleger, er spricht heftig auf sie ein, die beiden sehen aus, als fühlten sie sich dabei nicht wohl. Ashraf ist offensichtlich zornig, aufgebracht marschiert er davon. Ich lasse Michael mit den Journalisten alleine, ich will wissen, was da jetzt vorgefallen ist.

Ashraf hat die beiden Zeugen beschimpft, weil sie nicht gegen mich ausgesagt haben, mit Recht fühlen sie sich jetzt bedroht, sie haben Angst vor unangenehmen Konsequenzen, Angst um ihren Job. Ob die Schwester, die heute nicht da war, sich jetzt überhaupt noch auszusagen getraut, erscheint mir etwas fraglich.

Michael hat gute Arbeit geleistet, die Schlagzeilen in der Presse waren geradezu wohlwollend im Vergleich zum letzten Mal.

Nach meinem Gespräch mit Ashraf bin ich mir fast sicher, dass mit dem Untersuchungsbericht etwas nicht stimmen kann, ich muss unbedingt mehr in Erfahrung bringen, vielleicht können die beiden anderen Kommissionsmitglieder mir dabei behilflich sein.

Michaels Schwiegermutter spricht Schwedisch, sie erklärt sich bereit, mit dem Schweden zu reden. Er arbeitet jetzt wieder in Stockholm, seine Telefonnummer habe ich schnell herausgefunden. Sie ruft ihn an, er windet sich und will nicht viel darüber reden, er gibt vor, dass er sich zur Untersuchung nicht äußern darf. Aber so viel sagt er doch, nämlich dass in dem Bericht nicht auf eine Fehlbehandlung geschlossen wurde. Das mit der Mordanklage tue ihm leid, er könne sich aber nicht vorstellen, mit dem Bericht, so wie er war, dazu beigetragen zu haben. Er kann nichts für mich tun und will auch nicht in die Sache mit hineingezogen werden. Nicht sehr viel, aber immerhin etwas.

Ich rufe den Kollegen an, der den bulgarischen Anästhesisten kennt, und erzähle ihm von meinem Verdacht. Er hilft ein Treffen des Bulgaren mit Ellison zu arrangieren, streng vertraulich und ausschließlich nur mit ihr. Sollte ich am Treffpunkt auftauchen, würde er sofort das Weite suchen.

Elisabeth Ellison trifft ihn im Grand Hyatt. Ein erwachsener Mann, aber die Angst steht ihm ins Gesicht geschrieben. Er selbst war bei meiner Einvernahme gar nicht dabei, hat aber trotzdem, Ashraf gehorchend, brav den Bericht unterschrieben. Seine Erinnerung, sagte er, ist etwas vage, eine Kopie des Berichtes hat er nicht. Erst kürzlich habe auch Ashraf ihn nach einer solchen gefragt. Aber, soweit er sich erinnern kann, wurden die Vorwürfe gegen mich damals allesamt entkräftet. Die Sache mit der Mordanklage finde er schrecklich, mehr könne er jedoch nicht für mich tun, er habe Familie und möchte nichts riskieren.

Eines fügt sich zum anderen, mein Verdacht wird immer härter, mit dem Bericht ist etwas faul. Ich spreche mit Azza darüber, sie teilt mein Misstrauen. Die der Akte beiliegende arabische Übersetzung ist nicht legitim, es ist eine persönliche Version von Ashraf, nicht von einem beeideten Übersetzer, und sie ist in keiner Weise autorisiert. Dass Staatsanwalt und Richter sich damit zufrieden geben und nicht nach dem Original verlangen, ist unverständlich und nicht korrekt, ja höchst ungewöhnlich. Dieser Umstand spricht für sich.

Azza sucht den Richter auf, weist ihn darauf hin und kann ihn dazu bewegen, das Originaldokument von der Dubai Health Authority anzufordern. Dann soll es vom Gericht übersetzt und der Akte beigelegt werden, und wir würden Zugriff darauf haben. Das kann dauern, aber der Richter ordnet es so an.

Nur zwei Tage nach der letzten Verhandlung haben Ellison und der Botschafter neuerlich einen Termin beim Ruler's Court. Es wird weiter über meine passagere Ausreise aus humanitären Gründen verhandelt. Die Emiratis wollen eine Garantie dafür, dass ich mich dem Prozess nicht entziehe. Diese Garantie kann das Außenamt aber nicht geben. Österreich liefert seine Bürger nicht an das Ausland aus. Ellison erklärt ihnen diesen Umstand, der in unserer Verfassung festgeschrieben steht. Meine Schwester macht sich erbötig, statt mir, als Pfand sozusagen, in Dubai zu bleiben, rechtlich ist dies aber nicht möglich. Daher ist alles, was wir bieten können, mein Versprechen, weiterhin bei den Verhandlungen anwesend zu sein.

Am späten Vormittag des nächsten Tages kommt ein Anruf von Ellison. Ich soll sie im Crown Plaza treffen, sie habe eine Überraschung für mich. Als ich hinkomme, winkt sie mir schon von weitem mit meinem Pass in der Hand. Das Erste, was ich tue, ist zu Hause anrufen. Ich sage, dass ich komme, weiß noch nicht genau wann, heute noch oder morgen, jedenfalls so schnell wie möglich.

Trotz aller Erleichterung kann ich mich nicht so richtig freuen, die Situation daheim lässt es einfach nicht zu. Beim Essen erzählt Ellison vom Gespräch beim Ruler's Court, und wir debattieren, warum mein Pass nun doch überraschend freigegeben wird. Ellison hat geschickt und zäh verhandelt, es gab auch andere Interventionen, zahlreiche Mosaiksteinchen, die wahrscheinlich mit beigetragen haben zu diesem Erfolg. Die Idee, dass es hier womöglich nicht so unerwünscht wäre, wenn ich nicht mehr zurückkomme, ist ebenfalls nicht ganz von der Hand zu weisen.

Auf dem Rückweg noch rasch ein Abstecher zu Azza in ihre Kanzlei. Sie freut sich für mich, es gibt noch ein paar Sachen zu besprechen, wir werden über E-Mail und Telefon in Kontakt bleiben. Sobald der originale Untersuchungsbericht vorliegt, verspricht sie, wird sie mich sofort informieren.

Schnell noch online einen Flug buchen, Abflug nach Mitternacht, Ankunft in Wien ganz zeitig in der Früh, Ellison ist auf denselben Flug gebucht. Eine Stunde Aufenthalt, dann der Anschlussflug nach Salzburg. Mein Koffer mit den wichtigsten Sachen steht schon seit eineinhalb Jahren griffbereit hinter meinem Bett, das Packen geht entsprechend schnell. Zwischendurch zahllose Telefonate mit Freunden und Journalisten. Ich treffe Ellison am Flughafen, auch bei ihr klingelt dauernd das Telefon. Zwei Journalisten, extra von Wien angereist, sind vor kurzem erst gelandet und fliegen gleich wieder mit uns zurück. Sie warten schon auf uns am Abfluggate. Bei der Passkontrolle halte ich noch einmal kurz die Luft an, ein Blick, ein Stempel, und durch. Erst jetzt kann ich es wirklich glauben, ab geht's, nach Hause.

Der Rückflug gibt mir einen kleinen Vorgeschmack auf das, was mich daheim in Österreich erwarten wird. Die angereisten Journalisten machen ihre Arbeit, fotografieren beim Einchecken, beim Einsteigen und an Bord. Mir unbekannte Passagiere grüßen mich, gratulieren mir. Aufmunternde, ermutigende Worte und Gesten, ein wohlmeinender Trubel. Die Cabin Crew hat Erbarmen, upgradet mich und schleust mich nach vorne in die Business Class. Endlich hebt die Maschine ab, und ich sehe das nächtlich beleuchtete Dubai aus einer lang ersehnten Perspektive. Der Captain kommt, um mich zu begrüßen, sagt, er freut sich, mich an Bord zu haben. Die Freude ist ganz meinerseits und sicher noch viel größer.

Je länger der Flug dauert, desto mehr gewinne ich auch gedanklich Abstand. Die Stunden vergehen angenehm und ruhig, an Schlaf ist dennoch nicht zu denken, zu viel geht mir durch den Kopf, viel zu schade, die ersten Stunden in Freiheit zu verschlafen. Von Wien wird es weitergehen nach Salzburg, von dort direkt ins Spital zu meiner Frau, dann erst nach Bad Ischl nach Hause.

Vor dem Anschlussflug habe ich noch eine Stunde Aufenthalt in Wien. Ellison bereitet mich darauf vor. Sie weiß über das Außenamt, was mich dort erwartet, meint lachend, es wird ein Empfang wie für Britney Spears. Nach der Landung geht es, statt mit dem Bus mit einer Limousine, zum Ankunftsgate, wo mich Dutzende Journalisten und Kamerateams erwarten und mit Blitzlichtdauerfeuer empfangen. Vor der Pressekonferenz bleiben mir ein paar Minuten, um mich vorzubereiten. Schnell noch ein Kaffee und eine Zigarette, schnell, weil ich muss bald weiter.

Der Presseraum ist gesteckt voll mit freundlichen Gesichtern. Zwanzig Minuten Fragen, Fotos, Filmen, Antworten. Peter Launsky-Tieffenthal moderiert. Ich bin übernächtigt, habe ich weiß nicht wie lange nicht geschlafen, seit dem Moment, als mir Ellison den Pass übergab, scheinen mir Wochen verstrichen zu sein. Und jetzt, hier, von der totalen Anonymität in Dubai plötzlich mitten in das Zentrum des Interesses gerückt zu sein, das hat schon etwas leicht Irreales an sich. Ich beantworte die Fragen wie in Trance, und dann wird es für mich auch schon Zeit, zum Anschlussflug zu kommen. Wieder eine Limousine, die mich direkt hinbringt. Am Gate und im Flugzeug wieder Blicke, in denen Wiedererkennen aufblitzt, ich habe in den aufliegenden Tageszeitungen bereits Schlagzeilen gemacht.

In Salzburg dann, anders als früher meistens, keine Gepäckskontrolle, nur eine freundliche Begrüßung statt dessen. Tassilo, der jüngere meiner Söhne, wartet schon, ebenso wie eine Gruppe von Journalisten. Nur schnell ein paar Fragen, es drängt mich, rasch weiterzukommen. Endlich, auf der Fahrt ins Krankenhaus, ist alles Offizielle ausgeklammert, nur noch privat, wie es allen geht, was alles jetzt zu tun ist. Tassilo bereitet mich vor. Meine Frau ist außerordentlich nervös, sie hat Angst, dass ich bei ihrem Anblick sehr erschrecke.

Erschrecken ist es nicht, es geht tiefer. Sie kann nicht stehen, begrüßt mich in ihrem Bett liegend. Sie wiegt nur noch wenig mehr als vierzig Kilo. Bestrahlung, Chemotherapie und der fortschreitende Krebs haben ihr stark zugesetzt. Viel ist in letzter Zeit geschehen, kostbare gemeinsame Zeit haben wir unwiederbringlich verloren. Es gäbe so viel zu erzählen, aber wir schweigen beide und genießen nur das Zusammensein.

Die folgenden Tage pendeln wir zwischen Krankenhaus und daheim. Eine Stunde hin, eine Stunde zurück, abwechselnd, am Vormittag die Jungs, am Nachmittag dann ich. Für zwei Wochen sind Dubai und der Prozess weit, weit weg, erst in den Tagen vor der nächsten Verhandlung kommt alles wieder langsam an mich heran. Kistenweise treffen Briefe ein, mit Glückwünschen, Ratschlägen oder einfach aufmunterndem Zuspruch. Heiligenbildchen, Talismane, Gebete und Gedichte, ich sehe sie mit meiner Frau durch und hebe alles auf.

Die breite Anteilnahme tut gut, und obwohl ich nur tue, was ich tun muss, weil ich gar nicht anders kann, ist das öffentliche Interesse so, als hätte ich etwas Besonderes vollbracht.

Die nächste Verhandlung rückt näher, mein Fall wird im Außenpolitischen Ausschuss diskutiert, wieder viele Interviews und Berichte. Der Anwalt des deutschen Industriellen ruft mich an, seine Kontaktleute warnen davor, nach Dubai zurückzukehren. Außer zu meiner Frau ins Krankenhaus gehe ich nirgendwohin, ich brauche Ruhe zum Überlegen. Ich habe versprochen, an den Verhandlungen teilzunehmen. Wie bindend aber ist ein Versprechen, das unter drohender Exekution gegeben wird? Irgendwie wohl eher nicht, für mich aber irgendwie doch.

Die Jungs sind bereits wieder zurück zu Arbeit und Studium. Meine Frau, aus dem Krankenhaus entlassen, und ich sind allein zu Hause. Es geht ihr ein bisschen besser, aber sie hat große Angst um mich, sie ahnt, was ich plane. Wie immer schon, und auch jetzt nicht anders, unterstützt sie mich in allem, was ich tu. Ich werde zurück nach Dubai fliegen und mich wieder dem Prozess stellen.

Ellison und der stellvertretende Sprecher des Außenministeriums werden mich nach Dubai begleiten. Ich werde sie, von Salzburg kommend, in Wien treffen.

In Salzburg erwarten mich dann schon einige Journalisten, die mich bis zum Abflug begleiten wollen. Schön langsam gewöhne ich mich daran, in ein Mikrofon zu sprechen und dabei gefilmt und fotografiert zu werden. Durch eine Sonderabfertigung werde ich in die Abflughalle geschleust, wo ich, durch eine Absperrung von den anderen Passagieren getrennt, warte.

Diese Sonderbehandlung erregt Aufsehen. Für den Urlaub bereite Kameras werden auf mich gerichtet, an der Absperrung drängen sich die Menschen. Gesprächsfetzen dringen bis zu mir herüber. Einige wollen den Mann, den sie vielleicht da unten hinrichten werden, noch schnell einmal sehen. Japanische Touristen knipsen, weil es halt auch die anderen tun, und erkundigen sich erst danach, wer ich eigentlich bin. Es fehlt nur, dass jemand über die Absperrung hinweg anfängt, mich zu füttern. Ein Herr winkt mit seiner Visitenkarte, bietet mir einen Job in der Baubranche an, wenn ich will.

In Wien treffe ich Ellison und ihren Kollegen, wir checken gemeinsam ein. Nach dem Start merke ich erst, wie angespannt ich bin. Ich habe nichts Greifbares in der Hand, das mir die neuerliche Ausreise garantiert, nur ein indirektes Gentlemen's Agreement. Ab jetzt gibt es kein Zurück.

Am nächsten Tag in der Früh trifft sich Ellisons Kollege mit Vertretern der wichtigsten Zeitungen, »Gulf News« aus Dubai und »The National« aus Abu Dhabi. Beide gehören zu Konzernen der jeweiligen Regierungen. Am Nachmittag berichtet er uns darüber. Beide Blätter hatten Redakteure geschickt, die beide sehr zurückhaltend, vorsichtig und nicht sonderlich gesprächig waren.

Am Nachmittag finden sich alle zusammen zu einer Besprechung mit Azza in ihrer Kanzlei. Wir diskutieren hauptsächlich Yassers Aussage, wissen aber gar nicht, ob er überhaupt vor Gericht erscheinen wird.

Am nächsten Tag dann die Verhandlung, Yasser ist gekommen. Für diesen Anlass sehr leger gekleidet, Hemd offen, keine Krawatte, kein Sakko, ganz in seinem üblichen Outfit. Die Hose etwas zu kurz, aber bis fast unter die Brust hochgezogen und mit einem Gürtel festgezurrt, weiße Tennissocken zu braunen Schuhen, scharfer Scheitel rechts, die Brille baumelt tantenhaft an einem Brillenband um seinen Hals. Er steht da etwas ungewöhnlich vor dem Richter, nicht Gesicht zu Gesicht, sondern im Bemühen, mir den Rücken zuzudrehen, seitlich am Zeugentisch. Er spricht leise, meine Sekretärin hat Schwierigkeiten, ihn zu verstehen und korrekt zu übersetzen. Er bringt nichts Neues vor, nur das Altbekannte, zu viel Morphium, zu wenig Sauerstoff, kein zentraler Venenzugang und die angebliche »Nicht-Wiederbeleben«-Order.

Azza hat dieses Mal zur rhetorischen und moralischen Verstärkung ihren Vater mitgebracht, einen erfahrenen Anwalt, vorher war er Richter beim Militär. Er attackiert Yasser und bringt ihn völlig aus der Fassung. Er wirft ihm vor, ein Mitwisser und Mittäter zu sein, der ebenso wie ich angeklagt gehört, weil er angibt von der Order gewusst, aber trotzdem nichts dagegen unternommen zu haben. Yasser weiß nicht recht, wie ihm geschieht, steht wie vom Blitz getroffen da.

Sofort verteidigt ihn der Richter, er fährt Azzas Vater über den Mund und herrscht ihn an, zu schweigen. Er müsse seine Zeugen schützen, sagt er. Yasser darf sich wieder sicher fühlen.

Der Staatsanwalt verfolgt das Ganze wie ein Unbeteiligter, völlig ungerührt. Seine Aufgabe scheint mit dem Ende der Ermittlungen abgeschlossen zu sein. Nun sitzt er neben den Richtern, und gemeinsam blicken sie von oben auf die Angeklagten und deren

Verteidiger herab, was irgendwie nicht ganz zur Gewaltentrennung passt.

Ich schreibe eine Frage auf einen Zettel, den meine Übersetzerin an Azza weitergibt. Die Verteidiger dürfen die Zeugen nicht direkt befragen, können die Frage nur dem Richter vorschlagen, der sie dann entweder ablehnt oder aber stellt, je nachdem wie er will. Ausnahmsweise will er.

Warum, so gibt er meine Frage an Yasser weiter, war das von mir verordnete Morphium so schädlich, während die gleiche Dosis und obendrein ein starkes Sedativum, die zwei Wochen vorher von Yasser selbst verabreicht wurden, harmlos und korrekt gewesen seien? Yasser stockt nur kurz und erklärt dem Richter dann, dass der Patient, als er das Morphium gab, es damals wegen eines chirurgischen Eingriffs brauchte. Der Richter ist mit der Antwort zufrieden, fragt nicht nach, und ich darf nichts sagen. So fällt niemandem auf, dass der chirurgische Eingriff bereits zwei Wochen vor dem fraglichen Zeitpunkt war.

Nun findet es Azzas Vater an der Zeit, sich wieder einzuschalten. Er wendet sich direkt an den Richter und argumentiert, dass dieser Fall ein Fall für Experten sei und nicht in solcher Form abgehandelt werden könne. Es gehe um intensivmedizinische Fragen, die keiner hier verstehe, nicht die Verteidigung und auch die Richter nicht. Mit einem überheblichen Blick in die Runde erwidert der Richter, dass er keine Experten brauche, weil er selbst sehr wohl genug von Intensivmedizin verstehe. Wie immer, so auch hier, ist Ignoranz, mit Macht gepaart, eine ganz besonders gefährliche Kombination.

Vielleicht hätte ich doch auf Azzas Vorschlag eingehen und diesen Richter wegen Befangenheit ablehnen sollen, aber dafür ist es jetzt zu spät. Wie ich Yasser da so vor mir sehe, wie er auftritt, was er redet und wie er mich verleumdet, dann frage ich mich, was ihn veranlasst, mich so zu hassen, dass er sogar den Tod mir wünscht. Früher, da hat er mich, bevor er sein Auto kaufte, um Rat gefragt, und dann gekauft, was ich empfohlen habe, er hat mich nach Plätzen gefragt, die sich gut zum Schwimmen eignen, weil auch er schwimmen wollte, so wie ich. Er ist ungefähr in meinem Alter, unverheiratet, und die Schwestern auf der Station munkeln, er sei schwul. Einige meinen auch, er hätte sich etwas mehr von mir erwartet, als nur meinen Rat.

Nach Yasser wird die Schwester in den Zeugenstand gerufen. In der fraglichen Zeit habe sie niemals gemeinsam mit mir Dienst gehabt, eine Anordnung könne sie schon deshalb nicht von mir gehört haben, und in der Beurteilung der Therapie halte sie sich zurück, sie sei Schwester und keine Ärztin. Der Richter reagiert leicht verärgert, fragt, warum sie überhaupt als Zeugin kommt, wenn sie nichts zu sagen hat. Sie zuckt als Antwort nur mit den Schultern, sie hat sich die Zeugenrolle ja nicht ausgesucht, sie wurde vorgeladen.

Azza ist mit dem Verlauf der Verhandlung dann ganz zufrieden, ich bin eher sehr enttäuscht. Yasser hätten wir schon ganz anders in die Mangel nehmen können.

Am Nachmittag treffe ich mich mit einem Mitarbeiter aus Azzas Kanzlei im Archiv der Staatsanwaltschaft, wo alle Akten zwischen den Verhandlungen verwahrt werden. Da wir noch immer nicht die komplette Krankengeschichte zur Verfügung haben, will ich nachsehen, ob sie der Strafakte beiliegt. Dort finden wir aber auch nicht mehr, als wir schon kennen, nur die Aufzeichnungen der letzten zwei von insgesamt fünf Wochen, die der Patient auf der Intensivstation behandelt worden ist.

Heimflug am nächsten Tag. Durch die Passkontrolle gehe ich flankiert von Ellison und ihrem Kollegen. Der Kontrolleur prüft meinen Pass und zuckt mit keiner Wimper. Über Wien nach Salzburg und dann nach Hause. Dort ist alles unverändert, aber ruhig.

Nur zwölf Tage noch, dann wird der Prozess wieder fortgesetzt. Geplant sind die Aussagen der ersten zwei Zeugen der Verteidigung. Insgesamt fünf Schwestern und vier Ärzte haben sich dazu bereit erklärt, für mich in den Zeugenstand zu treten. Üblicherweise lässt der Richter aber für Anklage und Verteidigung nur die in etwa gleiche Anzahl an Zeugen zu. Wir wollen möglichst viele, aber die wichtigsten zuerst, falls der Richter nicht alle genehmigen sollte.

Einige sind zum Prozesstermin nicht im Land, was die Auswahl einschränkt und erschwert. Wir einigen uns darauf, Lathika und Daisy zuerst aussagen zu lassen. Lathika, eine indische Ärztin, und Daisy, eine britische Oberschwester, waren von Beginn an dabei, beide haben mitgeholfen, die Intensivstation aufzubauen, und haben viel beigetragen zum späteren Erfolg. Beide sind sehr gut in ihrem Fach, haben viel Erfahrung und sind gefestigte Persönlichkeiten.

Lathika spricht ruhig und sehr sachlich, erklärt dem Richter detailliert, warum der Patient maschinell beatmet werden musste, und warum er deswegen auch nicht aufhören konnte zu atmen, auch im Falle einer Überdosis Morphium nicht. Sie geht auf Yassers Behauptung ein, wonach dreißig Prozent Sauerstoff das Minimum des Erlaubten für Intensivpatienten seien. Sie gibt Beispiele von vergleichbaren querschnittsgelähmten Patienten, die, an Heimrespiratoren mit Raumluft beatmet, und solchen, die, auch nur mit Luft beatmet, auf kommerziellen Flügen problemlos in ihr Heimatland transferiert wurden. Sie stellt klar, dass diese dreißig Prozent kein Sicherheitsstandard, sondern ein Extubationsstandard sind, ein Richtwert, bei dem die künstliche Beatmung gestoppt und die Patienten von der Maschine genommen werden, was aber bei diesem Patienten, trotz gesunder Lungen, wegen seiner Lähmung nie möglich gewesen war. Sie erläutert ferner ausführlich, dass es klare Indikationen für zentrale Venenzugänge gibt und keine einzige davon bei diesem Patienten vorlag. Das Entfernen des Katheters war längst überfällig gewesen, ein weiteres Belassen hätte sogar wegen der Infektionsgefahr ein unnötiges Risiko für den Patienten bedeutet. Lathika spricht sehr klar, vereinfacht zum besseren Verständnis, ohne jedoch banal zu werden. Der Richter scheint nicht übermäßig interessiert, oder aber er kann den fachlichen Ausführungen nicht ganz folgen. Er will jetzt mehr über den Umgang mit hoffnungslosen Patienten wissen.

Lathika verweist auf schwerstverbrannte, nicht mehr rettbare Patienten, die trotzdem, und wider besseren Wissens, maximale Therapie erhalten haben, bis sie nach wenigen Tagen dann doch, weil unvermeidlich, gestorben sind. Meine Übersetzerin macht mich darauf aufmerksam, dass der Gerichtsdolmetsch die Antworten für den Richter nicht immer korrekt ins Arabische überträgt. Auch Azza, die mit Lathika vor dem Richter steht, greift mehrmals korrigierend ein.

Als Nächste wird Daisy in den Zeugenstand gerufen. Sie lässt sich nicht auf medizinische Beurteilungen ein, verweist auf die Unterschiede in pflegerischer und ärztlicher Verantwortlichkeit und die unterschiedlichen Kompetenzen. Stattdessen legt sie die strikte Organisation der Abteilung ausführlich dar, schildert, wie Abläufe und Zuständigkeiten genau definiert und festgelegt sind. Sie zitiert Richtlinien für telefonische, verbale und schriftliche Anordnungen, alles ist klar formuliert und verbindlich, um Missverständnisse und Irrtümer zu vermeiden, besonders wichtig in einem Team, in dem Englisch für nur ganz wenige die Muttersprache ist.

Da der Gerichtsdolmetsch in Daisys unmittelbarer Nähe steht, spricht sie leise, fast als handelte es sich um eine private Unterhaltung nur zwischen ihr und ihm. Die dem Richter übermittelte Übersetzung ihrer Antworten ist mehr eine Zusammenfassung dessen, was sie sagt, fast nur auf Ja und Nein reduziert. Dadurch verliert Daisys Aussage an Gewicht und Wirkung. Sie merkt es selbst, und das verunsichert sie noch mehr.

Zur Nachbesprechung und Planung für die nächste Verhandlung gehen Azza, ihr Vater, ihre Schwester, Michael, Ellison und ich gemeinsam essen. Der Vater ist sichtlich stolz auf seine beiden Töchter, Azza, die Anwältin, die seine Geschäfte in allen drei Kanzleien führt, und die jüngere, die Ärztin ist. Die Ärztin hat zur selben Zeit wie ich im Rashid Hospital gearbeitet, sie kennt die dortigen Verhältnisse und die wichtigsten Akteure. Sie hilft ihrer Schwester, das Medizinische in meinem Fall zu verstehen. Als wir auf die »Nicht-Wiederbeleben«-Richtlinie im Krankenhaus zu sprechen kommen, stellt sich heraus, dass sie nicht nur davon gewusst hat, sondern sogar selbst anwesend war, als solche Anordnungen gegeben wurden. Das beunruhigt Azza verständlicherweise, und sie ist besorgt, dass das Gericht umfassende Nachforschungen anstellen und dabei auch auf den Namen ihrer Schwester stoßen könnte. Bei unserer Verteidigungsstrategie haben wir diese Richtlinie absichtlich nicht in den Vordergrund gerückt, weil sie beim Schicksal des Patienten keine Rolle spielt. Azza hat nun einen Grund mehr, nicht zu viel Wind davon zu machen.

Ein anderes Detail, das ihre Schwester so nebenbei fallen lässt, gibt wiederum mir zu denken. Sie erwähnt, dass sie eine Privatklinik für plastische Chirurgie eröffnen will, in bester Lage an der Jumeira Road, dort, wo sich schönheitschirurgische und Zahnkliniken aneinanderreihen. Für die Erteilung der Lizenz ist die Dubai Health Authority zuständig, und die bereitet ihr Probleme mit der Zulassung. Dass die Schwierigkeiten ihrer Schwester mit dieser Behörde nicht gerade gemindert werden, wenn Azza für mich juristisch gegen genau diese Behörde kämpft, ist zumindest denkbar.

Um uns für den nächsten Prozess ordentlich vorbereiten zu können, brauchen wir noch die komplette Krankengeschichte, eigentlich schon zu Prozessbeginn und nicht erst jetzt, fünf Monate danach. Noch aber haben wir sie nicht. Azza verspricht, sie mir sofort nach Erhalt per Post zu schicken. Wir haben noch fünf Wochen Zeit.

Zum nächsten Verhandlungtag beabsichtigen wir, sehr wichtige Zeugen zu bringen. Eine davon ist Hailey, die Stationsschwester, die in jener Nacht Dienst tat, als der Patient verstarb. Kurz danach kündigte Hailey, weil ihre Mutter schwer erkrankt war, und kehrte in ihre Heimat Südafrika zurück. Obeid nützte ihre Abwesenheit aus, um ihr in seiner Aussage vor dem Staatsanwalt Lügen in den Mund zu legen. Er behauptete, dass Hailey, als er den Patienten reanimieren wollte, ihn daran gehindert hätte, und zwar mit dem Hinweis auf eine Anordnung von mir, das nicht zu tun. Eine freche und ziemlich riskante Lüge. Der ebenfalls anwesende, dem Patienten zugeteilte Pfleger Amin dementierte diese Schilderung in seiner Aussage vor Gericht entschieden. Damit nicht genug, behauptete Obeid weiter, dass Hailey das Land fluchtartig verlassen habe, um nicht zur Rechenschaft gezogen zu werden. Obeid war damit ein bisschen zu weit gegangen.

Ich machte Hailey in Südafrika ausfindig und kontaktierte sie. Tage später schickte sie mir eine beglaubigte eidesstattliche Erklärung, in der sie Obeids Behauptung widersprach. Sie erklärte sich sogar bereit, nach Dubai zu kommen und ihre Aussage vor Gericht zu wiederholen.

Wir planen also, sie zur nächsten Verhandlung zu bringen. Hailey hat zu diesem Zeitpunkt frei, und als wichtige Zeugin sollte sie so früh wie möglich in den Zeugenstand. Wir versuchen tagelang, Flug und Unterkunft sowie ein Visum für die Emirate zu organisieren. Es ist unerwartet schwierig. Wir finden lange keinen Flug, nicht einmal einen indirekten oder Business Class. Durch die gerade im südafrikanischen Durban stattfindende Weltklima-Konferenz sind alle Flüge hoffnungslos überbucht. Das Visum kann aber erst bei Vorlage eines Flugtickets ausgestellt werden und dauert auch dann noch einige Tage. Nach zahllosen Telefonaten gelingt es schließlich, doch noch einen Flug zu organisieren, einen mit dreimal Umsteigen und mehr als der doppelten Flugzeit wie normal.

Hailey ist gewillt, das alles auf sich zu nehmen. Mit dem Ticket kann endlich das Visum ausgestellt werden, durch Beziehungen und etwas diplomatische Hilfe viel schneller als erwartet. Von Pretoria wird das Visum nach Durban Airport geschickt und dort für Hailey zur Abholung hinterlegt. Telefonisch vergewissere ich mich, ob das Visum auch wirklich da ist, dann gebe ich Hailey das Okay für den Start. Die Zeit ist knapp, sie erreicht den Flughafen gerade noch rechtzeitig zum Einchecken. Dann die Enttäuschung, niemand dort weiß etwas von ihrem Visum!

Verzweifelt ruft Hailey mich an. Ich wende mich an dieselbe Stelle, die zuvor die Hinterlegung des Visums bestätigt hat, aber es meldet sich eine andere Dame. Ihre Kollegin von der Frühschicht ist schon weg, von einem Visum weiß sie nichts. So geht Hailey nicht an Bord, sie könnte in Dubai nicht einreisen. Ihre Gepäck wird ausgeladen, sie fährt wieder heim. Es hat leider nicht geklappt, aber dennoch ist sie bereit, es später noch einmal zu versuchen.

Für die Verhandlung reise ich schon zwei Tage früher an. Nichts ist so gelaufen, wie geplant und erhofft. Ich muss mich unbedingt mit Azza besprechen, denn Hailey ist wichtiger als die verbleibenden Zeugen, und wenn wir Letztere vorziehen, könnten wir riskieren, Hailey überhaupt nicht mehr bringen zu dürfen. Ich bin in einer misslichen Lage, in der sich allerdings dann doch auch ein Lichtblick auftut: Dr. Numairy, der die Untersuchung meines Falles durch das »Higher Committee for Medical Liability« geleitet hatte, erklärt sich bereit, als Zeuge für mich auszusagen.

Dr. Numairy ist ein gewichtiger Mann im hiesigen Gesundheitssystem, ehemaliger Präsident der Emiratischen Medizinischen Gesellschaft, ein großes Kaliber. Rein rechtlich ist die Situation etwas unklar. Numairy ist eigentlich kein Zeuge, er war nie in die Behandlung des Patienten involviert. Genaugenommen ist er ein unabhängiger Experte, und der Richter könnte sich weigern, ihn einzuvernehmen. Andererseits ist auch Ashraf, der mich am meisten belastende Zeuge der Anklage, eigentlich kein Zeuge. Auch er hatte nichts mit der Behandlung zu tun und arbeitet in einem anderen Krankenhaus. Trotzdem wurde er von der Anklage als Zeuge eingebracht und vom Gericht akzeptiert. Wir hoffen, den Richter mit dieser Argumentation zu überzeugen.

Numairy kann allerdings zum jetzigen Termin noch nicht kommen, er verspricht jedoch, zu jedem späteren Zeitpunkt verfügbar zu sein. Auch die angeforderte Krankengeschichte trifft erst einen Tag vor dem Prozess ein. Ein dicker Ordner, drei Wochen Intensivstationsdokumentation, unmöglich, innerhalb eines Tages alles gründlich durchzusehen. Ich suche gezielt nach ein paar Dokumenten, finde sie nicht, sie sind wieder nicht dabei, die Krankengeschichte ist fast, aber noch immer nicht ganz komplett. Die fehlenden Seiten sind vielleicht belanglos, es könnte aber auch sein, dass sie nur deshalb noch immer fehlen, weil sie für mich Entlastendes enthalten. Aus diesen Gründen möchte ich den Termin gerne vertagen, und Azza schließt sich meiner Meinung an. Weniger die Nichtverfügbarkeit der Zeugen als vielmehr die fehlende Zeit, die Krankengeschichte durchzusehen, veranlassen den Richter, dem Antrag auf Vertagung zuzustimmen. Obeids Anwältin hat, wie bisher, auch dieses Mal wieder nichts zu sagen, sodass der Richter nach nur ein paar Minuten die Verhandlung vertagt.

Für den Abend vereinbart Azza ein Treffen mit Elisabeth Ellison und mir. Aber vorher will sie noch mit dem Richter sprechen, in der Hoffnung, dass er Numairy als Zeugen akzeptiert. Wir erwarten sie im Crown Plaza. Sie kommt richtig aufgekratzt, strahlend über das ganze Gesicht. Die gute Nachricht, der Richter hat Numairy als Zeuge akzeptiert, und dieser sein Erscheinen beim nächsten Termin bereits zugesagt. Und es kommt sogar noch besser. Azza zieht eine Mappe aus ihrer Tasche, es ist der originale Untersuchungsbericht der Dubai Health Authority, in Englisch, derjenige, den Ashraf für den Staatsanwalt höchstpersönlich ins Arabische übersetzt hat.

Azza hat ihn selbst erst kurz überflogen, aber was sie gesehen hat, das reicht. Der Bericht sieht keinen Schaden für den Patienten durch Morphium, Raumluft oder das Entfernen des Venenzugangs. Der Bericht ist fast identisch mit jenen Argumenten, die ich damals zu meiner Verteidigung vorgebracht habe. Er schließt mit der Empfehlung, eine Richtlinie für den Umgang mit hoffnungslosen Patienten zu erarbeiten, um in Zukunft Missverständnisse und gegenseitige Anschuldigungen zu vermeiden.

Die zwei Kästchen, in denen Ashraf »Schuldig« angekreuzt hat, sind für Azza irrelevant, da es im Gegensatz zu dem, was der Bericht sehr gründlich ausführt, steht. Azza kann ihre freudige Aufregung kaum verbergen und steckt Ellison und mich damit an. Juristisch gesehen, so sagt sie uns, hat Ashraf alle nur möglichen Formen der Fälschung begangen. Die durch Weglassung, die durch Hinzufügung und die, den Sinn von Inhalten zu verändern. Sie meint, der Richter oder der Staatsanwalt müssten gegen Ashraf vorgehen, die massive Fälschung in diesem Kontext sei ein sehr schweres Vergehen. Ashraf hinter Gittern, Einstellung des Verfahrens, Rehabilitierung und Wiedergutmachung, alles erscheint in greifbarer Nähe.

Wir sind uns sicher, der Prozess wird nicht mehr lange dauern. Drei Wochen noch bis zur nächsten Verhandlung, drei Wochen noch, in denen wir nicht verraten dürfen, was wir jetzt schon beweisen können. Erst Ende Dezember ist es dann so weit.

Eigentlich hatte ich vorgehabt, einen Tag länger in Dubai zu bleiben. Ich muss mich endlich um den Verkauf meiner Wohnung kümmern, schiebe das schon zu lange vor mir her. Einen Makler beauftragen, eine entsprechende Vollmacht für meine Anwältin beim Notar beglaubigen lassen, viele zeitraubende Wege. Aber es kommt anders.

Am Abend ruft mich Tassilo an. Meine Frau hat wieder eine Blutung im Bereich der Tumorwunde, sie blutet sehr stark, der Notarzt ist schon unterwegs, um sie ins Krankenhaus zu bringen. Von dort ruft er mich wieder an. Die Chirurgen wagen sich nicht an eine Operation, keiner von ihnen ist ein Thoraxchirurg. Die Wunde ist durch Bestrahlungen und Chemotherapie teilweise nekrotisch, ein Eingriff kann sehr kompliziert werden und ist hochriskant. Ein Nottransport ins nächstgelegene Schwerpunktkrankenhaus wird organisiert, mein Sohn fährt im Privatwagen hinterher.

Schnell buche ich einen Heimflug, zum Glück sind noch Plätze frei. Gabriel, mein älterer Sohn, ist schon verständigt und macht sich von Wien aus auf den Weg. Bei ihrem Eintreffen ist meine Frau in kritischem Zustand, der sie versorgende Anästhesist kann deshalb nur ganz kurz mit mir am Telefon sprechen. Vom Flughafen aus telefoniere ich noch mit Gabriel. Er ist kurz zuvor in der Notaufnahme eingetroffen, meine Frau war nicht mehr da, aber sie war für ihn leicht zu finden, er musste einfach nur der Blutspur folgen. Vor dem Einschleusen in den OP sieht er sie noch kurz.

Sechs Stunden im Flugzeug, sechs lange Stunden voll Ungewissheit, Bangen und Angst. Keine Ablenkung durch Essen, Filmvorführung oder Gespräche. Wenn ich schon sonst nichts tun kann, will ich wenigstens gedanklich ganz bei ihr sein. Sofort nach der Landung, noch vom Flugzeug aus, rufe ich Gabriel an. Meine Frau hat die Notoperation überstanden, die Blutung wurde zum Stehen gebracht. Sie liegt jetzt noch beatmet auf der Intensivstation, ihren Zustand beschreiben sie mit halbwegs stabil.

Tassilo holt mich in Salzburg ab, von dort geht es wieder einmal direkt ins Krankenhaus. Sie wird noch beatmet, wacht aber schon langsam auf. Als wir vom Frühstück zurückkommen, ist sie bereits munter und bittet um etwas zu essen und einen Kaffee. Zwei Tage später holen wir sie heim. Mit viel Willenskraft und Übung kann sie sich eingeschränkt im Haus bewegen, eine kleine Runde im Garten zu gehen ist schon ein großer Erfolg. Niemand, der sie kannte, hätte gedacht, sie jemals so krank zu sehen. Sie hat stets sehr gesund gelebt, bewusste Ernährung und täglich viel Bewegung auf langen Spaziergängen mit dem Hund, der sie jetzt nicht mehr so stürmisch begrüßen darf wie sonst. Den täglichen Verbandswechsel mache ich daheim, um ihr die Fahrten ins Krankenhaus zu ersparen. Die Wunde ist groß und tief, erstreckt sich über die halbe rechte Brustwand. Die Prozedur ist unangenehm, bereitet ihr aber keine wirklichen Schmerzen. Langsam jedoch wird sie schwächer, trotz täglichem Training und eisernem Willen, aus dem Sitzen ohne fremde Hilfe aufzustehen gelingt ihr nicht mehr. Außer dem engsten Familienkreis will sie keine Besuche, und auch die nur kurz. Sie möchte nicht, dass sie andere so sehen.

Weihnachten naht, und wir schmücken das Haus, so wie sie es immer getan hat. Sie kümmert sich um Geschenke für alle, für sich selber äußert sie keinen Wunsch. Den Heiligen Abend verbringen wir ganz ruhig im Kreis der Familie, zum letzten Mal, genießen jeden Moment, der uns noch vergönnt ist, zusammen zu sein.

Nach Weihnachten beginnt die Wunde wieder zu bluten, nicht recht stark, aber Grund genug für berechtigte Angst. Ich muss wieder nach Dubai, sie will im Krankenhaus bleiben, fühlt sich dort sicherer, solange ich nicht daheim bin.

Wie gewöhnlich treffen wir uns in der Wartehalle vor den Verhandlungssälen. Ellison heute ganz traditionell emiratisch in einer Abaya, die sie beim Eingang überziehen muss, weil einem Sicherheitsbeamten irgendetwas an ihrer Kleidung nicht gefällt. Steht ihr aber gar nicht schlecht, die Abaya. Der Botschafter und der Konsul, in Begleitung einer arabisch sprechenden Mitarbeiterin, Michael, mein treuer Freund, der so wie meine Sekretärin Asmaa von Al Ain angereist ist. Auch Dr. Ajimsha ist als Zeuge gekommen, er hat den Patienten damals wochenlang betreut.

Azza wirkt anders als sonst, etwas Makeup und eine schöne, handbestickte Abaya, als wäre sie für einen besonderen Anlass gekleidet. Hailey hat es diesmal geschafft zu kommen, ist aber müde von den Strapazen der langen Reise und der Besprechung mit Azza gestern Abend bis spät in die Nacht. Ihre Anwesenheit wird von Obeid und seiner Anwältin mit besorgter Unruhe wahrgenommen. Für sie ist das sicher eine böse Überraschung und passt so gar nicht in ihr Konzept. Numairy gesellt sich erst spät zu unserer Gruppe. Sein Erscheinen verstört Obeid noch mehr, aufgeregtes Diskutieren mit seiner Anwältin, nervöse Blicke in unsere Richtung.

Mein Fall wird wie immer erst ziemlich gegen Ende verhandelt. Ich werde aufgerufen und gehe Richtung Anklagebank, ein Weg, der mir schön langsam ziemlich vertraut ist. Dieselben uniformierten Sicherheitsbeamten wie in den Verhandlungen davor öffnen den Schranken und weisen mich auf meinen Platz. »Allo doc, shakhbarak, kull tamam?«, »Hallo Doc, wie geht's, alles o.k.?«, begrüßt mich der eine, der Dickere von den beiden, kumpelhaft und freundlich. »Kull tamam, shukran, alhamdullilah«, »Alles o.k., danke, Gott sei Dank!«, antworte ich verhalten. Dass mich die Wachmänner bei Gericht schon wie einen alten Bekannten begrüßen, heißt nicht etwa, dass sie hier besonders freundlich sind, sondern ich bin eher schon viel zu oft und zu lange da.

Mitschrift eines emiratischen Freundes von der 9. Gerichtsverhandlung am 28.12.2011 vor dem Dubai-Gericht der ersten Instanz[1]

Nach Aufruf wurde zunächst die Anwesenheit der beiden Angeklagten festgestellt. Der vorsitzende Richter fragte die Verteidigung, ob heute Zeugen aussagen werden und wie viele es seien. Die Verteidigung antwortete, dass drei Zeugen Aussagen machen werden, und stellte die drei Personen vor, die an das Zeugenpult getreten waren. Es handelte sich um Dr. Ali Al Numairy, Dr. Ajimsha und Ms. Hailey.

Zunächst wurde der Zeuge Al Numairy befragt. Die beiden anderen Zeugen, Ajimsha und Hailey, mussten währenddessen den Gerichtssaal verlassen. Der Zeuge Al Numairy wurde vor Beginn der Befragung vereidigt. Sodann wurde der Zeuge gefragt, was er aussagen möchte. Sämtliche Fragen wurden vom Vorsitzenden Richter gestellt. Daraufhin erwiderte der Zeuge Folgendes:

»Zwischen mir und Dr. Eugen bestand zuvor keinerlei persönliche Verbindung. Ich bin berufsbedingt mit ihm in Kontakt getreten. Dies geschah im Rahmen der Aufklärung durch das einberufene Komitee aufgrund des Todesfalles des Verstorbenen. Wir haben während unserer Aufklärungsarbeit die Krankenhausakten angefordert und die Ärzte Yasser Masri, Ismail Hilai Ajimsha, Hassan Fuad und Mohammed Obeid sowie den Pfleger Amin Nagi befragt.

Zum Zwecke der Befragung haben wir das Krankenhaus besucht und die Ärzte befragt. Außerdem hat das Komitee im Rahmen seiner Untersuchung Spezialisten im Bereich der Intensivmedizin befragt. Danach wurde ein Schlussbericht angefertigt. Es wurde festgestellt, dass Dr. Eugen keinerlei Verantwortung trifft und Dr. Obeid seine ärztlichen Pflichten verletzt hat. Ärztliche Anweisungen sind nur zu befolgen, wenn diese zuvor schriftlich niedergelegt wurden.«

---

1   Die Anmerkungen in eckigen Klammern stammen vom Verfasser der Mitschrift.

Der Richter fragte den Zeugen Numairy sodann: »Wurden all diese genannten Ärzte befragt?«

Der Zeuge Numairy antwortete: »Ja, sie wurden alle befragt, und alle haben angegeben, dass sie nicht von einer Anweisung Dr. Eugens gehört haben, wonach bei Herzstillstand des Patienten die Wiederbelebungsmaßnahmen unterbleiben sollen.«

Frage des Richters: »Dr. Yasser hatte jedoch zuvor ausgesagt, dass Dr. Eugen diese Anweisung erteilt habe.«

Antwort des Zeugen: »Dr. Yasser war gar nicht anwesend bei dem Vorfall. Dr. Yasser hat außerdem dem Komitee gesagt, dass er nichts von so einer Anweisung gehört habe.«

Frage des Richters: »Wo steht es geschrieben, dass eine ärztliche Anweisung schriftlich niedergelegt sein muss?«

Antwort des Zeugen: »Dies steht in den Anordnungen des Rashid Hospital. Ausnahmen hiervon können nur im Notfall gemacht werden. Aber auch in so einem Fall muss es danach schriftlich festgehalten werden. Dies fehlte jedoch auch im vorliegenden Fall.

Frage des Richters: »Können denn Ärzte von den leitenden Ärzten die Schriftform einer Anweisung verlangen?«

Antwort des Zeugen: »Ja, sie können und sollten das.«

Frage des Richters: »Was sagen Sie dazu, dass von einer Anweisung Dr. Eugens, die Wiederbelebungsmaßnahme zu unterlassen, gehört wurde?«

Antwort des Zeugen: »Keiner von den Befragten hat ausgesagt, von so einer Anweisung gehört zu haben.«

Frage des Richters: »Was sagen Sie generell zu so einer Maßnahme?« [Gemeint ist die DNR-Maßnahme.]

Antwort des Zeugen: »Diese Maßnahme ist in bestimmten Fällen erlaubt.«

Frage des Richters: »Wie erklären Sie sich die Anweisung zur Reduktion der Sauerstoffzufuhr laut Bericht. War diese Maßnahme zulässig?«

Antwort des Zeugen: »Der Patient benötigte keinen zusätzlichen Sauerstoff. Sein Zustand war zum damaligen Zeitpunkt stabil. Er war an einem Beatmungsgerät angeschlossen, und dies war ausreichend.«

Frage des Richters: »Warum wurde laut Bericht die Sauerstoffmenge von einem mittleren Wert auf einen unteren Wert gesenkt? Hier steht, dass auf einen Wert von 25 gesenkt wurde.«

Antwort des Zeugen: »Ein Wert von 21 stellt einen normalen Wert dar. Das Beatmungsgerät war bis zum Schluss angehängt. Die Zufuhr von Sauerstoff war nicht notwendig gewesen, und die Wertsenkung des Sauerstoffs stellt auch keinen ärztlichen Fehler dar.«

Frage des Richters: »Ja, aber was nun, wenn der Arzt befiehlt, keine Wiederbelebungsmaßnahme bei Herzstillstand durchzuführen.«

Antwort des Zeugen: »Es wurde in regelmäßigen Abständen [ca. zehn Tage] eine schriftliche Anweisung in die Krankenakte aufgenommen. Laut Krankenakte stand die Anweisung, die gewöhnliche Behandlung weiterzuführen. Wie kann es also sein, dass diese Anweisung [Gemeint ist die DNR-Maßnahme.] nicht schriftlich aufgenommen wurde Der Patient hatte in der gesamten Zeit ja schon oft einen Herzstillstand. Die Krankenschwester, die von so einer Anweisung gehört haben soll, Schwester Toni, hat ihre Aussage zurückgenommen. Die Oberkrankenschwester Hailey hat uns einen Brief geschrieben und uns darin mitgeteilt, dass es eine solche Anweisung seitens Dr. Eugen nie gegeben habe.«

Frage des Richters: »Haben Sie denn mit diesen beiden Schwestern persönlich gesprochen?«

Antwort des Zeugen: »Nein, das habe ich nicht.«

Frage des Richters: »Wie erklären Sie sich dann, dass man von dieser Anweisung gehört hat?«

Antwort des Zeugen: »Es war ein Missverständnis seitens der Krankenschwester und von Dr. Yasser. Dies geht auch aus unserem Bericht hervor.«

Frage des Richters: »Wer hat Sie denn damit beauftragt, einen solchen Bericht zu schreiben?«

Antwort des Zeugen: »Das wurde von uns von der Health Authority von Abu Dhabi gefordert.«

Frage des Richters: »Was hat denn die Health Authority

von Abu Dhabi damit zu tun. Dies ist doch eine Dubai-Angelegenheit?«

[Es folgt eine Erklärung des Zeugen über den Zuständigkeitsbereichs der Health Authority Abu Dhabi.]

Frage des Richters: »Was sagen Sie dazu, dass Dr. Ashraf und Dr. Yasser behauptet hatten, Dr. Eugen habe die Anweisung [DNR-Maßnahme] erteilt, und Dr. Obeid habe diese ausgeführt?«

Antwort des Zeugen: »Die Aussagen der beiden waren widersprüchlich. Das geht aus unserem Bericht auch hervor. Jedenfalls darf man aus so einer Vermutung der beiden das Ganze nicht als gegeben ansehen. Wir [Gemeint ist das Komitee.] sind jedenfalls nicht zu dieser Entscheidung gekommen.«

Frage des Richters: »Erlaubt es das Gesetz überhaupt, eine Wiederbelebungsmaßnahme bei Herzstillstand zu unterlassen?«

Antwort des Zeugen: »Ja, bei Gehirntod. Dies muss jedoch von drei Ärzten bestätigt werden. In so einem Fall ist eine solche Maßnahme erlaubt.«

Frage des Richters: »Waren diese Voraussetzungen im vorliegenden Fall gegeben?«

Antwort des Zeugen: »Nein, die waren nicht gegeben.«

Frage des Richters: »Hier steht [Der Richter liest aus einem Blatt.], dass die Krankenschwester Hailey von einer solchen Anweisung, bei Herzstillstand nicht wiederzubeleben, gehört haben soll. Warum nimmt sie dann ihre Aussage zurück?«

Antwort des Zeugen: »Das sind lediglich mündliche Behauptungen [Gemeint sind vermutlich die Behauptungen von anderen in diesem Bezug.], die nicht ernst genommen werden können.«

Frage des Vertreters der Staatsanwaltschaft: »Wurde die Krankenschwester Hailey persönlich befragt?«

Antwort des Zeugen: »Nein, sie hat uns eine E-Mail geschickt.«

Frage des Richters: »Und wie kann man denn nachweisen, dass eine solche E-Mail tatsächlich versandt wurde, und von welchem Absender?«

Antwort des Zeugen: »Das kann man nachweisen. Man kann anfordern …« [Der Zeuge wurde vom Richter unterbrochen.]

Frage des Richters: »… sind Sie jetzt auch noch Spezialist auf diesem Gebiet?« [Dies war eine abfällige Bemerkung.]

Der Zeuge Numairy wurde dann entlassen, und die Zeugin Hailey wurde in den Gerichtssaal gerufen. Es erfolgte die Vereidigung der Zeugin und sodann die Feststellung der Personalien. Zur Befragung der Zeugin wurde ein Dolmetscher herangezogen.

Zunächst wurde die Zeugin nach ihrem Zuständigkeitsbereich und nach der Lage des Patienten gefragt. Die Zeugin machte Aussagen zu diesen Punkten.

Frage des Richters: »Wo waren Sie, als der Vorfall beim Patienten passierte?«

Antwort der Zeugin: »Ich hatte Dienst und war im Krankenhaus, jedoch war ich nicht im gleichen Raum, als dies passierte. Ich war zu jenem Zeitpunkt bei einem anderen Patienten, der behandelt werden musste.«

Frage des Richters: »Hatten Sie von einer Anweisung Dr. Eugens gehört, wonach der Patient bei Herzstillstand nicht wiederbelebt werden solle?«

Antwort der Zeugin: »Nein, davon hatte ich nicht gehört.«

Frage des Richters: »Aber Sie haben gesagt, dass Sie dies gehört hatten?«

Antwort der Zeugin: »Wir dürfen keine mündliche ärztliche Anweisung befolgen, außer im Notfall.«

Frage des Richters: »Sie haben aber doch eine Notiz gemacht und geschrieben, dass eine solche Anweisung erteilt wurde?«

Antwort der Zeugin: »Ich habe diese Notiz nicht gemacht. Es war der Krankenpfleger Amin, der diese Notiz gemacht hat. Ich als Oberkrankenschwester schreibe keine solchen Notizen.«

Frage des Richters: »Wann haben Sie dann von dieser elektronischen Notiz gehört?«

Antwort der Zeugin: »Ich höre heute das erste Mal davon.«

Frage des Richters: »Aber Sie haben doch eine E-Mail verschickt und darin geschrieben, dass Sie nichts davon gehört haben, und nun sagen Sie, Sie hören das zum ersten Mal?«

[Die Zeugin war irritiert, und der Übersetzer musste zur Klärung die Frage erneut stellen.]

Antwort der Zeugin: »Ich meinte, dass ich heute zum ersten Mal davon höre, dass ich diese Notiz geschrieben haben soll.«

Frage des Richters: »Aber warum schicken Sie dann eine E-Mail und schreiben darin, dass Sie dies nicht gemacht haben?«

Antwort der Zeugin: »Ich habe aufgrund der Aufforderung des medizinischen Komitees eine E-Mail mit meinem Statement geschickt.«

Die Verteidigerin bat den Richter, der Zeugin folgende Frage zu stellen: »Haben denn Notizen von Krankenschwestern den Stellenwert einer Anweisung?«

Der Richter lehnte diese Fragestellung ab. Sodann bat die Verteidigerin den Richter, die Zeugin zu fragen, was genau zum Zeitpunkt des Todesfalles passierte. Der Richter lehnte auch diese Frage ab und meinte, dass die Krankenschwester selbst zuvor angegeben habe, beim Vorfall nicht anwesend gewesen zu sein.

Frage des Richters: »Welche Anweisungen müssen denn in den Akten niedergeschrieben sein?«

Antwort der Zeugin: »Schriftliche Anweisungen der Ärzte.«

Frage des Richters: »Ist es erlaubt, mündliche Anweisungen von Ärzten zu befolgen?«

Antwort der Zeugin: »Nein, nur im Notfall.«

Die Verteidigerin bat, folgende Frage an die Zeugin zu richten: »Ist es den Krankenschwestern erlaubt, Anweisungen von Ärzten nicht zu befolgen, wenn diese Anweisungen dem Patienten schaden würden?«

Antwort der Zeugin: »Ja.«

Sodann wurde die Zeugin entlassen und der Zeuge Dr. Ismail Ajimsha hereingerufen. Zur Befragung des Zeugen Ajimsha wurde ein Dolmetscher herangezogen. Es erfolgte die Vereidigung und die Feststellung der Personalien.

Frage des Richters: »Gab es von Dr. Eugen eine Anweisung, bei Herzstillstand des Patienten keine Wiederbelebungsmaßnahme durchzuführen?«

Antwort des Zeugen: »Nein. Ich habe unter Dr. Eugen gearbeitet. An dem Tag des Vorfalles war ich nicht anwesend. Ich habe den Zustand des Patienten aber vom ersten Tag verfolgt. Eine solche Querschnittslähmung führt oft zum Herzstillstand. Eine Anweisung dieser Art haben wir jedoch nie erhalten.«

Frage des Richters: »Was sagen Sie zu den Aussagen von Dr. Yasser, dass Dr. Eugen eine solche Anweisung erteilt haben soll?«

Antwort des Zeugen: »Ich habe nichts davon gehört.«

Sodann erklärte der Zeuge, dass die Reduktion des Sauerstoffes eine normale Maßnahme war und nicht zu beanstanden ist und dass der Patient von der Intensivstation in eine andere Station gebracht wurde, wo man aber die gleiche Behandlung gewährleisten konnte. Der Zeuge erklärte weiterhin, dass er bei dem Vorfall Bereitschaftsdienst hatte und den Zustand des Patienten von zu Hause aus verfolgte. Auf die Frage des Richters gab der Zeuge zur Antwort, dass er jedoch erst am nächsten Tag von dem Todesfall des Patienten erfahren habe.

Weitere Fragen wurden vom Richter nicht zugelassen. Der Richter meinte hierzu, dass nun Schluss sei, weil noch andere Verfahren folgten.

Die Verteidigerin reichte dem Richter sodann eine von einem offiziell zugelassenen Übersetzer erstellte Version des Berichts der Dubai Health Authority und wies darauf hin, dass der Bericht, der dem Gericht vorliegt, nicht, wie erforderlich, von einem autorisierten Übersetzer übersetzt worden ist. Weiterhin sei der Bericht, der dem Gericht vorliegt, gefälscht, weil große Teile fehlten und andere wiederum eingefügt wurden, die im Original nicht vorhanden waren. Dies hätte der Staatsanwaltschaft bei Einreichen des Berichts auffallen, und sie hätte daraufhin eine offizielle Übersetzung anfordern müssen. Schließlich sei dies die Aufgabe der Staatsanwaltschaft, darauf Acht zu geben.

Der Richter meinte hierzu, dass man der Staatsanwaltschaft nicht vorschreiben könne, was sie zu tun hätte.

Die Verteidigerin meinte, dass sie aufgrund der Vorlage des Berichts ihren Antrag auf Erlass eines neuen Berichts durch ein neu einzuberufendes Komitee zurücknehme. Dies sei nicht mehr erforderlich. Das Datum für die nächste Verhandlung wurde auf den 22. Januar 2012 festgesetzt. Die Verhandlung war damit beendet.

Numairy ist in seinem Auftreten das Gegenteil von Hailey, er genießt es, in der Öffentlichkeit zu sprechen, und lässt sich nicht so leicht irritieren. Auch hat er den unschätzbaren Vorteil, dass er direkt, ohne den hinderlichen Umweg über einen Dolmetsch, mit dem Richter sprechen kann. Einen Vorteil, den auch Ashraf und Yasser schon ausnützen konnten, im direkten Kontakt lässt sich der Richter viel leichter überzeugen.

Gestern Abend, bei der Vorbesprechung, war Hailey selbstbewusst und überzeugend, aber im Gerichtssaal wirkte sie eingeschüchtert und nervös, sie fühlte sich in dieser Umgebung sichtlich nicht wohl. Azza stand die ganze Zeit ruhig neben ihr, ich hatte den Eindruck, sie sei in Gedanken schon bei ihrem Auftritt, und die drei Zeugenaussagen seien nur eine Verzögerung für sie. Sie war für ihren Auftritt bestens vorbereitet, jeder Satz und auch der Tonfall passten genau, und alleine dadurch, wie sie sprach, hatte sie die volle Aufmerksamkeit der Richterbank, noch bevor sie zum Wesentlichen kam. Betont ruhig, fast genüsslich nahm sie den Originalbericht sowie Ashrafs Übersetzung und legte sie mit dem Hinweis auf die massive Fälschung dem Richter auf den Tisch.

Auf der Richterbank bekamen alle große Augen, sogar der apathische Staatsanwalt wurde munter und saß kerzengerade da. Während sie sprach, ging sie nach links zum Staatsanwalt und hielt ihm mit einer eleganten Handbewegung das gleiche Dokument wie zuvor dem Richter zur Entgegennahme hin.

Für den nächsten Termin am 22. Januar erwarteten wir somit alle, meine Anwältin, Ellison und ich, die große Wende und sahen dem Tag sehr optimistisch und hoffnungsfroh entgegen. Die Anklage musste eigentlich in sich zusammenbrechen und mangels Grundlage zurückgezogen werden.

Eine erhoffte Besserung dort, eine ernste Verschlechterung bei mir zu Hause. Meine Frau wollte eigentlich nur zur Sicherheit während meines Aufenthaltes in Dubai im Krankenhaus bleiben. An Heimgehen ist aber jetzt nicht mehr zu denken, ihr Zustand hat sich wesentlich verschlechtert und lässt es einfach nicht zu. Sie ist zu schwach, hat starke Schmerzen und auch zunehmende Atemnot. Sie kann das Bett nicht mehr verlassen. Die vorhergehenden Chemotherapien hat sie halbwegs gut vertragen, durch die letzte aber wurde das Blutbild stark gestört. Sie entwickelt eine Agranulozytose, hat praktisch keine weißen Blutkörperchen mehr. Das macht sie wehrlos gegen Infektionen wie die Lungenentzündung, an der sie jetzt leidet, eine der gefährlichen zu erwartenden Komplikationen.

Die Atemnot wird immer schlimmer, zusätzlicher Sauerstoff über eine Sonde bringt kaum noch Linderung. Sie hat Angst, allein zu sein, seit nach der Reinigung des Zimmers einmal verabsäumt wurde, das Fenster zu schließen, und das Nachttischchen mit dem Handy sowie die Klingel für die Schwester für sie nicht in Reichweite waren. Ihr wurde kalt, sie konnte sich aber nicht bemerkbar machen, dazu kam die Angst, die Wunde könnte wieder bluten, sie wurde panisch und schrie um Hilfe. Aber sie hatte kaum genug Luft, um ein Wort zu sprechen, sodass ihre Rufe mehr als eine Stunde ungehört blieben.

Seither liegt das Handy immer griffbereit bei ihrer Hand, der Schwesternruf ist am Bett fixiert. Es stört sie, wie das Morphium ihre Sinne trübt, sie verlangt nach weniger, als sie eigentlich braucht, will einen klaren Kopf bewahren, nimmt lieber noch die Schmerzen in Kauf. Sie gibt nicht auf, hat immer noch den Willen, gesund zu werden, ihr »Es wird schon wieder, da muss ich durch!« kommt aber seltener und nicht recht überzeugend.

Es ist ein langsamer Rückzug, kaum noch Fragen, was es Neues gibt, immer weniger Interesse an dem, was außerhalb ihres Zimmers vor sich geht.

Gabriel, Tassilo und ich sind so viel wie möglich bei ihr, bringen Essen, das sie nicht anrührt, erzählen, auch wenn sie gar nicht zuhört, sondern döst.

Die letzten zwei, drei Tage weiß sie, dass sie es nicht schaffen wird.

Am 20. Januar schläft sie ein, kämpft und will bei uns bleiben bis zum letzten Atemzug. Wir, ihre drei Männer, sind bei ihr, als sie uns für immer verlässt.

In weiter Ferne

Azza ruft an, sie will die nächste Gerichtsverhandlung, die am 22. Januar, verschieben, wegen einer Terminkollision oder Abwesenheit oder einer Erkrankung ihres Vaters, was weiß ich, es ist mir aber zu diesem Zeitpunkt auch ziemlich egal.

Bis jetzt hat das Aufdecken der Fälschung nicht die erhoffte Wirkung gezeigt. Ashraf, der meineidige Fälscher, erfreut sich völlig unbehelligt seines Lebens, und von Staatsanwalt oder dem Gericht gibt es keine Anzeichen, dass sich am Verlauf des Verfahrens auch nur das Geringste geändert hat. Viel Sonderbares in der Behandlung meines Falles, wie zum Beispiel dass ich selber keine Möglichkeit habe, Stellung zu nehmen, oder dass es kein Kreuzverhör der Zeugen gibt, wurden mir unter Hinweis auf das Rechtssystem der Sharia erklärt.

Für das Tolerieren von Dokumentenfälschung und Meineid reicht mir ein anderes Rechtssystem als Erklärung nicht aus, es ist Unrecht, wie immer man es auch wendet und dreht.

Der Richter verschiebt auf Azzas Antrag hin die Verhandlung um ganze vier Wochen, auf den 22. Februar.

Azza drängt und redet auf mich ein, unbedingt bei Gericht zu erscheinen. Ohne dass ich dabei bin, kann sie ihr Abschlussplädoyer nicht halten, das sie für die nächste Sitzung plant, und mein Kommen würde wahrscheinlich meine Gegner schockieren. Allerdings würde man mich vermutlich für den Rest des Verfahrens einsperren, weil es keinen Grund mehr für eine humanitäre Ausreise gibt, was, wie sie meint, aber höchstens für ein paar Monate sei. Im Falle einer Verurteilung hätten wir aber dann in der Berufung ausgezeichnete Chancen.

Von einem Berufungsverfahren ist auszugehen, weil der Staatsanwalt, wenn die von ihm geforderte Strafe nicht ausgesprochen wird, immer beruft. Nur einmal, so der Oberstaatsanwalt zu Elisabeth Ellison, wurde auf die Berufung verzichtet, nämlich als sich in einem Mordfall herausstellte, dass das vermeintliche Opfer noch lebte.

Azza meint allen Ernstes, ich solle diesen Prozess, und auch die Berufung, im Gefängnis sitzend durchstehen. Im günstigsten Fall wären das so zwei bis drei Jahre, aber dann wären meine Chancen wirklich ungemein gut. Zu diesem Vorschlag bringe ich nicht einmal die Geduld auf, ihr das Wieso und Warum meiner Ablehnung lang zu erläutern, da gibt es nicht viel zu antworten, nur ein knappes Nein. Würde die Justiz auf die Fälschung reagieren und sie ahnden, könnte ich meine Meinung ändern, aber so, ausgeschlossen! Der Grat zwischen Dummheit und Mut ist manchmal sehr schmal, in diesem Fall aber ist er ausgesprochen breit.

Ellison reist noch vor der Verhandlung nach Dubai, um auszuloten, in welche Richtung sich der Prozess entwickeln könnte. Beim Ruler's Court trifft sie sich mit jenem Juristen, der beauftragt ist, sich mit meinem Fall zu beschäftigen. Er ist sehr gut in den Fall eingearbeitet und hat sich eine Meinung gebildet. Er weist auf interessante Punkte hin, etwa die Unklarheit der Todcsursache, die ohne die Durchführung einer Autopsie ja nur vermutet werden kann. Im Großen und Ganzen sieht er den Fall so, wie wir ihn sehen, aber das Gericht sieht ihn eben leider anders.

Die zehnte Verhandlung findet am 22. Februar statt. Erst kurz vor diesem Datum informiert meine Anwältin den Richter, dass ich nicht vor Gericht erscheinen werde. Er ist über den Staatsanwalt, der die Passrückgabe veranlasst hat, verärgert, ist sich aber vielleicht nicht bewusst, dass diese Entscheidung vom Ruler's Court getroffen wurde.

Obwohl ich nicht da bin, werde ich aufgerufen, so wie es das Protokoll verlangt. Der Richter bemerkt zynisch, ob ich vielleicht die vierzigtägige Trauerzeit, die bei Muslimen üblich ist, in Anspruch nehmen will.

Da ich nicht anwesend bin, ist es meiner Anwältin auch nicht erlaubt, ihr Schlussplädoyer zu halten, sie reicht es deshalb schriftlich über die Staatsanwaltschaft ein. Auch die Anwältin des Mitangeklagten leitet das ihrige an die Staatsanwaltschaft weiter und bringt zusätzlich einen Antrag ein. Sie verlangt eine Weiterführung des Prozesses, weil ein für ihren Mandanten sehr wichtiges Dokument von der Dubai Health Authority jetzt erst vorliegt. Darin bestätigt die Rechtsabteilung der DHA, dass die elektronische Dokumentation vom zuständigen Krankenpfleger mit der Absicht, den Todeszeitpunkt zu verschleiern, gefälscht worden ist. Damit wollen sie beweisen, dass der Patient schon längst tot war, als der Mitangeklagte gerufen wurde, der dann natürlich jeglichen Versuch, ihn wiederzubeleben, unterließ.

Zusammen mit seinen früheren Aussagen ist das Obeids vierte Variante, die den vorhergehenden Darstellungen aber jeweils widerspricht. Der als Beweis vorgebrachte Computerausdruck ist nicht einmal neu, er war schon von Beginn an der Akte beigelegt. Die Verhandlung dauert nur zehn Minuten, dann wird auf den 18. März vertagt.

Es war zu erwarten, dass die Dubai Health Authority alles tun wird, um den Mitangeklagten, einen der Ihren, zu schützen. Der nun als Missetäter vorgeschobene Pfleger arbeitet schon nicht mehr im Rashid Hospital, auch ist er als pakistanischer Christ in der Hackordnung ganz unten, und somit ein ideales Opferlamm.

Über Freunde lasse ich ihn informieren und eindringlich warnen, dass sich etwas für ihn Bedrohliches zusammenbraut. Er dankt für die Warnung, hat aber keine Bedenken, sagt, er habe nichts zu befürchten, weil er nichts Unrechtes getan habe. Dieses Vertrauen auf Gerechtigkeit ehrt ihn, ist aber nicht ganz angebracht. Er ist gewarnt, und er hat mich als abschreckendes Beispiel, ich kann nur hoffen, er weiß, was er tut.

In der folgenden Verhandlung könnte schon ein Urteil gesprochen werden, oder aber das Verfahren wird wegen des eingebrachten Antrages doch noch weitergeführt, genauer gesagt, wieder neu eröffnet.

Elfte Verhandlung. Wir, die beiden Angeklagten, werden wie immer aufgerufen. Der Mitangeklagte Dr. Obeid ist anwesend, ich bin, wie schon das letzte Mal, wieder nicht dabei. Dem Antrag der Verteidigung von Obeid auf Einbringung eines neuen Beweises wird vom Richter stattgegeben. Das bedeutet weiterhin kein Urteil, sondern eine Neuaufnahme des Verfahrens. Der Richter fordert die Dubai Health Authority auf, die elektronische Dokumentation der Patientenbeatmung bis zum nächsten Termin zu übermitteln, und ein IT-Experte soll die Unterlagen dann dem Gericht erklären. Ashraf, der Dokumentenfälscher, wird als weiterer Zeuge für die nächste Verhandlung neuerlich bestellt.

Alles ist wieder offen, alles ist wieder möglich. Neue Ermittlungen, ob der Pfleger die Dokumentation gefälscht hat, neue Ermittlungen, ob es noch weitere Fälle gegeben hat, und Unklarheit, ob Ashraf weiterhin als erhabener Zeuge und Sachverständiger, oder doch endlich als meineidiger Fälscher vor Gericht zu erscheinen hat.

Nur zehn Tage später, die zwölfte Verhandlung, am 28. März. Mein Nichterscheinen wird vom Richter kommentarlos zur Kenntnis genommen. Meine Anwältin hat ihn aber diesmal gar nicht mehr vorher informiert. Auch sie kommt nicht mehr zu den Verhandlungen, sagt, sie kann mich nicht vertreten, wenn ich nicht persönlich anwesend bin. Sie darf jetzt in die Strafakte keine Einsicht mehr nehmen, vor Gericht nicht mehr sprechen und hat auch keine Befugnis, Eingaben zu machen. De facto hat sie kein Mandat mehr, und ich somit keine Rechtsvertretung.

Mein Kontakt zu Azza ist gänzlich abgebrochen, E-Mails, SMS und Anrufe bleiben unbeantwortet. Dass sie in meiner Abwesenheit bei Gericht gar nichts tun darf, kann ich nicht so ganz glauben, hat sie doch auch ihr Plädoyer trotz meiner Abwesenheit eingereicht. Ich vermute eher, jetzt, da sie mich in Sicherheit weiß, hat sie beschlossen, mehr an sich und ihre Zukunft zu denken, anstatt gegen staatliche Institutionen und einflussreiche Leute zu kämpfen und sich damit vielleicht selbst zu schaden.

Angeblich könnte mich der Richter bei unerlaubtem Fernbleiben sofort zur Höchststrafe verurteilen. Allerdings sind die juristischen Meinungen über die verfahrenstechnischen Folgen meiner Abwesenheit unterschiedlich, die Verfahrensordnung scheint auch hier nicht so ganz klar.

Ashraf wird als erster Zeuge aufgerufen. Die begangene Fälschung und seine Lügen unter Eid, beides blieb bisher ungeahndet und hat seiner Reputation vor Gericht keinerlei Abbruch getan. Die Fragen des Richters beziehen sich alle auf meinen Mitangeklagten, dennoch bringt Ashraf häufig und immer wieder meinen Namen ins Spiel.

Der Richter will wissen, ob die Dokumentation der letzten Stunden im Leben des Patienten gefälscht worden sei. Ashraf bejaht das, sagt, er sei sich nach Durchsicht aller verfügbaren Aufzeichnungen sicher, dass der Patient schon um zwei, und nicht erst um drei Uhr dreißig verstorben ist.

Für jeden, der die Krankenakte kennt, wäre es ein Leichtes, Ashrafs Aussage im Zeugenstand zu zerpflücken, aber keiner will das, keiner fragt nach. Ashraf verlangt noch, beim nächsten Mal den in Englisch verfassten Untersuchungsbericht der Dubai Health Authority über den Mitangeklagten vorlegen zu dürfen.

Ein sogenannter IT-Experte der Dubai Health Authority ist ebenfalls gekommen, bringt aber nicht die vom Richter eingeforderten Unterlagen mit. Ich kenne ihn noch von früher, er ist kein wirklicher Experte, hat keine entsprechende Qualifikation, eigentlich ist er ein Neurochirurg, der aber als Arzt nicht zu gebrauchen war.

Eindringlich mahnt der Richter alle Unterlagen, den Todeszeitpunkt betreffend, für die nächste Verhandlung ein. Auch Yasser wird für die nächste Sitzung als Zeuge vorgeladen. Er behauptet nun schon seit drei Jahren, seit seinem Brief an den Ärztlichen Direktor, dass es mehrere Fälle von »Nicht-Wiederbeleben«-Anweisungen von mir gab, den Beweis dafür hat er aber bis heute nicht erbracht, nun soll er das beim nächsten Mal tun.

Der IT-Mann, Ashraf und Yasser also beim nächsten Mal als Zeugen, das verspricht, spannend, und auch unterhaltsam zu werden. Spannend wahrscheinlich auch für den beschuldigten Krankenpfleger, für ihn wird es langsam ziemlich eng.

Nach drei Wochen Pause die nächste Verhandlung. Ich werde aufgerufen, aber nur einmal, meine Abwesenheit wird schon erwartet und überrascht niemanden mehr. Der Botschafter und eine Übersetzerin sind als Prozessbeobachter wieder dabei. Weder meine Anwältin noch irgendjemand aus ihrer Kanzlei ist gekommen. Anwesend wie immer sind jedoch Freunde, die für mich beobachten und mir dann berichten:

Ashraf wird als Erster in den Zeugenstand gerufen. Wie in der letzten Verhandlung von ihm verlangt, darf er dem Richter die englische Originalversion sowie seine persönliche arabische Übersetzung des Untersuchungsberichts, betreffend den Mitangeklagten Obeid, übergeben. Von diesem Bericht war bislang allgemein nichts bekannt. Offensichtlich gab es eine Untersuchung der Dubai Health Authority über Obeid, nachdem gegen mich untersucht worden war. Im Gegensatz zu mir hat Obeid jedoch seinen Bericht bekommen und ihn auch seiner Gerichtsakte beigefügt.

Der Richter liest die von Ashraf übergebene und von ihm auch selbst übersetzte arabische Version kurz durch und stellt fest, dass sie nicht mit der offiziellen, durch das Gericht veranlassten Übersetzung übereinstimmt. Wieder das gleiche Spiel wie bei mir, wieder nimmt er es mit der Wahrheit nicht allzu genau, nur diesmal nicht zum Nachteil des Angeklagten, als dessen Verteidiger er sich aufspielt. Er fordert Ashraf auf, die Abweichungen zu erklären, was dieser, wenig überzeugend, mit dem Hinweis auf persönliche Notizen im Original, die er nicht mit übersetzen wollte, tut. Nicht nur, dass Ashraf nach der Fälschung meines Berichtes ungestraft bleibt, er manipuliert weiter und ist trotzdem nach wie vor der untadelige Zeuge und Experte, auf den das Gericht hört.

Als zweiter Zeuge wird Yasser aufgerufen. Dieser hat jedoch der Vorladung nicht Folge geleistet, ist ohne Angabe von Gründen einfach nicht erschienen und bleibt damit auch weiterhin die von ihm geforderten Beweise schuldig.

Dem Richter gefällt das gar nicht, er kündigt im Wiederholungsfall unangenehme Konsequenzen für Yasser an. Ashraf springt gleich zu dessen Verteidigung ein und behauptet, Yasser habe die Vorladung nicht erhalten. Der Richter greift nach einem Zettel, hält ihn, für Ashraf sichtbar, in die Höhe: Yasser hat darauf den Empfang der Ladung mit seiner Unterschrift bestätigt. Der Richter fragt Ashraf nach Yassers Nummer, die dieser von seinem Handy abliest und dem Richter gibt.

Als dritter und als letzter Zeuge tritt der Ex-Neurochirurg und nunmehrige IT-Mann nach vorne. Umständlich und für Außenstehende höchst verwirrend, erklärt er das Klinische Informationssystem mit allen seinen Komponenten. Er gibt an, in der Dokumentation für diesen Patienten sechs Manipulationen entdeckt zu haben, alle von jenem Krankenpfleger Amin über einen Zeitraum von vier Wochen vorgenommen. Fünf davon betreffen die eingetragenen Werte für das ausgeatmete Kohlendioxid des Patienten, eine betrifft die gemessene Körpertemperatur. Die Frage nach dem genauen Todeszeitpunkt kann er aber nicht beantworten, ebenso wenig diejenige nach dem Zweck, dem diese Manipulation dienen soll. Stattdessen meldet sich Ashraf von der Zuhörerbank, wieder einmal ruft er dazwischen, der Pfleger habe die schlechten Werte vertuscht, um sich nicht rechtfertigen zu müssen.

Für die folgende Verhandlung verlangt der Richter vom IT-Mann die exakte Angabe des Todeszeitpunktes und die Vorlage der erwähnten sechs Manipulationen. Somit ist der Zeuge entlassen, er wird ebenso wie Yasser für die nächste Runde wiederbestellt.

Die Zeit zwischen den Verhandlungstagen verläuft ruhig, und langsam kehrt wieder so etwas wie Normalität in unseren Familienalltag ein. Den Verhandlungstagen fiebere ich nicht mehr entgegen, nehme sie fast wie ein Unbeteiligter wahr. Die Anrufe von Medien werden weniger, wohl auch, weil ich mit meinen Äußerungen zu dem, was vor Gericht abläuft, sehr zurückhaltend geworden bin, um mir nicht noch mehr zu schaden. Eigentlich erübrigen sich alle Kommentare, die Fakten als solche vermitteln ein bezeichnendes Bild. Ein von der Materie völlig überforderter Richter verlässt sich in seiner Wahrheitsfindung auf sogenannte unabhängige Experten wie Ashraf, Yasser und den IT-Mann, die allesamt Repräsentanten der anklagenden Partei, der Dubai Health Authority, sind. Ashraf und Yasser sind obendrein noch die Hauptzeugen der Staatsanwaltschaft.

Mittlerweile untersucht der Richter weitere Anschuldigungen, wie die, ob es noch andere vergleichbare Fälle gegeben habe, obwohl diese überhaupt nicht Gegenstand der Anklage sind.

Vielleicht entspricht die Personalunion von Staatsanwalt und Richter dem Rechtssystem der Sharia, vielleicht wäre der Richter aber auch einfach nur lieber ein Staatsanwalt. Wie dem auch sei, andere Länder, andere Sitten, und andere Auffassungen von unabhängiger Gerichtsbarkeit.

Auch am nächsten Verhandlungstag, drei Wochen später, bleibt der IT-Mann die Antwort zum genauen Todeszeitpunkt schuldig. Obwohl er Zugang zur gesamten Computerdokumentation und allen Unterlagen aus der Strafakte hat, bittet er den Richter um fünf Minuten Zeit, damit er die Aufzeichnungen noch einmal durchsehen kann. Der Richter fragt ihn, ob denn während der letzten drei Wochen dazu nicht genügend Gelegenheit gewesen sei, trotzdem gewährt er die fünf Minuten, erhält aber auch dann keine Antwort, nachdem diese verstrichen sind. Der Richter ist kurz davor, die Geduld zu verlieren, und entlässt den Zeugen mit der unmissverständlichen Anweisung, dass er den gesicherten Todeszeitpunkt beim nächsten Mal eindeutig anzugeben habe.

Als zweiter Zeuge wird Yasser aufgefordert, seine Meinung zu äußern. Zur Frage des Todeszeitpunkts will dieser nichts sagen, aber ohne dass der Richter ihn danach fragt, flicht er immer wieder ein, dass der Patient wegen einer von mir gegebenen Anordnung verstarb. Und er behauptet neuerlich, es hätte mehrere solche Orders, Patienten nicht wiederzubeleben, gegeben.

Als der Richter ihn dann nach Namen, Datum und Beweisen fragt, bleibt er die Antworten schuldig. Stattdessen führt er als Beispiel einen Fall an, der im Leberausfallskoma eingeliefert und auf der Intensivstation aufgenommen wurde. Ich solle dabei angeordnet haben, nichts mehr zu tun, worauf der Patient verstorben sei. Dem Richter kommt es nicht einmal in den Sinn zu fragen, ob man denn für einen komatösen Patienten im Leberversagen überhaupt noch etwas machen könne. Um das zu fragen, bräuchte er nicht einmal sein spezielles medizinisches Wissen, welches er ja zu besitzen vermeint.

Obwohl der Computerfachmann gerade einvernommen worden ist, wird auch Yasser zu den möglichen Manipulationen, und ob solche technisch überhaupt vorstellbar seien, befragt. Seine Antworten sind ausweichend, mehrfach weist er darauf hin, dass er es im gegenständlichen Fall auch für irrelevant halte, weil der Patient nicht wegen der Manipulationen, sondern wegen meiner angeblichen Anordnung verstorben sei. Dem aber widerspricht der Richter, seiner Meinung nach spielen der Krankenpfleger Amin und die südafrikanische Stationsschwester Hailey sehr wohl eine Rolle in diesem Fall. Er sagt es in ungeduldigem Tonfall, sichtlich unzufrieden mit dem Fortgang des Verfahrens, und meint noch, bevor er die Verhandlung schließt und die nächste Sitzung in drei Wochen anberaumt, dass dieser Prozess wohl noch lange dauern werde.

Bei dieser Verhandlung war sogar ein Vertreter meiner Anwaltskanzlei als Beobachter anwesend, aber es hätte auch keinen nennenswerten Unterschied gemacht, wäre er nicht dort gewesen. Meiner Verteidigung kommt nur noch eine passive Rolle zu, was schlimmer klingt, als es in Wirklichkeit ist.

Nüchtern betrachtet und auch keineswegs provokant gemeint, es macht keinen Unterschied, ob ich eine Verteidigung habe oder nicht. Kaum eine Frage meiner Anwältin wurde je zugelassen, auch die entlastenden Gutachten, die wir vorlegten, blieben ohne Wirkung, nicht einmal der Umstand, dass das wichtigste anklagende Dokument sich als eine behördlichen Fälschung erwiesen hat, konnte meiner Sache bisher merklich nützen. Der einzige Erfolg, den ich verbucht habe, war die Rückgabe meines Passes, und die verdanke ich hauptsächlich dem Einsatz des Außenamtes beim Ruler's Court ebenso wie vielleicht anderen hilfreichen Interventionen.

Die nächste Verhandlung, drei Wochen später.

Sie ist kurz und ereignislos. Der IT-Mann ist einfach nicht erschienen, hat die Aufforderung des Richters, endlich Klarheit zu schaffen, schlicht ignoriert. Dem Richter reicht es, er schließt die Verhandlung, ohne den ebenfalls geladenen und diesmal sogar anwesenden Zeugen Yasser auch nur aufzurufen. Eine ereignislose, aber im gedanklichen Durchspielen der möglichen zukünftigen Szenarien doch ziemlich interessante Verhandlung. Beide, der IT-Mann und Yasser, befinden sich in einer schwierigen Zwickmühle, was immer sie auch tun werden, es kann ein Schuss nach hinten sein. Der IT-Mann sitzt, reichlich ungemütlich, zwischen zwei Stühlen. Die Rechtsabteilung der Dubai Health Authority hat bereits bestätigt, dass die Eintragungen des Pflegers manipuliert worden sind, um den früheren Todeszeitpunkt zu verschleiern. Bestätigt dies auch der IT-Mann, so läuft er Gefahr, dass ihn irgendein Zeuge, der auch nur eine Ahnung von Medizin hat, oder ein unabhängiger IT-Experte, der Lüge überführt. Es würde ja nicht einmal Sinn machen, den Kohlendioxid-Eintrag zu fälschen, wenn ohnehin das EKG und die Blutdruckwerte zeigen, dass der Patient noch am Leben gewesen ist. Bestätigt er aber den Tod zu einem späteren Zeitpunkt, widerspricht er dem, was sein Dienstgeber schon angegeben hat. Wie auch immer, Mühle auf, Mühle zu. Vielleicht wäre er dieser Tage doch lieber Neurochirurg geblieben.

Noch konfliktträchtiger ist die Situation, in die Yasser sich manövriert hat. Seit drei Jahren behauptet er notorisch, es hätte weitere Anordnungen von mir gegeben, Patienten nicht wiederzubeleben, seit drei Jahren bleibt er die Beweise schuldig. Da es keine solchen Fälle gibt, riskiert er, vor dem Richter bald als Lügner und Verleumder dazustehen, und damit auch alle seine vorherigen Aussagen zu diskreditieren. Konstruiert er aber einen solchen Fall, in der Hoffnung, so wie Ashraf mit einer Fälschung durchzukommen, dann muss er zwangsläufig einen seiner Kollegen verleumden und mit ans Messer liefern. Ich war Leiter der Abteilung, habe als solcher meistens nur angeordnet, aber nicht selber ausgeführt. Wenn Yasser nun behauptet, ich hätte eine Anordnung gegeben, so bin ich nur der Anstifter, derjenige aber, der sie ausgeführt hat, ist der Täter. Mich alleine könnte Yasser also gar nicht kriegen, er könnte nur eine Kopie des laufenden Falles konstruieren. Um seine Haut zu retten, kennt Yasser sicher keinerlei Hemmungen, jemanden in die Sache hineinzuziehen, es könnte aber sein, dass es der Dubai Health Authority irgendwann zu viel wird, und sie ihn fallen lässt.

Die nächste Verhandlung, drei Wochen später.

Der IT-Mann und Yasser haben ihr Dilemma zwar nicht gelöst, aber etwas aufgeschoben. Beide sind unentschuldigt dem Gericht ferngeblieben. Die Verhandlung wird neuerlich um weitere drei Wochen vertagt.

Die darauffolgende Verhandlung findet mit beiden geladenen Zeugen, Yasser und dem IT-Mann, statt. Nach Monaten des Überlegens kommt der IT-Mann jetzt zu dem Schluss, dass die Todeszeit aus technischen Gründen nicht feststellbar ist. Eine interessante Variante, die er da gewählt hat, um sich der Verantwortung zu entziehen. Ob sie hält, wird sich aber erst nach der Einvernahme des beschuldigten Pflegers zeigen.

Yasser kann die vom Richter geforderten Beweise über weitere Fälle, wie erwartet, nicht erbringen, beruft sich auf Gerüchte und vage Vermutungen, bis dem Richter der Kragen platzt. Er weist ihn darauf hin, dass beschuldigende Äußerungen ohne entsprechende Beweise im Zeugenstand strafbare Lügen sind. Er fordert ihn auf, den Brief an den Ärztlichen Direktor, in dem er vor drei Jahren die Anschuldigungen gegen mich erhoben hat, bei der nächsten Verhandlung in arabischer Übersetzung vorzulegen. Mit drohendem Unterton fügt er hinzu, dass die Übersetzung besser genau sein möge, weil er sie prüfen lassen werde. Die Verteidigerin des Mitangeklagten fordert für die nächste Verhandlung die neuerliche Einvernahme des pakistanischen Pflegers Amin.

Als nächster Verhandlungstermin wird vom Richter wiederum ein Datum in drei Wochen genannt.

Auch bei diesem nächsten Termin kann Yasser keine Beweise für seine gegen mich erhobenen Anschuldigungen vorbringen. Außer dass der Richter darüber ungehalten ist, haben Yassers Falschaussagen unter Eid jedoch keine weiteren Konsequenzen für ihn. Wieso auch, ist doch sogar Ashrafs Dokumentenfälschung ohne Folgen geblieben.

Die Prozess geht weiter, ein Ende ist nicht abzusehen.

* * *

Teil 2

Dokumente

Alle angeführten Dokumente liegen an offiziellen Stellen, wie »Dubai Health Authority«, »Dubai Police«, »Higher Committee for Medical Liability«, »Dubai Prosecution« oder »Dubai Courts« auf. Der Authentizität wegen wurde schlechtes Englisch in der Übersetzung nicht geschönt und adäquat in schlechtes Deutsch übertragen. Die Übersetzung der englischsprachigen Dokumente erfolgte durch Eugen Adelsmayr. Die arabischen Dokumente wurden von May Tarabay ins Deutsche übertragen.

1)

Brief von Dr. Yasser Masri an den Ärztlichen Direktor Anfang März 2009, zehn Tage, nachdem der Patient verstorben war

Mit diesem Brief fing alles an.

Yassers Brief ist in schlechtem, schwer verständlichem Englisch geschrieben und wurde in der deutschen Übersetzung ungeschönt wiedergegeben.

Dear: **Dr Younis Kazim**
Medical Director, RH

01 / 03 / 09

From: **Dr Yasser Masri**
Staff Number 105226 - SICU

I would like to clear out a major confusing matter happening in SICU regarding DO NOT RESUSCITATE or DECRESING MEDICAL TREATMENT OR SUPPORT to the patients.

It happened that Dr Eugene and Dr Ajimsha giving **verbal order** do not resuscitate for some patients who are still conscious but they have poor outcome in their opinion, but some times they also reduce the supportive treatment to the patient like discontinuing the inotrops and reducing the ventilator support. In case some body did not follow this order, Dr Eugene will show disagreement and blaming.

I discussed with them many times that it is against the law and still Dr Eugene insisting to do.

I would like you to review the recently "on 21 / 02 / 09 "died patient **GHULAM MUHAMMAD ELLAHI BAKHSH, ID 4103 60 26**

This patient had cervical spine injury and became quadry plagia admitted on 14 / 01 / 09, he had Brady-arrest many times on day of admission and was successfully resuscitated and then was operated for cervical fixation and surgical tracheostomy.

Temporary cardiac pace – maker was inserted for many days and then removed when became more stable. GCS was 15 / 15 since admission

Few days back, verbal order was given by Dr Eugene DO NOT ACTIVELY RESUSCITATE this patient because, according to Dr Eugene, of poor quality of life. And Dr Ajimsha was supporting and repeating the same order.

On 19 / 02 at 2:45 am, the patient became asystolic in my duty so I did successful resuscitation and the patient resumed his pulse and still conscious.

In the morning, Dr Eugene did not like the event and he ordered to remove the central line, the arterial line and disconnect the pulse oxymeter and reduced the ventilator setting and verbally ordered DO NOT RESUSCITATE the patient. On 20 / 02 Dr **Ajimsha** Reduced the Ventilator setting again [respiratory rate & Pmax] and the patient died within less than 24 hrs and no resuscitation was done for him by the attending doctor.

The patient has relatives available in Dubai and they were not discussed and no written consent taken. *All this events are documented in the electronic file.*

Thank you

Please get the file

Dr. Yasser Ahmed Masri
Specialist Registrar, SICU
Rashid Hospital,
Trauma Center

01/03/2009

Lieber Dr. Younis
Ärztlicher Direktor, RH

Von: Dr. Yasser Masri
Personal-Nummer: 105228 – SICU

Ich möchte eine große, verwirrende Angelegenheit ausräumen, die in der SICU stattfindet, in Hinblick auf NICHT WIEDERBE-LEBEN oder VERMINDERN MEDIZINISCHER BEHAND-LUNG ODER UNTERSTÜTZUNG für die Patienten.

Es geschah, dass Dr. Eugen und Dr. Ajimsha mündliche Anord-nung nicht wiederzubeleben für manche Patienten geben, die noch bei Bewusstsein sind, aber sie haben in ihrer Meinung ein schlechtes Ergebnis, aber manchmal reduzieren sie auch die unterstützende Be-handlung für den Patienten, wie stoppen der Inotropika und reduzie-ren der Ventilatorunterstützung. Im Fall, dass jemand diese Anwei-sung nicht befolgt, wird Dr. Eugen Widerspruch und tadeln zeigen.

Ich diskutierte mit ihnen oft, dass es gegen das Gesetz ist und trotzdem besteht Dr. Eugen zu tun.

Ich möchte, dass sie den kürzlich am 21/02/09 verstorbenen Patienten GHULAM MUHAMMAD ELLAH BAKHSH, ID 41036026 bewerten.

Der Patient hatte eine Halswirbelsäulenverletzung und wurde Quadroplegie aufgenommen am 14/01/09, er hatte oftmals Brady-Asystolie am Aufnahmetag und wurde erfolgreich wiederbelebt und wurde dann zur Halsstabilisierung und chirurgischen Tracheosto-mie operiert.

Temporärer Herz-Schrittmacher wurde für viele Tage eingesetzt und dann entfernt, als stabiler wurde. GCS war 15/15 seit Aufnahme.

Vor wenigen Tagen wurde mündliche Anordnung von Dr. Eugen gegeben, diesen Patienten NICHT AKTIV WIEDERBELEBEN, wegen laut Dr. Eugen, schlechter Lebensqualität. Und Dr. Ajimsha hat die selbe Order unterstützt und wiederholt.

Am 19/02 um 02 Uhr 45, hatte der Patient in meinem Dienst eine Asystolie, also führte ich erfolgreich Reanimation durch und der Patient wiedererlangte seinen Puls und noch bei Bewusstsein.

Am Morgen hat Dr. Eugen diesen Vorfall nicht gemocht und er orderte die zentrale Leitung, die arterielle Leitung zu entfernen und das Puls-Oxymeter abhängen und verminderte die Beatmungseinstellung und gab mündlich die Anweisung den Patienten NICHT WIEDERBELEBEN. Am 20/02 reduzierte Dr. Ajimsha die Beatmungseinstellung erneut (Atemfrequenz & Spitzendruck) und der Patient verstarb innerhalb von weniger als 24 Stunden und keine Wiederbelebung wurde an ihm vom diensthabenden Arzt durchgeführt.

Der Patient hat verfügbare Verwandte in Dubai und sie wurden nicht diskutiert und keine schriftliche Einwilligung eingeholt. ***Alle diese Ereignisse sind in der elektronischen Akte dokumentiert.***

Danke   **Dr. Yasser Masri**

2)

Bericht von Dr. Hassan Fouad Kamaliddin als Co-Vorsitzendem des Morbidity & Mortality Committee

Wieso Hassan als Co-Vorsitzender, und nicht der Vorsitzende selbst diesen Bericht schrieb, und ob das Committee überhaupt informiert war, ist unklar. Geschickt wählt er die richtigen Formulierungen und Reizwörter, um die gewünschte Wirkung zu erreichen.

Hassan selbst war in die Behandlung des Patienten stärker involviert als ich.

Morbidity & Mortality Committee
Rashid Hospital

TO: Dr. Shawqi Khoori
             Director,
             Rashid Hospital

FROM: Dr. Hassan Fouad
             Co Chairperson, Morbidity and Mortality Committee
             Rashid Hospital

DATE: 19/03/09

Sub: **Patient: Ghulam Muhammed Ellahi Baksh, HCN 41036026**

Dear Dr Shawqi,

As per our discussion on 18/03/09 and upon completing the standard Morbidity &
Mortality (M&M) review process of the above deceased patient's medical record
according to the DOHMS, M&M policies and procedures.

The following serious points were noted:-

1. This patient had an accident which left him quadriplegic and ventilator
   dependent but he was fully conscious, oriented to surrounding environment and
   had a degree of insight into his condition(which is a case we frequently see in our
   practice in Rashid Hospital and some patients are surviving with life support for
   many years till now)

2. This patient had life support and monitoring facilities reduced, despite of the fact
   that he was fully conscious.

3. The patient was issued a verbal DNR order (Do not resuscitate) and was allowed
   to die without resuscitation with no scientific or legal justification.

4. No attempt was made to contact the relatives or obtain legal custody of the
   patient to start DNR process keeping in mind that the patient's condition does
   not qualify him for DNR and that this process is not yet legally established in
   DOHMS.

5. This action is in direct violation of UAE law and is considered both legally and
   morally to be homicide (murder).

For these reasons we would like you to urgently formulate an investigation committee with a representative from the legal department of DOHMS to look into the above mentioned case.

Keeping in mind that this does not only jeopardize the patient's safety and clearly violates his rights but it also in direct violation of UAE law and is against the fundamental ethics of the medical profession as a whole.

Kind regards,

Dr. Hassan Fouad Kamaliddin
MBChB, FRCPI, EDIC
Consultant Physician & Intensivist
Medical ICU
Rashid Hospital

Hassan

Dr. Hassan Fouad,
Co Chairman, Morbidity and Mortality Committee
Consultant Physician,
Rashid Hospital Trauma Center.

CC: Dr Younis Kazim, Medical Director, RH.
     Chairperson, M&M Committee, RH.

Morbiditäts- & Mortalitäts-Komitee

Rashid Hospital

An: Dr. Shawqi Khoori
Direktor,
Rashid Hospital

Von:
Dr. Hassan Fouad
Co-Vorsitzender, Morbiditäts- & Mortalitäts-Komitee
Rashid Hospital
Datum: 19/03/09

Betreff: Patient: Ghulam Mohammed Ellahi Baksh, Versicherungsnummer 41036026

Lieber Dr. Shawqi,

wie mit Ihnen am 18/03/09 diskutiert und nach Fertigstellung des Standard-Morbiditäts- & Mortalitäts-Begutachtungsprozesses der Krankengeschichte des oben erwähnten verstorbenen Patienten im Einklang mit DOHMS [Department of Health and Medical Services]-Vorschriften und -Vorgehensweisen wurden die folgenden schwerwiegenden Punkte festgestellt:

1) Dieser Patient hatte einen Unfall, der ihn querschnittsgelähmt und abhängig von maschineller Beatmung machte, aber er war bei vollem Bewusstsein, orientiert zu seiner Umgebung (welches ein im Rashid Hospital häufig gesehener Fall ist, und manche Patienten leben mit Unterstützung der Lebensfunktionen für viele Jahre, bis jetzt).

2) Bei dem Patienten wurden die Unterstützung der lebenswichtigen Funktionen und die Überwachung reduziert, obwohl er voll bei Bewusstsein war.

3) Für den Patienten wurde eine mündliche DNR[Do Not Resuscitate/Nicht Wiederbeleben]-Anweisung gegeben, und es

wurde ihm ohne wissenschaftliche oder rechtliche Begründung erlaubt, ohne Wiederbelebung zu sterben.

4) Es wurde kein Versuch unternommen, seine Verwandten zu kontaktieren oder das Sorgerecht für den Patienten einzuholen, um den DNR-Vorgang zu starten, unter Berücksichtigung, dass der Zustand des Patienten ihn nicht für DNR geeignet macht und dieses Vorgehen noch nicht legal etabliert ist in DOHMS.

5) Dieses Vorgehen ist eine direkte Verletzung der Gesetze der Vereinigten Arabischen Emirate und wird legal und moralisch als Totschlag (Mord) aufgefasst.

Aus diesem Grund ersuchen wir Sie dringend, ein Untersuchungs komitee einzuberufen, mit einem Repräsentanten der Rechtsabteilung und von DOHMS, um den oben angeführten Fall zu untersuchen.

Mit freundlichen Grüßen

Dr. Hassan Fouad
Co-Vorsitzender, Morbiditäts- & Mortalitäts-Komitee

Facharzt

Rashid Hospital
Trauma Center

CC: Dr. Younis Kazim, Ärztlicher Direktor, RH
Vorsitzender, M&M-Komitee, RH

3)

Die vom Ärztlichen Direktor signierte Rashid-Hospital-DNR(Do Not Resuscitate/Nicht Wiederbeleben)-Richtlinie

Die Existenz dieser Policy wurde vom Rashid Hospital immer demen-tiert. Sie wurde zwei Wochen, nachdem ich sie erwähnt hatte, vom Krankenhaus-Intranet genommen.

Dr. Hassan war als Vorsitzender des Wiederbelebungs-Komitees maßgeblich an der Erstellung der Richtlinie beteiligt.

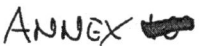

 Department of Health and Medical Services (DOHMS)
Policy and Procedure (Administrative – Operational) | PPF002

Policy and Procedure Title: Do Not Resuscitate, (DNR)		
Ownership: Medical Director & Quality and Development Office	Effective Date: 16.11.2006	Code: RH/PFR/020

Applies to:
☐ Head Quarter ☐ Al-Wasl ☐ Dubai ☐ PHC ☒ Rashid ☐ Other (specify):

Department(s):

Standard Compliance: ☒	Standard:	Standard No.: ☐ N/A	
DOHMS Manual: ☐ Yes (specify):			☐ N/A

1. Purpose and scope:

1.1 To clarify RH response to withholding resuscitative services and withdrawal of life sustaining treatments.

1.2. To provide guidelines to the medical and nursing staff in the ordering and implementation of orders of Do Not Resuscitate

2. Policy statement:

2.1 RH shall define and validate the Do Not Resuscitate directive and establish the criteria, requirements and procedures to withhold emergency resuscitative measures inside the hospital.

2.2 Patients beliefs, values and preferences are important factors for implementing this policy.

2.3 This policy is implemented with consideration to the brain death protocol which is adopted by DOHMS

2.4 The health care providers may face some challenges in implementing this policy due to the cultural beliefs and values of the patients as well as the country laws and regulations.

3. Definitions:

3.1 Terminal Condition : An illness or injury from which there is no recovery and which can be the cause of death within one year.

3.2 Capacity : The ability to understand and appreciate the nature and consequences of a DNR order and to reach an informed decision regarding a DNR order. The determination of lack of Capacity is made by an attending physician and a concurring physician to a reasonable degree of medical certainty.

3.3. Cardiopulmonary Resuscitation (CPR): Measures to restore cardiac function and / to support ventilation breathing, intubations, direct cardiac injection, intravenous medications, electrical defibrillation and open chest cardiac massage.

4. Procedure and responsibility:

S.No Steps of procedure	Responsible parties
4.1 Initiate a comprehensive counseling session with patient and his family as appropriate.	Physician
4.2. Determine patient with capacity, who requests a DNR order	Physician
4.3 Determine reasonable degree of medical certainty that: a) Patient has terminal condition b) Patient is permanently unconscious	Physician
4.4 Obtain consent for DNR order which should be documented in patient's file	Physician / Witness

Page - of -	PPO's Initial

4.5 Suspend the DNR order in the following cases:
   a) If the cardiac / pulmonary arrest is an unexpected
     medication induced event
   b) Patient is cognitive and states that she / he wishes
     resuscitation
	Physician

4.6 Document the suspension order in the patients file	Physician
4.7 .Notify patient / family /next of kin, of the suspension	Physician
4.8 Review the DNR order every 7 days, with regards to the assessment of the patient condition	Physician ·

5. Tools/Attachments Forms:

6. References:

Prepared by:
Name: Lyra F Noronha   Designation: Quality Coordinator/PFR Committee
Signature: Date: 16.11.2006

Approved by:
Name: Mr Zakaria Al Attal   Designation: Head of Quality & Development Office -RH
Signature: Date: 16.11.2006

Authorized by:
Name: Dr Shawqi Khoory   Designation: Director: Rashid Hospital
Signature: Date:16.11.2006

Policy and Procedure Status: ☒New Issue	☐ Part Revision	☐ Complete revision
Edition No.: One	Edition Date: 16.11.2005	
Revision No.: N/A	Revision Date:	

AUSZUGSWEISE ÜBERSETZUNG DER DNR-RICHTLINIE

Department für Gesundheit und Medizinische Dienste
Titel der Richtlinie und Vorgehensweise: Nicht-Wiederbeleben, DNR (Do Not Resuscitate)

1) **Ziel und Umfang**:

1.1) Stellungnahme des Rashid Hospital zum Vorenthalten von Wiederbelebungsmaßnahmen und lebenserhaltender Therapie

1.2) Bereitstellung einer Richtlinie für ärztliches und pflegerisches Personal für die Anordnung und Implementierung von Nicht Wiederbeleben (Do Not Resuscitate) Anordnungen.

2) **Feststellung zur Richtlinie:**

2.1) Diese Richtlinie wurde unter Berücksichtigung des von DOHMS angenommenen Hirntod-Protokolls erstellt.

3) **Definitionen:**

3.1) Endzustand: Eine Krankheit oder Verletzung, von der keine Erholung möglich ist und die innerhalb eines Jahres zum Tode führen kann.

Autorisiert von:

Name: Dr. Shawqi Khoori
Amtsbezeichnung: Direktor, Rashid Hospital

Unterschrift: Datum: 16.11.2006

4)

Rundschreiben zum Widerruf der DNR-Richtlinie

*Mit diesem Rundschreiben wurde die angeblich nicht existente Richt-
linie für null und nichtig erklärt.*

From: DHA Announcement Service (RH-Administration) [Announcer@dha.gov.ae]
Sent: Thursday, October 15, 2009 13:28
To: _Rashid Hospital
Subject: Circular Announcement: DNR (Do not resuscitate) POLICY

GOVERNMENT OF DUBAI

ﻫـﯾﺋــﺔ اﻟﺻـﺣــﺔ ﺑدﺑــﻲ
DUBAI HEALTH AUTHORITY

Announcement

إعــــــلان

RH-Administration

IMPORTANT ANNOUNCEMENT

TO ALL DOCTORS - RASHID HOSPITAL

DNR (Do not resuscitate) POLICY

The UAE Medical Liability Federal Law No.10 of 2008 - Article 9, states that "Patients' life may not be ended for whatsoever reason even upon their request or their guardians or custodians".

Therefore all existing DNR orders and forms in use in the hospital are <u>no longer valid</u>.

With immediate effect and until further notice, the current UAE Law on DNR will be applicable.

DR SHAWQI KHOORY

CEO - Rashid Hospital

Von: DHA, Bekanntmachungsdienst
(RH Administration)
Gesendet: Donnerstag, Oktober 15, 2009, 13:28
An: Rashid Hospital
Betrifft: Allgemeine Bekanntmachung DNR(Do Not
Resuscitate/Nicht Wiederbeleben)-Richtlinie

Bekanntmachung

RH-Administration

WICHTIGE BEKANNTMACHUNG

AN ALLE ÄRZTE – RASHID HOSPITAL

DNR(Do Not Resuscitate)-RICHTLINIE

Das Bundesgesetz Nr. 10 aus 2008 der Vereinigten Arabischen Emirate (VAE) zur Medizinischen Haftung, Artikel 9, stellt fest, »das Leben eines Patienten darf aus keinem wie auch immer gearteten Grund beendet werden, auch nicht auf ihr eigenes Ersuchen oder das eines gesetzlichen Vertreters«.

Daher sind alle bestehenden DNR-Anweisungen und dazu im Krankenhaus verwendeten Formulare **nicht länger gültig**.

Mit sofortiger Wirkung und bis auf weiteres, ist das gegenwärtige VAE [Vereinigte Arabische Emirate]-Gesetz über DNR anzuwenden.

DR. SHAWQI KHOORI

CEO Rashid Hospital

5)

»Do Not Resuscitate«-Anordnungen Dr. Hassans

Obwohl die DNR-Richtlinie von Dr. Hassan mitentwickelt wurde und er selbst DNR praktizierte, leugnet er das in seinem Bericht.

Sogar nach offiziellem Widerruf der Richtlinie ordnete Dr. Hassan selbst an, Patienten nicht wiederzubeleben.

Laut Gesetz (Bundesgesetz Nr. 10, 2008) muss eine Wiederbelebung ausnahmslos immer versucht werden, auch hirntote oder hoffnungslose Patienten sind davon nicht ausgenommen.

Orders

Intensivists are requested to write the time before the order.

Note 1	round by dr hasan patient not for resussitation and to give medical report to the family upon their request

DN	Dina A. Natheer - Intensivists	06/01/2010 13:03 - 06/01/2010 13:03

Evening assessment Note	DR RAMON (RETROSPECTIVE NOTE) PATIENT SUFFERED CARDIAC ARREST , RESUSCITATED , CARDIAC EXTERNAL MASSAGE , ATROPINE AND ADRENALINE GIVEN PATIENT RECOVERED SINUSAL RYTHM CASE DISCUSSED WITH DR HASAN FOUAD , CONSULTANT ON CALL, HE ADVISED TO FOLLOW HOSPITAL BRAIN DEAD PROTOCOL , AS PATIENT HAS IN THE FILE BRAIN DEAD FORM SIGNED BY DIRECTOR DR ZEYAD ALSO WAS INFORMED , HE SPOKE WITH THE FAMILY ABOUT CARDIAC ARREST PATIENT ARRESTED AGAIN AND HE WAS DECLARED DEAD AT 22H 37

Round and Discussion

Plan	round by dr hassan and he advised;; as brainstem reflexes repeated by dr ammar neurosurgeon,all are negative,so -stop all the medications -no crash call -no labs -only daily ABGS -continue iv fluids+feeding 50ml/hr -continue ventilatory support

---

Round and Discussion

Plan	round by dr zeyad and dr hasan no crush call to be done

Evening Assessment

Evening assessment Note	GCS 3, on BIPAP FIO2 60%, hemodynamically stable, afebrile, good UOP

AH	Alaa Y Hasan - Intensivists	28/12/2009 08 52 - 28/12/2009 22.32
DN	Dina A Natheer - Intensivists	28/12/2009 08 52 - 28/12/2009 12 15

Round and Discussion

Plan	Round by Dr. Maged (Progress discussed with Dr. Hassan Fouad) - Patient is GCS 3 without sedation, on inotropic support Norepi- 0.5 mic/kg/min, low spO2 on Ventilator 60% O2. - No active management as written by Neurosruergy. - Continue same supportive care & management; no escalation of treatment, no CPR in case of cardiac arrest. DR. SARFRAZ ALAM.

AUSZUGSWEISE ÜBERSETZUNG DER ORIGINALEN DNR-ANWEISUNGEN Dr. HASSANS

Patient 1

Visite durch Dr. Hassan:
   Patient nicht für Reanimation, und auf Wunsch der Familie ist ihnen ein medizinischer Bericht zu geben.

Patient 2

Retrospektive Dokumentation Dr. R:
   Patient erlitt Herzstillstand, Reanimation, externe Massage, Atropin und Adrenalin verabreicht, Patient erholt sich, Sinusrhythmus. Fall mit Dr. Hassan Fouad, Facharzt im Dienst, diskutiert. Er wies an, das RH-Hirntod-Protokoll zu befolgen, da in der Patientenakte das vom Ärztlichen Direktor unterzeichnete Hirntod-Formular vorliegt. Auch Dr. Zayed wurde informiert, er sprach mit der Familie über Herzstillstand. Der Patient hatte einen Stillstand und wurde um 22:37 h für tot erklärt.

Patient 3

Visite durch Dr. Hassan, und er ordnete an:
   – kein Herzalarm

Patient 4

Visite durch Dr. Zayed und Dr. Hassan
   Es soll kein Herzalarm ausgelöst werden

Patient 5

Visite durch Dr. M. (Vorgehen mit Dr. Hassan diskutiert)
   … keine Wiederbelebung im Falle eines Herzstillstandes

6)

Benachrichtigungsschreiben vom Lizenzierungsdepartment

Mit diesem Schreiben wurde ich über den Grund meiner Suspendierung Ende 2009 informiert.

Die Logik der Argumentation ist bemerkenswert. Ich soll etwas getan haben, was durch keine Richtlinie gedeckt war, und überdies nicht die in der Richtlinie vorgegebenen Schritte eingehalten haben.

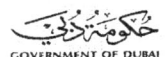
GOVERNMENT OF DUBAI

هـيـئـة الصـحـة بدبـي
DUBAI HEALTH AUTHORITY

Refl: HRD/CGO/LS/10/05/04

Ref2: HRD-Sec/2010/20

Date: 13/01/2010

From: Dr. Ramdan Ibrahim, Acting Director of Health Regulation, DHA

To: Dr. Eugen Adelsmavr

Notification Letter
Deceased Ghulam Muhammad Ellahi Bakhsh

The Health Regulation Department of Dubai Health Authority would like to notify you that an investigation committee was formed to review the case of deceased Ghulam Muhammed Ellahi Bakhsh.

The investigation committee reviewed the medical file, all supporting documents, and carried out interviews with all the involved parties while investigating the case.

Following the investigation the committee has reached the following conclusion:

There was medical negligence and malpractice in the management of the case for the following reasons:

- Violating the DHA regulations by taking the decision to do not resuscitate as there is no DHA do not resuscitate policy and put it into implementation without following appropriate procedure (like performing patient/ relative conference or obtaining the required consent or requesting the opinion of the ethic committee).

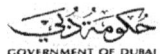

GOVERNMENT OF DUBAI

DUBAI HEALTH AUTHORITY

هـيـئـة الصـحـة بـدبـي

- It is inappropriate to take the do not resuscitate decision on behalf of a conscious patient without taking the necessary steps like obtaining necessary consent.

- Clinical condition of the patient did not warrant or justify that decision as he was conscious, relatively stable even being quadriplegic and ventilator dependant. Therefore the decision of active reduction/ withdrawal of support accompanied with removal of monitoring system from the patient was inappropriate from regulatory, clinical and ethical point of view.

This is for your information
Sincerely,

Dr. Ramadan Ibrahim,
Acting Director of Health Regulation
Dubai Health Authority

CC: Director General

Head of Clinical Governance Office

Ref1: HRD/CGO/LS/10/05/04
Ref2: HRD-Sec/2010/20   Datum: 13/01/2010

Von: Dr. Ramadan Ibrahim, Geschäftsführender Direktor Gesundheitsregulierung, DHA
An: Dr. Eugen Adelsmayr

Benachrichtigung
Verstorbener Ghulam Muhammad Ellahi Bakhsh

Das Gesundheits-Regulierungsdepartment der Dubai Health Authority möchte Sie davon in Kenntnis setzen, dass ein Untersuchungskomitee eingesetzt wurde, um den Fall des verstorbenen Ghulam Muhammad Ellahi Bakhsh zu untersuchen.

Während der Untersuchung beurteilte das Untersuchungskomitee die Krankengeschichte, alle relevanten Dokumente und führte Interviews mit allen Beteiligten.

Nach der Untersuchung kam das Komitee zu folgendem Schluss:
Aus folgenden Gründen liegen ein Kunstfehler sowie Fahrlässigkeit vor:

- Verletzung der DHA-Bestimmungen durch die Entscheidung, nicht wiederzubeleben, da es keine DHA-Richtlinie für Nicht-Wiederbeleben gibt, und diese ohne Einhaltung des erforderlichen Vorgehens angewendet zu haben (wie eine Patienten/Angehörige-Besprechung oder das Einholen der erforderlichen Zustimmung oder die Meinung der Ethikkommission).

- Es ist unangebracht, die Nicht-Wiederbeleben-Entscheidung im Namen eines wachen Patienten zu treffen, ohne die notwendigen Schritte, wie Einholen der erforderlichen Zustimmung, einzuhalten.

- Der klinische Zustand des Patienten erforderte oder rechtfertigte diese Entscheidung nicht, da er, obwohl quadroplegisch und abhängig vom Beatmungsgerät, wach und relativ stabil war. Daher war die Entscheidung, die Therapie aktiv zu reduzieren und zu entfernen, und die begleitende Entfernung von Überwachungssystemen aus regulatorischen, klinischen und ethischen Gesichtspunkten unangemessen.

Dies ist zu Ihrer Information.

Mit freundlichen Grüßen

Dr. Ramadan Ibrahim
Geschäftsführender Direktor Gesundheitsregulierung
Dubai Health Authority

cc: Generaldirektor

7)

Originale des Untersuchungsberichts der Dubai Health Authority

Dieser Bericht stellt in der Schlussfolgerung klar fest, dass die angewiesene Behandlung nicht zum Tod des Patienten geführt hat. Bezüglich der DNR-Anweisung empfiehlt er dem Krankenhausträger Klarheit zu schaffen, um »… in Zukunft Missverständnisse und gegenseitige Anschuldigungen zu vermeiden«.

Diesen Bericht hat Dr. Ashraf El Houfi nur unvollständig selbst ins Arabische übersetzt und der Staatsanwaltschaft übermittelt. Alle von ihm in seiner Übertragung weggelassenen Passagen sind in dieser Kopie des Originals unterstrichen und in der deutschen Übersetzung desselben kursiv gesetzt und unterstrichen.

 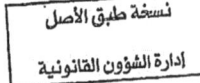 

INVESTIGATION REPORT

Ref No: CGU/Inv/CC/2009/05/01	Date: 26.08.09
Name of Patient: Deceased **Ghulam Muhammad Ellahi Bakhsh**	H C Number: 4103 60 26 Name of the Hospital: Rashid Hospital
Patient's Diagnoses: • C5,C6,C7 spinal fractures • Quadreplegia • Ventilator dependet • Brady-Asystole	

COMMITTEE MEMBERS NAMES:

All underlined in purple is ommitted in Arabic translation.

1. Dr. Ashraf Mahmoud El-Houfi   (Chairperson)
2. Dr. Carl Ingemar   (Member)
3. Dr. Svetoslav Ivanov Iolov   (Member)
4. Mr. Ahmed Hamed Mahmoud   Senior Specialist Legal Affairs, HQ

REASON FOR INVESTIGATION:

1. Direct Recommendation from Assistant Director General
2. To investigate the management of the above mentioned deceased patient

A committee has been formulated for the investigation of the above mentioned deceased patient. On 17.05.09 at 1300 hours, Dr. Ashraf Mahmoud ElHoufi-The Chairperson of the Committee called the members of the committee Dr. Carl Ingemar (Consultant & Head of Anaesthesia Dept. AWH), Dr. Svetoslav Ivanov Iolov (Consultant of Anaesthesia Dept. DH), Mr. Ahmed Hamed Mahmoud (Senior Specialist Legal Affairs).

An initial report based on document review was submitted by the end of May 2009 as Dr. Eugen Adelsmayr was unavailable for interview due to some logistic problems.

By the beginning of July 2009, Dr. Eugen Adelsmayr became available and he was interviewed by the committee and submitted a written signed statement which is included with this report. *Where is your report?? Its not attached.*

Page 1

Patient Name: Mr. Ghulam Muhammad Ellahi Bakhsh

GOVERNMENT OF DUBAI

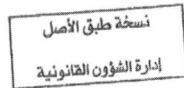

نسخة طبق الأصل
إدارة الشؤون القانونية

هـيـئـة الصــحـــة بدبـــي
DUBAI HEALTH AUTHORITY

INVESTIGATION REPORT

In addition to Dr. Eugen Adelsmayr (Consultant & Previous Head of SICU –RH), Health care givers, Dr. Yaser Ahmed Masri (Specialist Registrar – SICU-RH), Dr. Esmail Pillai Ajimsha (Specialist Senior Registrar –SICU-RH), Dr. Mohammed Ubedullah Khan (Specialist Registrar – SICU-RH) and Mr. Amin Najmi (RN-SICU-RH) were called for interview.

After the meeting on 06.08.09 the committee decided to conduct a meeting with Dr. Souad El Mubarak Adelsalam (Specialist Registrar –SICU-RH), Dr. Andrea Clelia Zocco (Specialist Registrar-SICU-RH), Dr. Jose Antonio Ramon (Specialist Senior Registrar-SICU-RH) and Dr. Alaa Y. Hasan (Specialist Registrar) on 10.08.09 in the Doctors' room (ICU-DH).

SEQUENCE OF EVENTS FROM DOCUMENTS:

1. History of fall from bunk bed on 14.01.09
2. The patient was brought to the Emergency Dept. on 14.01.09 at around 14:35 hours with complains of neck pain, bilateral shoulder pain, immobility and numbness of upper & lower limbs and no sensation above the nipple line.

DOCUMENTATION REVIEW FINDINGS:

On arrival of the patient to the Emergency Department-RH on 14.01.09, he was conscious; GCS 15/15, saturation 94-99% and abdomen was soft. His investigations results showed as:
1. ABG → PH: 7.53, PCO2: 29.8 mmHg, PO2: 108.2 mmHg, HCO3: 24.1 mmol/L, glucose: 89 mg/dl.

2. CT scan of cervical spine → Dislocation fracture of C5, C6 and C7 body.
In the CT scan room the patient had respiratory arrest and became unconscious.
The Anaesthetist attended and intubated immediately and kept him on ventilator and sedated. He was seen by trauma and neurosurgeon and he decided to admit the patient in SICU and to apply skull traction by neurosurgeon.

Page 2

Patient Name: Mr. Ghulam Muhammad Ellahi Bakhsh

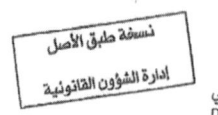

INVESTIGATION REPORT

After the arrival to SICU, the patient became bradycardic and asystole. CPR started immediately and the patient revived to sinus rhythm. He was kept on ventilator, BIPAP mode, FIO2 40% and ABG was done → All were satisfactory. Central line was inserted in left femoral vein and arterial line in the left radial artery. Orogastric tube was inserted and kept on Inotrops support and sedation.

On 19.01.09, open reduction and fixation of the cervical spine fractures done by the trauma team and on 22.01.09 surgical tracheostomy was done by the ENT team.

The sedation was reduced and weaning trials were done, but he was not tolerating, so kept him back on BIPAP mode.

On 25th and 26th January 2009, he developed repeated episodes of severe bradycardia which responded to Atropine.

On 27.01.09, the patient developed repeated episodes of severe bradycardia and asystole, resuscitated every time and revived to sinus rhythm. He was referred to the cardiology and on 29.01.09; they decided to insert a temporary pacemaker. The pacemaker was inserted by the cardiologist on bed side in the SICU in the afternoon time. Next days his condition was relatively stable hence the SICU team repeatedly tried for gradual tapering of the Inotrops medications and weaning.

On 05.02.09, the patient was seen by the Cardiologist who advised to reduce the Pacemaker rate gradually and switch off if remains stable. He was conscious and opening eyes and the Pacemaker rate was reduced gradually.

On 08.02.09, sedation was stopped and Morphine infusion was started 2 mg/hour in the beginning.

Dr. Eugen Adelsmayr Head of Surgical ICU-RH) commented that No active / aggressive response to haemodynamic derangement. Dr. Mohammed Ubedulla Khan (**Dr. Obaid - as documented in the file**) ordered do not escalate Dobutamine more than 5 mcg/kg/min, if any deterioration in patient's condition.

On 09.02.09, the patient was calm, cooperative and conscious. Dr. Esmail Pillai Ajimsha increased the Morphine to 5 mg/hour and Ativan 1 mg tds and

Patient Name: Mr. Ghulam Muhammad Ellahi Bakhsh

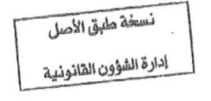

INVESTIGATION REPORT

gradually reduction of Dobutamine infusion rate. Pacemaker was stopped by the Cardiologist and removed the sheath.

On 10.02.09, the patient was alert and opening eyes spontaneously. His heart rate was regular, on FIO2 30%. Blood pressure was 112/47 mmHg on Dobutamine low dose, sedation with Morphine 5 mg and Ativan 1 mg bd.

(check my translation he wrote something else)

On 11.02.09, Dr. Eugen Adelsmayr advised no active intervention to be provided. The patient was seen by Dr. Esmail Pillai Ajimsha and Dr. Mohammed Ubedulla Khan (Dr. Obaid). They advised to taper Dobutamine and if blood pressure drops fluid challenge can be given. Morphine increased to 10 mg/hour, Ativan increased to 2 mg. No active intervention as advised by Dr Eugen, Adelsmayr.

On 12.02.09, the patient was seen by Dr. Eugen Adelsmayr and team, stopped Dobutamine, still on Morphine 10 mg/hour.

On 13.02.09, Dr. Alaa Y. Hasan started Dobutamine and reduced Morphine to 5 mg/hour. Rounds done by Dr. Hassan Fouad Bakir and team ordered to continue the same plan and management for follow up.

On 14.02.09 at 7:40 hours patient became bradycardic for short time and he was seen by Dr. Hassan Fouad Bakir and team, continued conservative management.

On 15.02.09, on Morphine 5 mg/hour, FIO2 40%. He was seen by Dr. Esmail Pillai Ajimsha and advised no escalation of support and to continue the same.

On 18.02.09 at 02:45 am, Patient became asystole and CPR started by nurses. Dr. Abbas Khosravi advised not to give any action as there was verbal order for DNR. Dr. Yasser Ahmed Masri advised to continue as there is no written order for DNR.

On (Thursday) 19.02.09 at 14:30 hours, Dr. Eugen Adelsmayr ordered to remove the arterial line, central line and to reduce FIO2 21%, remove SPO2 monitoring, verbally ordered no CPR and no Crash call, Morphine increased to 10 mg/hour.

On (Friday) 20.02.09, patient opened eyes spontaneously, peripheral line maintained, continued on ventilator, BIPAP, FIO2 21%. Dr. Esmail Pillai Ajimsha further reduced the respiratory rate and Pimax down to 20.

Page 4

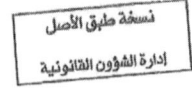

INVESTIGATION REPORT

On 21.02.09 at 3:30 am the patient developed bradycardia and asystole, Dr. Mohammed Ubedulla Khan (Dr. Obaid) was informed and he advised nothing to do and just to observe the patient (as documented in the file, Nurse's notes). At around 3:52 am monitor showed straight line, Dr. Mohammed Ubedulla Khan (Dr. Obaid) was informed, seen the ECG strip and declared death and advised to discontinue monitoring and ventilator.

COMMITTEE'S FINDINGS:

1. Was there Negligence by the treating doctor:
Yes

2. Was there Malpractice while treating the patient?
Yes

DESCRIBE THE NEGLIGENCE/ MALPRACTICE IF APPLICABLE:
Despite of the clear discrepancy between the opinions and statements of the interviewed SICU staff including the Head of the Department Dr. Eugen Adelsmayr, it is apparent that this patient was treated **as a case of DNR at the final stage** (He was resuscitated once by Dr. Yasser Ahmed Masri on 19-2-09 2:48 am despite a reminder by the first on call that there is a verbal order of DNR by Dr. Eugen Adelsmayr which he did not comply with because it was not a written order and finally the patient was not resuscitated on 21-2-09 3:30 am when he developed cardiac arrest as documented in the file).
So this action resulted in direct harm to the patient (Not resuscitated for cardiac arrest).

The bundle of actions taken by the Head of Department on 19-2-09 at 14:30 hrs (removing the central and arterial lines, Reducing the FIO2 to 21%, Removing the SPO2 monitoring, Increasing the morphine infusion to 10 mg/H, reducing ventilator parameters).
Some of those actions are **inappropriate** like reducing Oxygen to 21% and removing the SPO2 monitor at the same time (which will prevent evaluating the effect of reducing Oxygen on patient's oxygenation) is **inappropriate** and **unnecessary** and the explanation of Dr Eugen Adelsmayr that he was preparing the patient to be moved out of ICU is **unacceptable** because even

Page 5

Patient Name: Mr. Ghulam Muhammad Ellahi Bakhsh

GOVERNMENT OF DUBAI

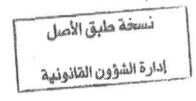

نسخة طبق الأصل
إدارة الشؤون القانونية

هـيـئـة الصـحـة بدبــي
DUBAI HEALTH AUTHORITY

INVESTIGATION REPORT

outside ICU there is Oxygen wall sockets and hand held portable SPO2 monitors are routinely used in the wards. Even the decision of moving the patient out of ICU seems odd particularly it came after less than 12 hours of a documented resuscitated cardiac arrest, if this decision was taken a week before it would have been very much appropriate as there were no indications to keep a hemodynamically stable, chronically ill bed bound, ventilator dependent patient in ICU and a portable ventilator can be arranged outside ICU.

CONCLUSIONS OF THE INVESTIGATION COMMITTEE:

1.   *Regulatory & Procedural Inappropriateness*

The patient was treated as a DNR (Do Not Resuscitate) at his final stages in SICU and despite Dr. Eugen Adelsmayr (as mentioned in his statement) clearly denied that he ever gave that order as well as he was aware of the presence of a DNR policy posted on the file net of Rashid Hospital and he could have simply put it officially and use the official format but according to him he did not and will not practice DNR in UAE. But it is apparent from interviewing the SICU staff (Doctors and Nurses) that there was some sort of agreement as per the discussions on daily rounds that everything was done for this patient and if he deteriorates further No escalation of support and if suffers cardiac arrest Do Not Resuscitate and this agreement was always referred to in the patient's file (as per Dr. Eugen Adelsmayr's order). Doctors only mentioned in their notes (No Active, No aggressive interventions) but Some nurses clearly mentioned in their notes (DNR, No CPR as per Dr. Eugen Adelsmayr's orders) which was finally translated into an action by not resuscitating the patient when he developed cardiac arrest on 21-2-09 at 3:30 am It is to be mentioned that Rashid Hospital did have a DNR policy which was posted on the file net. Regardless to the presence or absence of a DNR policy, it is inappropriate to take a DNR decision on behalf of a conscious patient without taking the necessary steps like performing patient and / or family conference to obtain necessary consent (It is not enough to just label him as poor quality of life and take a decision of DNR on his behalf).

Clinical Inappropriateness
Being quadriplegic and ventilator dependent for 4-5 weeks after spinal injury does not make the patient terminally ill (patient can live for a long time while being ventilator or other machine dependent, so the DNR decision from **clinical point of view for a conscious, calm, cooperative, with relatively stable parameters on the current supportive measures is inappropriate.**

Patient Name: Mr. Ghulam Muhammad Ellahi Bakhsh

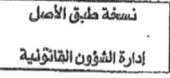

INVESTIGATION REPORT

2.   Decision of limiting / withdrawal of support (Reducing FiO_2, removing SPO_2 monitoring, removing central and arterial lines, reducing ventilator parameters, accompanied by increasing morphine infusion) (without monitoring the effect of reduction) **is inappropriate from regulatory, ethical and clinical point of view and must not be confused as part of DNR. (DNR only deals with resuscitate or not to resuscitate a cardiac arrest patient not withdrawal of support of a conscious, calm, cooperative patient as documented in the file). .**

But it is fair scientifically and medically to say that those bundle of actions despite being inappropriate, they did not participate significantly in this patient's death for the following reasons:

a. Despite the patient's Oxygenation was not monitored, he did not show any clinical signs of significant hypoxemia (tachycardia, sweating, cyanosis or signs of respiratory distress. "Despite increasing morphine can mask the signs partially" but he can't remain significantly hypoxic for 36 hours without showing any signs of hypoxia as documented in the nurses flow charts of vital signs.

b. Increasing morphine and decreasing ventilator parameters can harm the patient by causing hypoventilation (aggravate hypoxia and cause hyper capnea) but as documented in the nurses monitoring notes the patient was still attached to End Tidal CO_2 monitoring till the end and it was normal (i.e. there was no hypoventilation resulting from increasing morphine and reducing the ventilator setting which denote that the patient was neither significantly hypoxic nor hyper capnic at the time of death) i.e. neither reducing Oxygen nor increasing morphine nor decreasing ventilator parameters contributed significantly in directly causing harm to the patient.

Not at all mention

c. Removing the central & arterial lines from a hemodynamically stable patient who does not need high pressers or inotropic support, and who is not requiring invasive blood pressure monitoring nor frequent ABG is a routine practice in any ICU and can't participate in patient's death. So it is fair to say that some of the action taken by Dr.Eugen Adelsmayr on 19-2-09 14:30 hrs, are clinically inappropriate but they did not contribute directly (significantly) in causing harm to the patient.

Patient Name: Mr. Ghulam Muhammad Ellahi Bakhsh

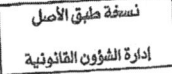

INVESTIGATION REPORT

May be if the cardiac pace maker was still in place this possibly could have been prevented. But this is difficult to prove (this is only based on the previous episodes of brady-arrest which was treated with pace maker after earlier resuscitations on 29-1-09).

3. The committee members consider that the actions taken by Dr. Yaser Ahmed Masri whether to resuscitate the patient on feb-18th or to write an incidence report (the report was written after patient's death due to weekend gap) regarding the case were both appropriate.

Page 8

Patient Name: Mr. Ghulam Muhammad Ellahi Bakhsh

GOVERNMENT OF DUBAI
DEPARTMENT OF HEALTH & MEDICAL SERVICES

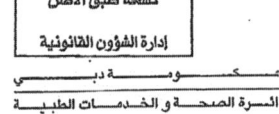

عـــكـــــومـــــة دبــــــي

د ائـــرة الصحـــة و الخـــدمـــات الطبيـــة

INVESTIGATION REPORT

COMMITTEE MEMBERS SIGNATURES:

Dr.Ashraf .M.ElHoufi

(Chairperson – Name & signature)

26- 08- 2009

(Date)

Dr. Svetoslav Ivanov

(Member – Name & signature)

27-08 -2009

(Date)

Dr. Carl Ingemar

(Member – Name & signature)

01-09 - 2009

(Date)

Mr.Ahmed Hamed Mahmoud

Senor Specialist Legal Affairs

15·

(Date)

Page -9

Patient Name: **Mr. Ghulam Muhammad Ellahi Bakhsh**

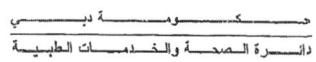

INVESTIGATION REPORT

RECOMMENDATIONS/IMPROVEMENT STRATEGIES:

a. As a regulatory body DHA must address the issue of DNR and related matters including withholding and withdrawal of support, & the concept of critically ill versus the terminally ill patients and to come up with recommendations suitable for the UAE cultural, Moral and religious background and not to leave this matter to personal explanations or protocols used in different countries because this will result in more confusions and accusations between the working physicians based on different understandings.

b. The committee suggests that the files of the patients mentioned in Dr. Yaser Masri's incident report (they were treated the same way according to him) should be looked into and properly investigated as well.

c. Better way of communication between staff in SICU Rashid Hospital must be in place so serious & vital decisions must be clearly communicated and not to be left to final episodes when arguments start to happen between staff regarding plans of management.

   Documentation must be clear regarding vital decisions, not to use vague terms and then leave them to the on call physician to interpret and accordingly to manage.

Patient Name: Mr. Ghulam Muhammad Ellahi Bakhsh

Government of Dubai   Dubai Health Authority

UNTERSUCHUNGSBERICHT

Ref Nummer: CGU/Inv/CC/2009/05/01   Datum: 26.08.09

Patientenname: Verstorbener: Ghulam Muhammad Elahi Bakhsh, Versicherungsnummer: 41036026 Name des Krankenhauses: Rashid Hospital

Diagnosen:

- C5, C6, C7 Fraktur

- Quadroplegie

- Ventilatorabhängig

- Bradyc-Asystolie

Komitee-Mitglieder:

1)	Dr. Ashraf Mahmoud El-Houfi	(Vorsitzender)
2)	Dr. Carl Ingemar	(Mitglied)
3)	Dr. Svetoslav Ivanov Iolov	(Mitglied)
4)	Mr. Ahmed Mahmoud	(Senior Specialist Rechtsangelegenheiten)

Untersuchungsgrund

1) Direkte Empfehlung des assistierenden Generaldirektors

2) Das Management des oben erwähnten verstorbenen Patienten zu untersuchen

Ein Komitee wurde zur Untersuchung des oben erwähnten verstorbenen Patienten gegründet. *Am 17.05.09 um 13.00 Uhr,* berief Dr. Ashraf Mahmoud El Houfi – der Vorsitzende des Komitees – die Mitglieder Dr. Carl Ingemar (Facharzt und Leiter der Anästhesiabteilung am Al Wasl Hospital), Dr. Svetoslav Ivanov Iolov (Facharzt im Anästhesie-Department, Dubai Hospital), Herr Ahmed Hamed Mahmoud (Senior Specialist Rechtsangelegenheiten) ein.

Ein initialer, auf Dokumenteneinsicht beruhender Bericht, wurde Ende Mai 2009 verfasst, da Dr. Eugen aus logistischen Gründen zur Einvernahme nicht zur Verfügung stand. Anfang Juli 2009 stand Dr. Eugen zur Verfügung und wurde vom Komitee einvernommen und hat eine unterschriebene schriftliche Stellungnahme abgegeben, die dem Bericht beiliegt.

Außer Dr. Eugen (Facharzt und vorheriger Leiter des SICU Rashid Hospital) wurden Dr. Yasser Masri (Specialist, SICU Rashid Hospital), Dr. Esmail Pillai Ajimsha (Senior Specialist, SICU Rashid Hospital), Dr. Mohammed Ubedullah Khan (Specialist SICU Rashid Hospital) und Herr Amin Najmi (Krankenpfleger SICU Rashid Hospital) einvernommen.

Nach dem Treffen am 06.08.09 beschloss das Komitee am 10.08.09, ein Treffen mit Dr. Souad El Mubarak Adelsalam (Specialist SICU Rashid Hospital), Dr. Andrea Clelia Zocco (Specialist SICU Rashid Hospital), Dr. Jose Antonio Ramon (Senior Specialist SICU Rashid Hospital) und Dr. Alaa Y. Hasan (Specialist SICU Rashid Hospital) im Ärztezimmer des Dubai Hospital abzuhalten.

Folge von Ereignissen laut Unterlagen:

1) Sturz vom Stockbett am 14.01.09

2) Der Patient wurde am 14.01.09 um etwa 14.35 Uhr in die Notfallaufnahme gebracht. Er hatte Nackenschmerz, beidseitige Schulterschmerzen, Unbeweglichkeit und Taubheit der oberen und unteren Extremitäten und kein Empfinden oberhalb der Nabellinie.

Ergebnis nach Begutachtung der Dokumentation:

Bei Eintreffen in der Notaufnahme am 14.01.09 war der Patient bei Bewusstsein. GCS 15/15, Sättigung 94–99 %, und *der Bauch war weich*. Untersuchungsergebnisse wie folgend:

1) Arterielle Blutgasanalyse. *pH 7,53*, pCO$_2$ 29,8 mmHg, PO$_2$ 108 mmHg, *HCO$_3$ 24,1 mmol/L*, Glukose 89 mg/dl.

2) CT-Scan der Halswirbelsäule: Dislokationsfraktur C5, C6, C7. Im CT-Raum erlitt der Patient einen Herzstillstand und wurde bewusstlos. Der Anästhesist wurde gerufen und intubierte sofort, beatmete mit Ventilator und sedierte ihn. Er wurde vom Unfallchirurgen und Neurochirurgen gesehen, und der Anästhetist beschloss, ihn auf die SICU aufzunehmen und eine Schädeltraktion durch den Neurochirurgen anzulegen. Nach Ankunft in der SICU entwickelte der Patient eine Bradycardie und Asystolie. Eine cardiopulmonale Reanimation wurde sofort eingeleitet, und der Patient erholte sich zu Sinusrhythmus. *Er wurde maschinell beatmet, BIPAP-Modus, FiO2 40 % und eine Blutgasanalyse wurden durchgeführt – alles zufriedenstellend. Eine zentrale Leitung über die linke Femoralvene und eine arterielle Leitung über die linke Radialarterie wurden gelegt. Eine Magensonde wurde gelegt, und er erhielt inotrope Unterstützung und Sedierung.*

Am 19.01.09 wurde die Halswirbelsäule vom Unfallteam chirurgisch fixiert sowie am 22.01.09 eine Tracheostomie durch das HNO-Team angelegt.

Die Sedierung wurde reduziert und Entwöhnungsversuche durchgeführt, die er aber nicht tolerierte, sodass er weiter auf BIPAP-Modus belassen wurde.

Am 25. und 26. Januar 2009 entwickelte er wiederholt Episoden von schwerer Bradycardie, die auf Atropin ansprachen.

Am 27.01.09 entwickelte der Patient wiederholt Episoden von schwerer Bradycardie und Asystolie, wurde immer zu Sinusrhythmus wiederbelebt. Der Kardiologe wurde beigezogen, und am 29.01.09 beschlossen sie, einen temporären Schrittmacher zu legen. *Der Schrittmacher wurde vom Kardiologen am Nachmittag in der SICU im Bett gelegt. In den folgenden Tagen war sein Zustand relativ stabil, daher versuchte das SICU-Team wiederholt, die inptope Medikation zu reduzieren und von der Beatmung zu entwöhnen.*

Am 05.02.09, wurde der Patient vom Kardiologen untersucht, der eine graduelle Reduzierung der Schrittmacherfrequenz und, wenn weiter stabil, ein Abschalten empfahl. *Er war wach, öffnete die Augen, und die Schrittmacherfrequenz wurde graduell reduziert.*

Am 08.02.09 wurde die Sedierung gestoppt und eine Morphiuminfusion, mit 2 mg/h beginnend, gestartet.

Dr. Eugen Adelsmayr, Leiter der SICU, kommentierte, dass keine aktive/aggressive Intervention auf heamodynamische Störung erfolgen sollte. Dr. Mohammed Ubedullah Khan [in der Krankenakte als Dr. Obeid dokumentiert] ordnete an, Dobutamin bei Verschlechterung des Zustandes nicht über 5 mcg/kg/h zu steigern.

Am 09.02.09 war der Patient ruhig, kooperativ und wach. Dr. Esmail Pillal Ajimsha erhöhte Morphium auf 5 mg/h und Ativan 1 mg 3xtgl und graduelle Reduktion der Dobutamin-Infusionsrate. Der Schrittmacher wurde gestoppt und vom Kardiologen entfernt.

Am 10.02.09 war der Patient wach und öffnete spontan die Augen. Seine Herzfrequenz war regulär, auf FiO2 30 %, der Blutdruck war 112/47 mm Hg unter Dobutamin in niedriger Dosis, Sedierung mit Morphium 5 mg/h und Ativam 1 mg 2xtgl.

Am 11.02.09 wies Dr. Eugen an, keine aktive Intervention durchzuführen. *Der Patient wurde von Dr. Esmail Pillal Ajimsha und Dr. Mohammed Ubedullah Khan [Dr. Obeid] gesehen. Sie ordneten an, Dobutamin zu reduzieren, und wenn der Blutdruck abfällt, Flüssigkeit zu geben. Morphium wurde auf 10 mg/h erhöht, Ativan auf 2 mg gesteigert. Keine aktive Intervention, wie von Dr. Eugen Adelsmayr empfohlen.*

Am 12.02.09 wurde der Patient von Dr. Eugen und Team gesehen, Dobutamin gestoppt, Morphium weiter mit 10 mg/h.

Am 13.02.09 beginnt Dr. Alaa mit Dobutamin und reduziert Morphium auf 5 mg/h. Visite durch Dr. Hassan Fouad Bakir und Team, Anweisung, die gleiche Behandlung fortzusetzen und zu beobachten.

Am 14.02.09 wurde der Patient für kurze Zeit bradycard und von Dr. Hassan und Team gesehen und das konservative Management weiter beibehalten.

Am 15.02.09 läuft Morphium 5 mg/h, FiO2 40 %. Er wird von Dr. Esmail Pillal Ajimsha visitiert und keine Eskalation und Fortführung der Therapie angeordnet.

Am 18.02.09 um 02.45 h wurde der Patient asystol und die cardiopulmonale Reanimation durch die Schwester begonnen. Dr. Abbas Khosravi gab die Anweisung, nichts zu tun, weil da eine verbale Anweisung für DNR war. Dr. Yasser Masri wies an, weiterzutun, da es keine schriftliche DNR-Anordnung gab.

Am 19.02.09 um 14.30 h orderte Dr. Eugen, die arterielle Leitung, die zentrale Leitung zu entfernen und auf FiO$_2$ 21 % zu reduzieren, SpO$_2$ Monitoring zu entfernen, orderte mündlich eine Reanimation und kein Herzalarm, Morphium auf 10 mg/h gesteigert.

Am 20.02.09 öffnet der Patient die Augen spontan, hat eine periphere venöse Leitung, weiter maschinell beatmet, BIPAP-Modus, FiO2 21 %. Dr. Esmail Pillal Ajimsha reduziert weiter die Frequenz und den *Spitzendruck auf 20.*

Am 21.02.09 um 03.30 h entwickelt der Patient eine Bradycardie und Asystolie, Dr. Mohammed Ubedulla Khan [Dr. Obeid] *wird informiert, und er ordnet an, nichts zu tun, den Patienten nur zu beobachten. Um ungefähr 03.52 h zeigt der Monitor eine Nulllinie, Dr. Mohammed Ubedulla Khan wird informiert, sieht den EKG-Streifen und erklärt den Tod und ordnet an, das Monitoring und die Beatmung zu entfernen.*

Die Kommission kommt zu folgendem Ergebnis:

1) Liegt Fahrlässigkeit durch den behandelnden Arzt vor: JA

2) Liegt ein Kunstfehler in der Behandlung vor: JA

BESCHREIBE DIE FAHRLÄSSIGKEIT/KUNSTFEHLER, WENN ZUTREFFEND:

Trotz der offensichtlichen Diskrepanz in Meinung und Aussagen des einvernommenen SICU-Personals, einschließlich dem Abteilungsleiter Dr. Eugen Adelsmayr, ist es augenscheinlich, dass der Patient im Finalstadium als DNR-Fall behandelt wurde. (Er wurde einmal von Dr. Yasser Ahmed Masri am 19.02.09 um 02.48 h wiederbelebt trotz eines Hinweises des ersten Diensthabenden, dass es eine verbale DNR-Anordnung von Dr. Eugen Adelsmayr gibt, an die er sich aber nicht hielt, weil sie nicht schriftlich war, und letztendlich wurde der Patient am 21.02.09 um 03.30 h nicht wiederbelebt, als er, wie im Akt dokumentiert, einen Herzstillstand erlitt.)

Daher resultierte diese Handlung in direktem Schaden für den Patienten (keine Wiederbelebung bei Herzstillstand).

Das Maßnahmenbündel des Leiters der Abteilung am 19.02.09 um 14.30 h (Entfernen der zentralen und arteriellen Leitung, Sauerstoffreduktion zu 21 % und Entfernen des SpO_2-Monitorings, Erhöhen der Morphiumdosis auf 10 mg/h, Reduktion der Beatmungsparameter).

Einige dieser Handlungen sind unangebracht, wie Sauerstoff auf 21 % zu verringern und gleichzeitig das SpO_2-Monitoring zu entfernen (was die Bewertung der Auswirkung der Sauerstoffverminderung auf die Oxygenierung des Patienten verhindert), ist unangebracht und unnotwendig, und die Erklärung von Dr. Eugen Adelsmayr, dass der Patient für eine Verlegung vorbereitet wurde, ist nicht akzeptabel, *weil sogar außerhalb der ICU gibt es Sauerstoffauslässe, und tragbare SpO_2-Geräte werden routinemäßig auf den Stationen verwendet. Auch die Entscheidung, den Patienten zu verlegen, scheint eigenartig, weil sie 12 Stunden nach einem behandelten Herzstillstand erfolgt, wäre die Entscheidung eine Woche vorher gefallen, wäre sie sehr angebracht gewesen, da kein Grund war, einen hämodynamisch stabilen, chronisch kranken, bettlägrigen, beatmungsabhängigen Patienten in der ICU zu behalten, und ein tragbares Beatmungsgerät kann auch außerhalb bereitgestellt werden.*

SCHLUSSFOLGERUNG DES UNTERSUCHUNGSKOMITEES:

1) Regulatorische & Vorgehensangemessenheit

Der Patient wurde in seinem Terminalstadium in der SICU als DNR-Fall behandelt, und obwohl Dr. Eugen Adelsmayr (wie in seinem Statement vermerkt) klar verneint, so eine Order gegeben zu haben *und er außerdem von der DNR-Richtlinie wusste, die im Rashid-Hospital-Intranet gepostet war, und welche er einfach und offiziell hätte anwenden können, gibt an, dass er keine DNR in den Vereinigten Arabischen Emiraten praktiziert hat, oder praktizieren wird. Von den Einvernahmen des SICU-Personals ist es aber augenscheinlich, dass eine Art Übereinkommen bestanden hat, gemäß den Diskussionen bei den täglichen Visiten, alles zu tun, und wenn der Patient schlechter wird, keine Eskalation der Therapie, und wenn er einen Stillstand hat, keine Reanimation und auf diese Übereinkunft wurde in der Krankenakte immer Bezug genommen (laut Dr. Eugens Order). Ärzte erwähnen in ihrer Dokumentation nur (keine aktive, keine aggressive Intervention), einige Schwestern notieren klar (DNR, keine Reanimation laut Dr. Eugens Anweisung), was schlussendlich ausgeführt wurde, als der Patient nach einem Stillstand am 21.2.09 um 03.30 h nicht reanimiert wurde. Es soll angemerkt werden, dass im Rashid Hospital eine DNR-Richtlinie existierte, die im Intranet einsehbar war. Ungeachtet der Existenz oder Nicht-Existenz einer DNR-Richtlinie ist es nicht statthaft, eine DNR-Entscheidung für einen wachen Patienten zu treffen ohne die nötigen Schritte wie eine Patienten/Familienberatung zur Einholung der nötigen Einwilligung. (Es reicht nicht, ihm eine schlechte Lebensqualität zu attestieren und eine DNR-Entscheidung für ihn zu treffen.)*

Klinische Unangemessenheit

Vier bis fünf Wochen nach einer Rückenmarksverletzung quadriplegisch und abhängig von Beatmung zu sein, macht den Patienten nicht krank im Endstadium. (Patient kann lange leben, obwohl er vom Beatmungsgerät oder anderen Maschinen abhängig ist, sodass die DNR-Entscheidung *vom klinischen Standpunkt her für einen wachen, ruhigen, kooperativen Patienten mit relativ stabilen Parametern unter der laufenden Therapie unangebracht ist.*)

2) Die Entscheidung, Therapie zu limitieren/entziehen (Verminderung von FiO_2, Entfernen von SpO_2-Monitoring, Entfernen von zentraler und arterieller Leitung, Reduktion von Beatmungsparametern, begleitet von einer Erhöhung des Morphiums (ohne den Effekt der Reduktion zu monitieren), ist unangebracht aus regulatorischer, ethischer und klinischer Sicht und darf nicht als ein Teil von DNR verwirren.

(DNR betrifft nur Wiederbelebung oder Nicht-Wiederbelebung eines Patienten mit Herzstillstand, aber nicht Therapieentzug bei einem wachen, ruhigen, kooperativen Patienten, wie in der Akte dokumentiert.)

Es ist aber wissenschaftlich und medizinisch fair zu sagen, dass diese Maßnahmenbündel, obwohl unangemessen, nicht signifikant zum Tod des Patienten beigetragen haben.

a. *Obwohl die Oxygenierung nicht monitiert war, zeigte er keinerlei klinische Zeichen von signifikantem Sauerstoffmangel (Tachycardie, Schwitzen, Cyanose oder Zeichen von Atemnot). Obwohl Erhöhung des Morphiums diese Anzeichen maskieren kann, kann er nicht 36 Stunden signifikant hypoxisch sein, ohne, wie dokumentiert, irgendwelche Anzeichen zu zeigen.*

b. *Erhöhung des Morphiums und Reduktion der Beatmung kann dem Patienten durch Minderventilation schaden. (Hypoxie verstärken und Hyperkapnie verursachen), aber, wie in der Pflegedokumentation festgehalten, war der Patient bis zu seinem Ende an das Monitoring des ausgeatmeten CO_2 angeschlossen, und es war normal. (Das heißt, es bestand keine Hypoventilation durch Erhöhen des Morphiums und Reduzieren der Beatmungsparameter, was bedeutet, dass der Patient zur Zeit seines Todes weder signifikant hypoxisch noch hyperkapnisch war. Das heißt, weder die Verminderung von Sauerstoff noch das Erhöhen von Morphium, noch das Reduzieren der Beatmungsparameter haben signifikant dazu beigetragen, dem Patienten zu schaden.*

c. *Das Entfernen der zentralen und arteriellen Leitungen bei einem hämodynamisch stabilen Patienten, der keine Inotropika und keine invasive Blutdruckmessung oder häufige Blutgasanalysen braucht, ist Routine in jeder ICU und kann nicht zum Tod des Patienten beitragen.*

Es ist also fair zu sagen, dass einige von Dr. Eugens Handlungen am 19.02.09 um 14.30 h klinisch unangebracht sind, sie haben dem Patienten aber nicht direkt (signifikant) geschadet.

Vielleicht, wenn der Herzschrittmacher belassen worden

wäre, so hätte das vorbeugen können. Das ist aber schwierig zu beweisen (das basiert nur auf vorangegangenen Episoden von Stillständen, die mit dem Schrittmacher therapiert wurden, nach vorherigen Reanimationen am 29.01.09).

3) Das Komitee betrachtet die Vorgehensweise von Dr. Yasser Ahmed Masri, entweder den Patienten am 18. Februar zu reanimieren oder einen Zwischenfallsbericht zu schreiben (Der Bericht wurde wegen des Wochenendes nach dem Tod des Patienten geschrieben.), bei diesem Fall beide als angebracht.

UNTERSCHRIFTEN DER KOMITEE-MITGLIEDER

Dr. Ashraf El Houfi
Vorsitzender

Dr. Svetoslav Ivanov
Mitglied

Dr. Carl Ingemar
Mitglied

Hr. Ahmed Hamed Mahmoud
Specialist Rechtsangelegenheiten

EMPFEHLUNGEN/VERBESSERUNGSSTRATEGIE

a. *Als gesetzgebende Körperschaft muss die DHA das DNR und verwandte Themen ansprechen, einschließlich das Vorenthalten und Reduzieren von Therapie sowie das Konzept des kritisch versus terminal kranken Patienten, und Empfehlungen aussprechen, die für die Kultur, den moralischen und religiösen Hintergrund der VAE, geeignet sind, und diese Angelegenheit nicht persönlichen Erklärungen oder Vorgehensweisen, die in anderen Ländern herrschen, zu überlassen, weil dies nur zu mehr Verwirrung und An-*

schuldigungen zwischen den arbeitenden Ärzten wegen un-
terschiedlicher Anschauungen führen wird.

b. *Das Komitee schlägt vor, dass die Krankengeschichten der*
    von Dr. Yasser Masri in seinem Zwischenfallsbericht er-
    wähnten Patienten (Sie wurden laut ihm gleichermaßen
    behandelt) begutachtet und auch ordentlich untersucht
    werden.

c. *Bessere Kommunikation zwischen SICU-Personal im*
    Rashid Hospital, sodass ernste und vitale Entscheidungen
    klar kommuniziert werden und nicht erst im Endstadium,
    wenn Streitigkeiten im Personal wegen des Vorgehens statt-
    finden.
    Die Dokumentation muss in Hinblick auf vitale Entschei-
    dungen klar sein, keine ungenauen Ausdrücke verwenden
    und es dann dem diensthabenden Arzt überlassen, den
    Sachverhalt zu interpretieren und entsprechend zu han-
    deln.

8)

Dr. Ashrafs manipulierte Übersetzung des Untersuchungsberichtes der Dubai Health Authority

Passagen, die im Originalbericht nicht vorkommen und von Ashraf hinzugefügt wurden, sind in der deutschen Übersetzung kursiv gesetzt und unterstrichen, wobei besonders die »Wichtige Bemerkung« auf der letzten Seite wegen ihrer subtilen Unterstellung beachtenswert ist.

Alle im Originalbericht der DHA markierten Passagen fehlen in diesem Bericht. Das sind insbesondere alle Abschnitte, in denen Dr. Hassan, die Rashid-Hospital-DNR-Richtlinie und Dr. Yassers Morphiumverordnung vorkommen, sowie sämtliche mich entlastende Sachverhalte.

Bemerkenswert auch der Hinweis, dass die geplante Verlegung des Patienten aus der ICU inakzeptabel war, obwohl der Patient in eine Intermediate Care Station, die sehr wohl auch Intensivpatienten betreute, verlegt werden sollte.

التاريخ: ١٨ مارس، ٢٠١٠
المرجع: م ع/ت ر/٤٥/٢٠١٠

سعادة المستشار/عصام عيسى الحميدان   الموقر،،،،،
النائب العام
النيابة العامة بدبـــي

السلام عليكم ورحمه الله وبركاته ،،،

الموضوع : الطبيب/ بوجين أدل سمير

تتقدم إليكم هيئة الصحة بدبي بخالص التحية والتمنيات الطبية لسعادتكم ودائـرتكم الموقرة
بدوام الرقي والتقدم.

أما بعد – وبالإشارة إلى الموضوع أعلاه وبناء على التحقيقات التي تمت مع الطبيب المذكور
أعلاه بشان وفاة المريض /غلام بخش وبعد الاطلاع على نـص المـادة (٩) مـن القـانون
الاتحادي رقم (١٠) لسنة ٢٠٠٨م بشان المسؤولية الطبية والقوانين ذات العلاقة.

نحيل لسعادتكم نسخة من نتيجة التحقيقات النهائية ورد الهيئة على التظلم المقدم مـن الطبيـب
المذكور أعلاه.   يرجى التفضل بالاطلاع و الإيعاز للمختـصين لـديكم بمطالعـة الأوراق
والتصرف في الموضوع حسب إجراءاتكم.

علماً بأن المذكور كان آخر مقر عمل له هو مستشفى الجيمي بالعين وتليفونه المحمـول رقـم
٠٥٠/٨٢٦١٢٥٢

هذا وتفضلوا بقبول خالـــــص تحياتـــــــي ،،،،،

فاضي سعيد المروشد
المدير العام
هيئة صحة دبي

١ 8 MAR 2010
وارد / ٦٩٨

ق س ام/ت ر
مرفق/ كما جاء أعلاه

ص.ب: ٤٥٤٥ - دبي - إ.ع.م. هاتف: ٣٣٧١١٦٠ ٤ ٩٧١+ فاكس: ٣٣٦٦٦٠٠ ٤ ٩٧١+
P.O. Box: 4545 - Dubai - U.A.E. Tel: +971 4 3371160 Fax: +971 4 3366600
www.dha.gov.ae

١٥٦

المريض : غلام محمد الإهي   HC 41036026

التشخيص : كسر في فقرات العنق (الفقرة 5 ، 6 ، 7 عنقيه)
شلل رباعي
اعتماد على جهاز تنفسي صناعي
الخفاض في ضربات القلب ثم توقف عضله القلب.

أعضاء اللجنة : د. أشرف الحوفي   رئيس اللجنة
د. كارل إنجمار   عضوا
د. سفيتوسلاف إفانوف   عضوا
أ. أحمد حامد محمود   مستشار قانوني

سبب التحقيق: – طلب مباشر من مكتب مساعد المدير العام للتحقيق في مدى ملائمة الطرق
التي اتبعت في علاج المتوفى المذكور أعلاه للأعراف الطبية المتعارف عليها

التشخيص : كسر في فقرات العنق (الفقرة 5 ، 6 ، 7 عنقيه)
شلل رباعي
اعتماد على جهاز تنفسي صناعي
الخفاض في ضربات القلب ثم توقف عضله القلب.

تم تكوين لجنة خبرة طبية للتحقيق في هذا الشأن برئاسة الدكتور / أشرف الحوفي –
استشاري وحدة العناية المركزة بمستشفى دبي وعضوية كل من الدكتور / كارل إنجمار –
استشاري التخدير بمستشفى الوصل والدكتور / شفيتو سلاف إيفانوف – استشاري التخدير
والعناية المركزة بمستشفى دبي والأستاذ / أحمد حامد محمود كمستشار قانوني.

وقامت اللجنة بعد مراجعة ملف المريض ومحاوره الفريق الطبي المعالج سواء من الأطباء أو
التمريض وكذلك محاوره د. يوجين رئيس قسم العناية المركزة السابق بمستشفى راشد بكتابة
التقرير التالي والذي يعبر عن رأى اللجنة في المسألة المذكورة عاليه .

ملحوظة :
هناك إفادة خطية موقعة من د. يوجين تبين وجهه نظره ورأيه في القضية المذكورة وكذا
إفادات موقعة من بعض أفراد الجهاز الطبي الذي شارك في علاج المريض المذكور .

تسلسل الأحداث كما ورد في ملف المريض

P. 2 ASHRAF Zutugh

158

GOVERNMENT OF DUBAI

هـيـئـة الصـحـة بـدبـي
DUBAI HEALTH AUTHORITY

عند وصول المريض إلى قسم الطوارئ بمستشفى راشد في 2009/01/14 كان فـي كـامـل وعيه (مقياس الوعي 15/15) ونسبة الأوكسجين ما بين 94 – 99% ، كانت الفحوصـات كالآتي :

1. غازات الدم – الأوكسجين 108 ، ثاني أكسيد الكربون 8ر29 ومعدل الحموضـــة 53ر7 والسكر 89

2. أظهرت الأشعة المقطعية للفقرات العنقية كسر مع عدم استقرار في فقرات العنق
(5 ، 6 ، 7)

وقد عاني المريض أثناء الأشعة المقطعية من توقف في التنفس وغاب عن الوعي وتم إنعاش المريض وتركيب أنبوبه قصبة هوائية واستعمال جهاز تنفس صناعي من قبل طبيب التخدير .

وقد قرر أطباء الإصابات وجراحة المخ والأعصاب إدخال المـريـض إلـى العنايـة المركزية وضع شد على الجمجمة .

بعد وصول المريض على العناية المركزة أصيب مرة أخري بانخفاض في ضـربـات القلب أعقبه توقف في عضلة القلب وتم إنعاشه للمرة الثانية وظل على جهاز التـنفس الصناعي وبعد عمل الإجراءات المناسبة أصبحت حالته مستقرة .

- في يوم 2009/1/19 تم إجراء عملية جراحية لتثبيت الكسر الغير مستقر في فقرات العنق وفي يوم 2009/1/22 تم عمل شق حلجزي حيث أنه تبين أن المريض سوف يحتاج جهاز التنفس الصناعي لفترة طويلة وقد تكون إلى الأبد حيث أن المحـاولات لفطام المريض عن جهاز التنفس الصناعي لم تنجح عدة مرات

- في يومي 25 ، 2009/1/26 عاني المريض من انخفاض متكرر في ضربات القلب وتم علاجه في يوم 2009/1/27 وحتى يوم 2009/1/29 تكررت حالات انخفاض ضربات القلب فقرر طبيب القلب تركيب جهاز منظم مؤقت لضربات القلب

- في يوم 2009/2/5 قرر طبيب القلب تقليل الاعتماد على مـنظم ضـربـات القلب والاستعداد لإزالة المنظم في حاله استقرار المريض .

- د. يوجين أدليماير رئيس قسم العناية المركزة علق على تطور الحالة بأنه لا ينبغي اتخاذ إجراءات فعالة أو حاسمه في حال تدهورت حالة المريض أو انخفض ضـغـط الدم وقد كتب في الملف بواسطة الطبيب محمد عبـد الله أنـه إذا تـدهورت حالـة المريض أو انخفض ضغطه فلا ينبغي رفع الأدوية المساعدة بناء على توصـيـة د. يوجين رئيس القسم .

- في يوم 2009/2/9 تم إزالة جهاز منظم ضربات القلب بمعرفة طبيب القلب حيث أن المريض لم يحتاج الجهاز لمدة 3 – 4 أيام وكانت حالته مستقرة

- في يوم 2009/2/10 مذكور في ملف المريض أنه كان في حاله مستقره وكان فـي وعيه على جرعات بسيطة من أدوية رفع الضغط وكذلك بعض المسكنات والمهدئات

- ذكر في ملف المريض يوم 2009/2/11 أن د.يوجين أوصى بعدم اتخاذ إجراءات فعاله أو حاسمه في حاله بدأت حاله المريض في التدهور حيث أن حالـه المـريـض تعتبر ميؤس من شفائها على جهاز التنفس الصناعي للأبد .

DR. ASHRAF

159

- في يوم 2009/2/13 قام الطبيب علاء حسن ببدء وزيادة الأدوية الداعمة لضغط الدم حيث أن ضغط الدم بدأ في الانخفاض .

- في يوم 2009/2/15 ذكر في الملف أن الطبيب إسماعيل إجيشما نصح بعدم زيادة الأدوية الداعمة لضغط الدم .

- في يوم 2009/2/18 تعرض المريض لتوقف في القلب ودار نقاش بين الطبيب عباس خروصي والطبيب ياسر المصري مفاده أن د. يوجين قد أعطى أمراً شفهياً بعدم تنشيط عضلة القلب في في حال توقفها ولكن الطبيب ياسر المصري رفض ذلك وقام بإنعاش المريض حيث أن هذا الأمر كان شفهيا ولا يوجد ما يثبت ذلك كتابيا في ملف المريض.

- في يوم 2009/02/19 الساعة 14:30 طلب د،يوجين من الممرضات بإزالة قسطرة الشريان وقسطرة الوريد المركزي وإنقاص الأكسجين إلى 21% "مثل الهواء العادي " وإزالة جهاز مراقبة نسبة الأكسجين وزيادة نسبة المورفين إلى 10ملجم/الساعة وأعطى نصيحة بأنه إذا تدهورت حاله المريض لا يتم زيادة الأدوية الداعمة وإذا توقف القلب لا يتم إنعاشه .

- في يوم 2009/2/20 كان المريض مزال في وعيه قام الطبيب إسماعيل أجيشما بإنقاص معدل جهاز التنفس الصناعي على معدل أقل.

- في يوم 2009/2/21 الساعة 30 : 3 حدث انخفاض في ضربات القلب أعقبة توقف وعلى حسب ما هو مذكور في ملف المريض لم يتم إنعاش عضلة القلب حيث أن هناك توجيه من د. يوجين بعدم إنعاش القلب حال التوقف.

1. هل كان هناك إهمال في علاج المريض ؟
   الإجابة : نعم
2. هل كان هناك تقصير أدي إلى وقوع ضرر على المريض؟
   الإجابة نعم

وصف الإهمال والتقصير:

قررت اللجنة بعد مراجعة ملف المريض ومحاوره الفريق الطبي المعالج وكذلك د. يوجين رئيس قسم العناية المركزية، بأنه على الرغم من بعض التناقضات في آراء الفريق المعالج وإنكار د. يوجين أنه " لم يعطى مثل هذه التوجيه بعدم إنعاش القلب في حال توقف " DNR " إلا أن المريض وكما هو مذكور في الملف لم يتم إنعاش القلب حال التوقف بناءً على توجيه واضح من د. يوجين بعدم إنعاش عضلة القلب .

مع العلم بأن المريض تم إنعاش عضلة القلب في اليوم السابق بواسطة الطبيب ياسر المصري على الرغم من تذكره بواسطة الطبيب عباس خروصي بأن د. يوجين قد أعطى أمراً شفهياً بعدم إنعاش عضلة القلب حال التوقف ولكنه رفض الامتثال لهذه التوصية لأنه غير مكتوب في ملف المريض .

DR. ASHRAF

١٦٥

حزمة الأفعال التي قام بها د. يوجين يوم 2009/2/19 الساعة 30 14 من زيادة الموفين وإنقاص الأوكسجين وإزالة جهاز مراقبة نسبة الأوكسجين وإنقاص معدلات جهاز التنفس الصناعي تعتبر غير مناسبة وغير ملائمة وغير مقبولة على الرغم من تبرير د. يوجين لهذه الحزمة على أنها تجهيز المريض للخروج من العناية المركزة وهو أمر غير مقبول ' علمياً وطبياً ' ولا أخلاقياً حيث أن المريض قد عانى في اليوم السابق لتوقف في القلب تم إنعاشه ولا يمكن أن يكون المريض في حاله تسمح بأن ينقل خارج العناية المركزة في اليوم التالي وحتى أن كان المريض في حاله تسمح بنقله من العناية المركزة فما الداعي لإنقاص الأوكسجين ورفع جهاز مراقبة نسبة الأوكسجين وزيادة المورفين ، لأن الأوكسجين وكذا جهاز مراقبة الأوكسجين متوفرة خارج العناية المركزة ويمكن للمريض أن يستعملها خارج العناية المركزة .

كما أنه من غير المقبول أن يقوم الطبيب بإنقاص نسبة الأوكسجين وفي نفس الوقت إزالة جهاز مراقبة لنسبة الأوكسجين لأنه في هذه الحالة لو أنخفض نسبة الأوكسجين أن ينتبه أي من الفريق الطبي المعالج أو التمريض إلى الانخفاض نسبة الأوكسجين وإتخاذ اللازم من أجل منع الضرر الذي قد يحدث بسبب نقص الأوكسجين .

<u>خلاصة رأي لجنة التحقيق:</u>

1. عدم ملائمة القرارات الطبية بالذات " د.يوجين" من الناحية الإدارية والإجرائية :
لقد تم معاملة المريض على أنه حاله DNR " توصية بعدم إنعاش القلب عند التوقف بناءً على توصية مباشرة من د. يوجين كما هو ثابت في ملف المريض وظاهر من محاورته الفريق الطبي حتى وإن أنكر د. يوجين أنه أعطى مثل هـذا التوجيه.
حيث أنه ليس من الممكن أن يقوم الأطباء أو التمريض بإثبات في ملف المريض توجيهات على لسان د. يوجين لم يقلها وخاصة إذا كانت مذكورة عن طريق أكثر من الطاقم الطبي في مواضع متفرقة من الملف .

2. عدم ملائمة القرارات الطبية بالذات " د. يوجين" من الناحية العملية الطبية الإكلينيكية :
معاناة المريض من شلل رباعي واعتماده على جهاز تنفس صناعي لمدة 5 أسابيع بعد كسر في فقارات العنق لا يجعل من المريض حاله مستعصية أو حاله ميئوس من شفائها أو أنها ولاشك ستؤدي إلى الوفاة لأن هذا المريض كان في كامل وعيه وفي حاله مستقره وكان من الممكن إذا تم تركيب جهاز تنفس صناعي نقال وأن ينقل خارج العناية المركزة وأن يعيش في هذه الحالة " حتى مع الاعتماد على جهاز التنفس الصناعي " لفترة طويلة وليس من حق الطبيب المعالج أو غيره أن يقرر إذا كان هذا المريض يستحق الحياة أم لا " إذا توقف القلب لا تقوم بإنعاشه مثل ما حدث مع هـذا المريض "

3. حزمة القرارات التي أتخذها د. يوجسن يوم 2009/2/19 الساعة 30 :14 تعد غيـر ملائمة من الناحية الإدارية والإجرائية والإكلينيكية وكذلك الأخلاقية بغض النظر عن التفسير الذي قدمه د. يوجين عن تجهيز المريض للخروج من العناية المركزة لأنه كما ذكرنا سابقاً فإن الأوكسجين وكذلك جهاز مراقبة الأوكسجين وحتى أجهزة التنفس

DR. ASHRAF

GOVERNMENT OF DUBAI

هيئة الصحة بدبي
DUBAI HEALTH AUTHORITY

الصناعي يمكن استعمالها وعلى المدى الطويل خارج العناية المركــزة "ملحوظـة '
هناك مرضى على أجهزة التنفس الصناعي في بيوتهم لأسباب متعددة منهــا ضــعف
العضلات أو الفشل التنفسي أو حتى الشلل الرباعي "

ملحوظة هامة :

حزمه القرارات المذكورة في البند -3- على الرغم من عــدم ملائمتهـا للأعـراف
الطبية كما ذكرنا إلا أنها لم تؤدي إلى وفاة المريض مباشرة وذلك لأسـباب علميـة
وفنية يمكن ذكرها بالتفصيل في حال الحاجة لذلك – لأنه لو ثبت أن هذه القرارات قد
أدت إلي الوفاة مباشرة فإن عندها قد يرقي الأمر إلى محاولة "تعمد الإيذاء" ولـيس
فقط الإهمال والتقصير, غير أن الإهمال والتقصير في علاج المــريض المــذكور
والذي أدى في النهاية إلى إلحاق الضرر بحياته حدث نتيجة اتخـاذ قـرارات غيـر
ملائمة من الناحية الإدارية والإجرائية والإكلينيكية وبالذات إعطـاء التوجيـه بعــدم
إنعاش عضلة القلب حال التوقف , على الرغم من أن المريض كـان يعتبـر حالـه
مزمنة يمكن التعامل معها بصورة أفضل حتى خارج قسم العناية المركـزة وليسـت
حالة ميئوس منها تعاني من سكرات الموت الدهائية .

4. تعتبر اللجنة أن القرار الذي اتخذ بواسطة الطبيب ياسر المصري " إنعاش المــريض
في يوم 2009/2/18" على الرغم من النقاش الذي دار وتذكيره بأن د. بوجين أعطي
توجيه بعدم إنعاش القلب سابقاً " وكذلك كتابته لشكوى " Incidence report " والتي
أدت إلى القيام بالتحقيق في الواقعة – كان قراراً صحيحاً وملائماً .

تمت ترجمة التقرير بواسطة الدكتور أشرف الحوفى   إستشارى قسم العنايــة المركــزة
بمستشفى دبى أو رئيس اللجنة

الإسم : د. أشرف الحوفى
التوقيع :

D2. ASHRAF

Government of Dubai
Dubai Health Authority

Patient Ghulam Muhammad Elahi HC 41036026

Diagnose:

1) C5, C6, C7 Fraktur

2) Tetraplegie

3) Patient muss künstlich beatmet werden

4) Bradycardie und Asystolie

Kommissionsmitglieder:

1) Herr Dr. Ashraf El-Houfi   (Vorsitzender)

2) Herr Dr. Carl Ingemar   (Mitglied)

3) Herr Dr. Svetoslav Ivanov   (Mitglied)

4) Herr. Ahmed Mahmoud   (Rechtsberater)

Untersuchungsgrund
Ersuchen des Assistenten des Herrn Generaldirektors, um die Angemessenheit der Behandlungsmethoden des oben erwähnten verstorbenen Patienten zu untersuchen.

Eine Kommission wurde von *erfahrenen Ärzten* gegründet (unter Leitung von Dr. Ashraf Mahmoud El Houfi (Facharzt Intensivmedizin Dubai Hospital), und von den drei Mitgliedern, Herrn Dr. Carl Ingemar (Anästhesist am Al Wasl Hospital), Herrn Dr. Svetoslav Ivanov (Facharzt im Anästhesie-Department, Dubai Hospital), Herrn Ahmed Hamed Mahmoud (Rechtsberater), um diesen Vorfall fachlich zu untersuchen.

Nachdem die Kommission Einsicht in die Krankenunterlagen des Patienten gehabt hatte, sprach sie mit dem medizinischen Team (Ärzte und Pflegepersonal), die den Patienten behandelte, sowie mit Herrn Dr. Eugen, dem früheren Leiter der Intensivstation im Rashid Hospital Trauma Center. Die Beurteilung der Kommission lautet wie folgt:

Folge von Ereignissen laut Krankenunterlagen des Patienten:
Beim Eintreffen in der Notaufnahme am 14.01.09 war der Patient bei vollem Bewusstsein. GCS 15/15, Sättigung 94–99 % und Untersuchungsergebnisse wie folgt:

Arterielle Blutgasanalyse: pCO_2 29, 8 mmHg, PO_2 108 mmHg Glukose 89 mg/dl.

Computertomographie der Halswirbelsäule weist eine Dislokation und Fraktur der C5, C6, C7 auf.

Im CT-Raum erlitt der Patient einen Atemstillstand und wurde bewusstlos. Der Anästhesist wurde gerufen. Er hat ihn sofort intubiert und an den Respirator angeschlossen.

Danach entschieden Unfallchirurgen und Neurochirurgen des Krankenhauses, ihn auf die Chirurgische Intensivabteilung aufzunehmen, und eine Schädeltraktion wurde durch den Neurochirurgen angelegt.

Bei Ankunft in der SICU entwickelte der Patient eine Bradycardie und Asystolie. Eine Reanimation wurde zum zweiten Mal eingeleitet, und der Patient erholte sich danach zu Sinusrhythmus.

Am 19.01.09 wurde die Halswirbelsäule vom Unfallteam chirurgisch fixiert sowie am 22.01.09 eine Tracheostomie durch das HNO-Team angelegt, *man ging davon aus, dass der Patient die künstliche Beatmung für immer oder zumindest für längere Zeit brauchen werde.*

Am 25. und 26. Januar 2009 hatte der Patient durchgehend Bradycardie und wurde behandelt.

Vom 27. bis 29. Januar wiederholte Episoden von Bradycardien und Asystolien. Der Kardiologe wurde beigezogen und beschloss, einen temporären Schrittmacher zu legen.

Am 05.02.09 wurde der Patient vom Kardiologen untersucht, der eine graduelle Reduzierung der Schrittmacherfrequenz anordnete und sogar eine eventuelle Entfernung des Schrittmachers, sollte der Zustand des Patienten sich stabilisieren.

Herr Dr. Eugen, der Abteilungsleiter, kommentierte, im Falle einer Verschlechterung des Zustandes des Patienten oder einer Hypotonie, keine effektive Therapie durchzuführen, und Dr. Mohammad Obeid Allah Khan dokumentierte es in der Krankengeschichte.

Am 09.02.09: Der Schrittmacher wurde vom Kardiologen entfernt, weil der Patient ihn seit drei, vier Tagen nicht gebraucht hatte und sein Zustand stabil war.

Am 10.02.09 ist dokumentiert, dass der Patient bei Bewusstsein war. Medikation: niedrig dosierte Blutdruckmedikation und etwas Schmerz- und Beruhigungsmitteln.

Am 11.02.09 ist in der Krankengeschichte dokumentiert, dass Herr Dr. Eugen empfahl, im Falle einer Verschlechterung des Zustandes des Patienten, keine effektive Therapie durchzuführen, da der Patient ein hoffnungsloser Fall sei, der für immer beatmungsabhängig sein werde.

Am 13.02.09 erhöht Dr. Alaa die unterstützende Blutdruckmedikation, weil der Blutdruck zu fallen beginnt.

Am 15.02.09 ist in der Krankengeschichte dokumentiert, dass Dr. Ajimsha die Empfehlung gab, keine Erhöhung der Dosis der unterstützenden Blutdruckmedikation.

Am 18.02.09 hatte der Patient einen Herzstillstand erlitten, und Herr Dr. Abbas und Herr Dr. Yasser diskutierten darüber, *dass Herr Dr. Eugen* eine verbale Anweisung gegeben habe, den Patienten nicht wiederzubeleben, aber Herr Dr. Yasser ignorierte es, weil es keine dokumentierte schriftliche Anweisung gab.

Am 19.02.09, um 14.30 h, ordnete Herr Dr. Eugen die Schwestern an, die Venen und arteriellen Katheter zu entfernen, die Sauerstoffmenge auf 21 % *(Raumluft)* zu reduzieren, das Sauerstoff-Monitoringgerät zu entfernen und die Morphiumdosis auf 10mg/h zu erhöhen. Er gab auch eine Empfehlung, im Falle einer Zustandsverschlechterung des Patienten die Medikation nicht zu erhöhen und bei Herzstillstand keine Reanimation durchzuführen.

Am 20.02.09 war der Patient bei Bewusstsein, Herr Dr. Esmail Pillal Ajimsha reduzierte die Leistung des Beatmungsgerätes.

Am 21.02.09, um 03.30 h, entwickelte der Patient eine Bradycardie und Asystolie, und laut der Patientenakte wurde *wegen der Anordnung von Herrn Dr. Eugen* keine Reanimation durchgeführt.

1)   Liegt Fahrlässigkeit durch den behandelnden Arzt vor?
      Antwort: JA

2) Liegt ein Kunstfehler in der Behandlung vor?
Antwort: JA

BESCHREIBUNG DER FAHRLÄSSIGKEIT/
DES KUNSTFEHLERS

Die Kommission untersuchte die Krankengeschichte des Patienten und führte Gespräche mit dem behandelnden medizinischen Team und Herrn Dr. Eugen, dem Leiter der Intensivabteilung, und stieß auf widersprüchliche Aussagen. Dr. Eugen lehnte kategorisch ab, eine Anordnung, den Patienten nicht wiederzubeleben, jemals gegeben zu haben. Laut Krankenakte des Patienten wurde dieser _auf Grund einer Anweisung des Herrn Dr. Eugen, den Patienten im Falle eines Herzstillstandes nicht wiederzubeleben,_ nicht reanimiert.

Zur Information: Der Patient wurde am Tag zuvor von Herrn Dr. Yasser reanimiert, trotz eines Hinweises _von Herrn Dr. Abbas,_ dass es eine verbale DNR-Anordnung von Herrn Dr. Eugen gibt, aber Dr. Yasser weigerte sich, diese Anordnung zu befolgen, weil sie nicht in der Krankenakte des Patienten dokumentiert war.

Das Maßnahmenbündel von Herrn Dr. Eugen am 19.02.09 um 14.30 h (Entfernung der Venen und arteriellen Katheter, Sauerstoffreduktion auf 21 % und Entfernung des SpO$_2$-Monitorings, Erhöhung der Morphiumdosis auf 10mg/h, Reduktion der Beatmungsparameter) wird als unangebracht, nicht in Ordnung und inakzeptabel betrachtet. Die Erklärung von Herrn Dr. Eugen Adelsmayr, dass der Patient für eine Verlegung aus der Intensivstation vorbereitet wurde, ist medizinisch, wissenschaftlich und ethisch nicht akzeptabel, weil der Patient am Tag davor einen Herzstillstand erlitten hatte und wiederbelebt wurde. Es ist nicht erlaubt, einen Patienten in diesem Zustand aus der ICU zu verlegen. Angenommen, dass der Patient in eine andere Abteilung verlegt wird, dann ist das ein Grund zur Reduzierung der Sauerstoffmenge, zur Entfernung des Pulsoxymeters, zur Erhöhung der Morphiumdosis. Auch außerhalb der ICU könnten diese Maßnahmen durchgeführt werden.

Es ist ferner nicht akzeptabel, dass ein Arzt die Sauerstoffzufuhr reduziert und gleichzeitig das Pulsoxymeter entfernt, _weil dann das medizinische oder das Pflegeteam unachtsam wird und nicht die nötigen Maßnahmen zur Vermeidung von Sauerstoffmangelschäden ergreifen kann._

SCHLUSSFOLGERUNG DES UNTERSUCHUNGSKOMITEES

1) Die medizinischen Entscheidungen von Herrn Dr. Eugen waren von administrativer Seite unangebracht.
Der Patient wurde als DNR-Fall behandelt, und Herr Dr. Eugen hat angewiesen, bei einem Herzstillstand ihn nicht wiederzubeleben, was klar aus der Krankengeschichte und der Einvernahme des Personals hervorgeht, auch wenn Herr Dr. Eugen verneint, jemals solche Anordnungen gegeben zu haben. Ärzte und Pflegepersonal können aus der Krankenakte nicht mit Gewissheit entnehmen, dass Dr. Eugen eine solche Anweisung nicht gegeben hat, insbesondere als sie von mehr als einer Person an verschiedenen Stellen in der Krankenakte erwähnt wurde.

2) Die medizinischen Entscheidungen von Herrn Dr. Eugen aus medizinisch-klinischer Sicht:
Der Patient hatte Tetraplegie, wurde nach dem Trauma fünf Wochen lang künstlich beatmet. Er war kein hoffnungsloser Fall und nicht unheilbar krank. An einem transportablen Beatmungsgerät könnte er in diesem Zustand lange auch außerhalb der Intensivstation leben. *Auch wenn er langzeitbeatmet wird, ist es nicht das Recht des behandelnden Arztes, zu entscheiden, ob das Leben des Patienten lebenswert und keine Reanimation im Falle eines Stillstandes anzuordnen ist, wie es bei diesem Patienten der Fall war.*

3) Das Maßnahmenbündel von Herrn Dr. Eugen am 19/02/2009 um 14.30 h war aus administrativer, klinischer und ethischer Sicht unangemessen. Auch wenn Herr Dr. Eugen angibt, den Patienten für eine Transferierung vorzubereiten, können, wie wir bereits anmerkten, Sauerstoff, Pulsoxymeter und Beatmung auch längerfristig außerhalb der Intensivstation bereitgestellt werden. *Es gibt Patienten, die aus vielen Gründen, wie Muskelschwäche, Atemschwäche und sogar Tetraplegie, an Heimbeatmungsgeräte angeschlossen sind.*
Wichtige Bemerkung:
Das Maßnahmenbündel, wie in Paragraf 3 erwähnt wurde, ob-

wohl medizinisch unangemessen, ist nicht der direkte Grund für den Tod des Patienten. Klinische und technische Erklärungen können bei Bedarf gegeben werden. Denn wenn diese Entscheidungen dem Patienten geschadet hätten, würde es bedeuten, dass eine Absicht dahintersteckte, und dann wäre es nicht nur Fahrlässigkeit und Kunstfehler.

Allerdings liegen Fahrlässigkeit und Kunstfehler in der Patientenbehandlung, in der Form von unangemessenen Entscheidungen aus administrativer und klinischer Sicht vor, die dem Patienten am Ende seines Lebens geschadet haben. Gemeint ist die Anordnung, bei Stillstand nicht wiederzubeleben.

Obwohl der Patient chronisch krank war, und auch außerhalb der Intensivstation gut behandelt werden kann, war er kein hoffnungsloser Patient, der sterben wird.

4) Die Kommission findet, dass beide Entscheidungen von Herrn Dr. Yasser, die Reanimation des Patienten am 19.02.2009, obwohl er in der Diskussion auf eine DNR-Anordnung durch Herrn Dr. Eugen hingewiesen wurde, und die Anzeige des Vorfalles, die zu dieser Untersuchung geführt hat, korrekt und angebracht waren.

Unterzeichnet von Herrn Dr. Ashraf AL Houfi, Vorsitzender dieser Kommission und Facharzt der Intensivstation des Dubai Hospital

9)

Untersuchungsbericht des Higher Committee for Medical Liability (HCML)

Das HCML ist laut Bundesgesetz Nr. 10/2008 die höchste Instanz in medicolegalen Fällen.

Der Bericht wurde während der laufenden Ermittlung durch die Staatsanwaltschaft erstellt und dieser im Januar 2011 übergeben. Die Ermittlungen wurden ungeachtet des Berichtes fortgeführt und in der Folge eine gerichtliche Anklage wegen Mordes erhoben.

UNITED ARAB EMIRATES
THE HIGHER COMMITTEE
FOR MEDICAL LIABILITY

الإمارات العربية المتحدة
اللجنـــــة العـليــــا
للمسـؤوليــة الطبيـــة

الرقم: ٨/٤٥/٢٢٢/٢٠١٠
التاريخ: ٢٠١٠/١١/٢

الموقر

سعادة الدكتور / رمضان محمد ابراهيم
مدير إدارة التنظيم الصحي بهيئة الصحة في دبي

تحية طيبة وبعد،،،

الموضوع/ التحقيق في وفاة المريض/ غلام محمد بخش
وبيان مسئولية الطبيب /يوجين اديلسماير

نحيط سعادتكم علما بأن اللجنة العليا للمسؤولية الطبية قد باشرت عملها بدراسة أوراق القضية المذكورة أعلاه.

وقد قامت اللجنة بدراسة كافة الأوراق المرفقة والملفات الطبية وتقارير التحقيق في الشكوى ودراسة التقرير الفني المقدم من اللجنة الفرعية المتخصصة في ذات الموضوع ومناقشتها وقررت اللجنة إصدار التقرير الفني المرفق.

للإطلاع وتفضلوا بقبول فائق الاحترام والتقدير،،،

الدكتور
صقر الفعّال
رئيس اللجنة العليا للمسؤولية الطبية بالإنابة

1

هاتف: ٦٣٣٨٢٨٣ ٢ ٩٧١+ • فاكس: ٦٣٣٨٢٨٤ ٢ ٩٧١+ • ص.ب ٨٤٨ • أبوظبي • الإمارات العربية المتحدة
Telephone: +971 2 6338283 • Fax: +971 2 6338284 • PO Box 848 • Abu Dhabi • United Arab Emirates

UNITED ARAB EMIRATES
THE HIGHER COMMITTEE
FOR MEDICAL LIABILITY

الإمارات العربية المتحدة
اللجنـــــة العليـــا
للمسؤوليـة الطبيـة

تقرير اللجنة العليا للمسؤولية الطبية

بشأن الشكوى
ضد الدكتور اوجين ادلسماير

أولا: الإجراءات والنتائج:

قامت اللجنة بدراسة كافة الأوراق المرفقة و قد طلبت الملفات الطبية كاملة من مستشفى راشد و هيئة الصحة بدبي الخاصة بالمتوفي غلام محمد وقد تم تشكيل لجنة ثلاثية من اعضاء اللجنة العليا للمسؤولية الطبية لدراسة القضية و اللوائح والنظم السارية بهيئة الصحة بدبي وكذلك مقابلة اعضاء الهيئة الطبية و التمريضية المعنية بالقضية وقد باشرت اللجنة المصغرة عملها بزيارة مستشفى راشد و مقابلة كل من :

1. الدكتور/ ياسر أحمد المصري.
2. الدكتور/ إسماعيل بيلاي أجمشا.
3. الدكتور/ حسن فؤاد باكيرو.
4. الدكتور / محمد عبيد الله خان.
5. الممرض السيد / أمين نجيب.

حيث إستعرضت مع كل واحد منهم على إنفراد حيثيات القضية و ثم اطلعت على كل ما ورد في ملفات الطبية و التمريضية للمتوفي و تقارير اللجان السابقة من توثيق للحالة المرضية و توصلت للآتي:

1. أن هناك ترديدا متكررا من قبل اغلب من تم مقابلتهم من الأطباء و الممرض بانهم سمعوا (ولكن ليس بشكل مباشر من الدكتور يوجين نفسه) بأن الدكتور يوجين قد أعطى أوامر شفوية بعدم التدخل لإنعاش المريض عند توقف القلب و كذلك وجدت ملاحظة بذات المعنى في سجل التمريض الخاص بالمريض مرة واحدة بتاريخ 2010/02/12.

2. لا يوجد أي دليل او توثيق كتابي في الملف الطبي للمتوفي بأن الدكتور يوجين قد أعطى أوامر بعدم التدخل لإنعاش المريض عند توقف القلب كما أن الطبيب نفسه ينكر ذلك كما

2

UNITED ARAB EMIRATES
THE HIGHER COMMITTEE
FOR MEDICAL LIABILITY

الإمارات العربية المتحدة
اللجنــــــة العليــــا
للمسؤوليـــة الطبيـــة

جاء في رسالته الموجودة بالملف ويؤيد ذلك احد الاطباء الذين تم مقابلتهم و ايضا الرسائل التي وردت لاحقا الى اللجنة من اطباء و ممريضين عملوا في ذات القسم و بنفس الفترة الزمنية لرئاسة الدكتور يوجين.

3. ان التوثيق الوحيد الموجود في السجلات الطبية هو ملاحظة تمريضية منسوبة الى الممرضة المسجلة هيلي الكسندر بتاريخ 2010/02/12.

4. تعرض المريض عدة مرات لتوقف في القلب بعد ذلك التاريخ (2010/02/12) و في كل مرة قام الأطباء و هيئة التمريض بما يلزم لانعاش المريض كما هو موثقا و كانت المرة قبل الاخيرة بتاريخ 2010/02/19 عندما أصر الدكتور ياسر أحمد المصري بإجراء الإنتعاش لقناعته بعدم وجود مايخالف ذلك كتابة في ملف المريض و عاش المريض بعدها لفترة زمنية.

5. بتاريخ 2010/02/21 الساعة 3,30 صباحا توقف قلب المريض و إستدعى طاقم التمريض الذي كان على راسه و قتها الممرض أمين نجيب و الدكتور محمد عبيد الله خان كان موجودا في القسم حيث وصل حالا دون تأخير لمكان المريض و ان الدكتور محمد عبيد خان أعطى تعليماته لطاقم التمريض بعدم القيام بإجراءات الإنعاش اللازمة للمريض معتمدا في ذلك على قناعته بوجود أوامر شفوية سابقة من الدكتور يوجين بعدم إنعاش المريض.

6. فارق المريض الحياة في ذلك الوقت و التاريخ.

7. أطلعت اللجنة على نظم ولوائح دائرة الصحة وهيئة الصحة بدبي المعتمدة بهذا الخصوص و التي يجب إتباعها من قبل الأطباء و هيئة التمريض في مثل هذه الحالات و تبين لها الاتي:

• قرار اداريا داخليا في مستشفى راشد   رقم RH/PFR/020 بتاريخ 2006/11/16 و فيه الإجراءات الواجب إتباعها في حالات عدم التدخل للانعاش في حالة توقف القلب (Do not Resuscitate) وقد تم ايقاف العمل

3

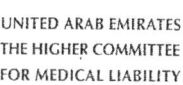

UNITED ARAB EMIRATES
THE HIGHER COMMITTEE
FOR MEDICAL LIABILITY

الإمارات العربية المتحدة
اللـجـنـة الـعـلـيـا
للمسؤولية الطبية

بهذا القرار بتاريخ 05 /10/ 2009 ولكن اللجنة ليست على دراية عما إذا كان القرار السابق قد أعتمد من قبل الادارة العامة للدائرة اي أنة واجب الإتباع ام لا.

• هناك قراراً إدارياً بدائرة الصحة رقم 75 لعام 2005 م بخصوص الموت الدماغي للمرضى و يشير الى الإجراءات التي يجب إتباعها في مثل هذه الحالات.

الخلاصة

مما سبق ذكره فقد توصلت اللجنة للأتي:

1. تاكدت اللجنة من عدم وجود اي اوامر او تعليمات كتابية في الملف الطبي للمتوفي من قبل الدكتور يوجين بصفته رئيسا للقسم المعالج للمريض بعدم الانعاش في حالة توقف القلب حيث ان مثل هذه التعليمات والأوامر لابد وان تدون في الملف الطبي للمريض من قبله شخصيا (بوصفه السلطة العليا التي تقرر مثل هذه الأمور) أو من قبل احد مساعديه من قبل الفريق الطبي العامل معه و هذا هو العرف المتبع في مثل هذه الحالات.

2. لم يثبت يقينا للجنة بأن الدكتور/ يوجين قد أعطى تعليمات او اوامر شفوية بعدم التدخل لإنعاش المريض في حالة توقف قلبه إعتمادا على الحالة الإكلينيكية لمثل هذه الحالات إذا تضاربت أقوال الأطباء وهيئة التمريض في هذا الشأن.

3. ان السجل الالكتروني للهيئة التمريضية في الملاحظات اليومية يحتوي على ملاحظة واحدة فقط بتاريخ 2010/02/12 بواسطة الممرضة هيلر الكسندر تشير الى أوامر الدكتور / يوجين الشفوية بعدم الإنعاش في حالة توقف القلب **(وقد نفت الممرضة هيلر ذلك في رسالة لاحقة ارسلتها الى اللجنة)** مرفق نسخة من الرسالة.

4. في الفترة بين 2010/02/12 وحتى تاريخ 2010/02/19 توقف قلب المريض عدة مرات وكان في كل مرة يتم انعاشه لان الأطباء لم يأخذوا بوجود تعليمات "لاتدعوا لانعاشه" وكانت المرة قبل الاخيرة بتاريخ 2009/02/19 حين أصر الدكتور ياسر

4

UNITED ARAB EMIRATES
THE HIGHER COMMITTEE
FOR MEDICAL LIABILITY

الإمارات العربية المتحدة
اللجنـــة العليـــا
للمسؤوليـة الطبيـة

أحمد المصري على إنعاش المريض لعدم وجود أوامر كتابية موثقة من قبل رئيس القسم الدكتور / يوجين توضح أو تشير الى ذلك.

5. **الدكتور / محمد عبيد الله خان** تكرر عليه نفس موقف الدكتور / ياسر و ذلك **بتاريخ** 2010/2/21 الساعة 3,30 صباحا عندما توقف قلب المريض و حين إستدعى من قبل طاقم التمريض لم يبادر بإنعاش المريض.

6. ترى اللجنة بأن هناك ثمة تقصير من قبل **الدكتور / محمد عبيد الله خان** بعدم إتباع النظم و اللوائح الطبية المعمول بها محليا و عالميا في مثل هذه الحالات لعدم قيامه بالأنعاش المطلوب عند توقف قلب المريض بتاريخ 2010/02/21 حيث إستند بذلك الى كلام غير موثق نقلا عن الدكتور يوجين.

<u>الرأي</u>

ترى اللجنة العليا للمسؤولية الطبية بان الدكتور يوجين لم يثبت قيامه بما يستوجب المسائلة الطبية وليس هنالك دليل يقيني على انة قد خالف النظم و اللوائح المحلية والقوانين الطبية المعمول بها محليا و عالميا.

والله ولي التوفيق،،،

الدكتور / محمد حجازي محمد
عضو ومقرر اللجنة العليا للمسؤولية الطبية

د. يوسف عبد الرزاق	رئيس اللجنة	
د. صقر المعلا	نائب الرئيس	
د. عيسى كاظم		
د. عبد المجيد الزيبدي		
د. سامح فخري		
د. علي النسيري		
د. سيف البدواوي		
د. محمد حجازي	عضو ومقرر	

5

Vorgehen/Ergebnisse

Die HKAEV forderte die gesamten Krankenunterlagen des verstorbenen Patienten Herrn Ghulam Muhammad Elliah Bakhsh vom Rashid Hospital und der Dubai Health Authority an und befragte folgende Ärzte und Pflegepersonal:

1) Herr Dr. Yasser Ahmed Al Masri
2) Herr Dr. Ismail Bilaij Ajimsha
3) Herr Dr. Hassan Bakiro
4) Dr. Mohammad Obeid Allah Khan
5) Pfleger Herr Amin Habib

Alle wurden einzeln über den Fall befragt.

1) Sie wurden befragt, ob sie eine verbale Anordnung von Herrn Dr. Eugen gehört hätten, den Patienten im Falle eines Herzstillstandes nicht wiederzubeleben. Einige sagten, sie hätten davon gehört, aber nicht direkt von Herrn Dr. Eugen persönlich, und in den Krankenunterlagen des Patienten ist am 12. Februar 2009 eine Notiz über diese mündliche Anordnung von Herrn Dr. Eugen aufgezeichnet.

2) Es wurde weder in der Krankengeschichte noch sonst irgendein Beweis für eine schriftlich dokumentierte Anordnung (den Patienten im Falle eines Herzstillstandes nicht zu reanimieren) von Herrn Dr. Eugen gefunden, was auch von einem Arzt während seiner Einvernahme bestätigt wurde, abgesehen von den vielen Briefen, die die Kommission von Ärzten und Krankenpflegern des Rashid-Krankenhauses erhalten hat, deren Inhalt mit Herrn Dr. Eugens Angaben übereinstimmen.

3) Die einzige Aufzeichnung dieser Anordnung ist in der Patientenkrankenakte am 12. Februar 2009 von Schwester Hailey Alexander aufgezeichnet.

4) Der Patient hatte nach dem 12. Februar 2009 noch viele Herzstillstände erlitten und wurde immer wiederbelebt. Der vorletzte Herzstillstand geschah am 19. Februar 2009. Herr Dr. Yasser Al-Masri beharrte auf Wiederbelebung des Patienten nach einem Herzstillstand, da keine gegenteilige schriftliche Anweisung in der Krankenakte vorlag, und daraufhin wurde der Patient erfolgreich wiederbelebt.

5) Am 21. Februar 2009, um 03.30 h, hatte der Patient einen Herz-stillstand erlitten. Herr Dr. Mohammad Obeid Allah Khan wurde vom Pflegepersonal angerufen und kam auf der Stelle zur Station in Anwesenheit des Pflegers Herrn Amin Najib, und Herr Dr. Mohammad Obeid Allah Khan gab dem Pflege-team die Anweisung auf Grund einer mündlichen Anordnung von Herrn Dr. Eugen, den Patienten nicht zu reanimieren.

6) Der Patient verstarb zu dieser Zeit am 21. Februar 2009.

7) Die Kommission sah eine interne DNR-Richtlinie des Ras-hid-Krankenhauses (geltende medizinische Vorschriften im Falle eines Herzstillstandes) (RH/PFR/020), datiert mit 16/11/2006, welche aber am 05/10/2009 entfernt wurde. Die Kommission kann nicht mit Sicherheit sagen, ob die Ärzte diese Richtlinie befolgt hatten.

8) Es existiert eine Anweisung der Krankenhausadministration Nr. 75 für das Jahr 2005 beim Hirntod, gewisse Schritte, die dabei eingehalten werden müssen.

Schlussfolgerung

1) Die Kommission konnte sich überzeugen, dass in den Patien-tenunterlagen keine schriftlichen Anordnungen oder Anwei-sungen (den Patienten im Falle eines Herzstillstandes nicht zu reanimieren) von Herrn Dr. Eugen als Leiter der Station, auf welcher der Patient behandelt wurde, zu finden sind. In sol-chen Fällen hätte Herr Dr. Eugen als Abteilungsleiter die An-ordnung schriftlich geben oder seinen Stellvertreter anweisen müssen, die Anordnung bzw. die Anweisung niederzuschrei-ben, wie es medizinisch üblich ist.

2) Die Kommission fand keinen Beweis, dass Herr Dr. Eugen eine mündliche Anweisung gegeben hat, den Patienten im Falle eines Herzstillstandes nicht zu reanimieren.

3) In der elektronischen Krankenakte fand sich am 12. Februar 2009 eine Notiz von Schwester Hailey Alexander, die besagt, dass Herr Dr. Eugen eine solche Anweisung gab. Nachträglich in einem Brief, adressiert an die Kommission, gab Frau Hailey Alexander an, eine solche Anordnung nie gehört oder aufge-zeichnet zu haben.

4)	Zwischen dem 12. und 19. Februar 2009 hatte der Patient viele Herzstillstände erlitten und wurde jedes Mal reanimiert, weil den Ärzten keine Anordnung bekannt war, den Patienten im Falle eines Herzstillstandes nicht wiederzubeleben. Herr Dr. Yasser Al-Masri reanimierte den Patienten, weil keine gegenteilige schriftliche Anordnung von Herrn Dr. Eugen, dem Abteilungsleiter, zu finden war.

5)	Dr. Mohammad Obeid Allah Khan befand sich in der gleichen Situation wie Herr Dr. Yasser Al-Masri, als der Patient am 21. Februar 2009 um 03.30 h einen Herzstillstand hat, aber Herr Dr. Mohammad Obeid Allah Khan reanimierte den Patienten nicht.

6)	Die Kommission findet, dass Herr Dr. Mohammad Obeid Allah Khan fahrlässig gehandelt hatte, als er den Patienten am 21. Februar 2009 nicht reanimierte, wie es sein sollte, weil Herr Dr. Mohammad Obeid Allah Khan eine mündliche Anordnung von Herrn Dr. Eugen befolgte, obwohl es keinen Beweis für eine solche gibt.

Die Kommission fand keinerlei Fehlverhalten von Herrn Dr. Eugen, und es gibt keinen klaren Beweis, dass Herr Dr. Eugen sich nicht an die Gesetze und Regeln der Medizin und des Landes gehalten hatte.

Unterzeichner

Herr Dr. Mohammad Hijazy Mohammad
	(Mitglied und Rapporteur der HKAEV)

Die HKAEV-Mitglieder

Herr Dr. Youssif Abd ALRAZZAK, Vorsitzender
Herr Dr. Sakr AL MUALLA, Stellvertreter Vorsitzender
Herr Dr. Issa KAZEM
Herr Dr. Abdulmajid AL ZUBAIDI
Herr Dr. Sameh FAKHRI
Herr Dr. Ali AL NUMAIRI
Herr Dr. Seif AL BIDWAWI
Herr Dr. Mohammad Hijazi, Mitglied und Rapporteur

Der Bericht wurde am November 2010 GZ: LMA/422/2010 erstellt.

10)

Verteidigungsplädoyer

Dieses Verteidigungsplädoyer durfte wegen meiner Abwesenheit bei der Verhandlung nur schriftlich eingereicht werden. Die im Plädoyer angeführten Zitate aus dem Untersuchungsbericht der Dubai Health Authority wurden im Auftrag der Anwaltskanzlei Dr. Ibrahim Al Mulla Advocate & Legal Consultants ins Arabische übersetzt und für diese Buchausgabe unmittelbar aus dem Arabischen ins Deutsche übertragen. Die Hervorhebungen im Text entsprechen dem Original.

لدى محكمة دبي الابتدائية   الموقرة

الدائرة الثالثة - جنايات

مذكرة دفاع

في الدعوى رقم ٣٣٧٤٦ لسنة ٢٠١٠ جزاء

المحدد لنظرها جلسة ٢٢ / ٢ / ٢٠١٢

مقدمة من المتهم الأول : ايوجين اديلسماير

بوكالة الدكتور/ إبراهيم حسن الملا – المحامى

ضـــــد

النيابة العامة   " سلطة الاتهام "

الوقــــائع

اتهمت النيابة العامة المتهم وآخر بأنهما "في يوم ٢١ / ٢ / ٢٠١١ وتاريخ سابق عليه بدائرة مركز شرطة الرفاعة قتلا عمدا مع سبق الإصرار المجني عليه غلام محمد والذي كان يتلقى العلاج بوحدة العناية المركزة بمستشفى راشد بعد تعرضه لشلل رباعي وذلك بأن أعطى المتهم الأول بصفته رئيس وحدة العناية المركزة أوامر تقتضى بعدم إنعاش المجني عليه وعدم تقديم العلاج اللازم له

Abu Dhabi	Dubai	RAK	Web site:	رأس الخيمة	دبي	أبوظبي
Tel:02-6277725	Tel:04-2950010	Tel: 07-2224374	www.dralmulla.com	هاتف:٠٧-٢٢٢١٣٧٤		هاتف:٠٢-٦٢٧٧٧٢٥
Fax:02-6277708	Fax:04-2950080	Fax: 07-2220218	Email ID:	فاكس:٠٧-٢٢٢٠٢١٨		فاكس:٠٢-٦٢٧٧٧٠٨
Box:34218	Box:12871	Box: 5481	advocate@emirates.net.ae	ص.ب:٥٤٨١		ص.ب:٣٤٢١٨

حال تعرضه لنوبة قلبية قاصدا إزهاق روحه كنتيجة حتمية لأوامره وأفعاله وصمم على حصول مبتغاة بشتى الطرق .. "

وطلبت النيابة العامة معاقبته بالمواد ١٢١، ٣٣١، ٢/٣٣٢ ، ١/٣٣٣ ، من قانون العقوبات الاتحادي رقم ٣ لسنة ١٩٧٨ وتعديلاته والمادتين رقمي ٩ ، ٣٠ من القانون الاتحادي رقم ١٠ لسنة ٢٠٠٨ في شأن المسئولية الطبية

(حقيقة الوقـــائع)

يطيب للدفاع عن المتهم قبل أن يعرض لحديث القانون في الواقعة محل الاتهام الماثل أن يبسط حقائق يقينية ذات أثر بالغ في رسم الصورة الصحيحة للواقعة سواء ما تعلق فيها بالإسناد المادي للاتهام أو ما أتصل بالإعمال القانوني الصحيح لها وذلك على النحو التالي :-

- بادئ ذي بدء فأن سند الاتهام المنسوب للمتهم الأول هو:

(إصدار أوامر شفوية بعدم إنعاش المجني عليه وعدم تقديم العلاج اللازم له حال تعرضه لنوبة قلبية، وقيامه بنزع جهاز مراقبة الاوكسجين في الدم، وزيادة جرعة المورفين، وتقليل نسبة الأوكسجين المعطاة للمريض "المجني عليه")

الحقيقة الأولى: المقصود بالأوامر الشفوية طبقا لتعليمات هيئة الصحة والخدمات الطبية والمعمول بها في مستشفى راشد وجميع المستشفيات والعيادات والمراكز الطبية التابعة لهيئة الصحة بدبي عامة هي: الأوامر التي تصدر عن الطبيب المخول الذي يكون حاضرا أثناء الحالة الطارئة .. فيجب أن يتم قبول الأوامر الشفوية فقط أثناء حالات الطوارئ من الطبيب المرخص والمتواجد بالوحدة حال حدوث الحالة الطارئة ولكنه لم يستطع كتابة الأمر في تلك اللحظة، ويجب أن تكون الأوامر الشفوية واضحة، كما يجب أن يتم قبول الأوامر الشفهية فقط من الممرضة أو الممرض المسجل،

Abu Dhabi
Tel:02-6277725
Fax:02-6277708
Box:34218

Dubai
Tel:04-2950010
Fax:04-2950080
Box:12871

RAK
Tel: 07-2224374
Fax: 07-2220218
Box: 5481

Web site:
www.dralmulla.com
Email ID:
advocate@emirates.net.ae

رأس الخيمة
٠٧-٢٢٢٤٣٧٤ :هاتف
فاكس:٠٧-٢٢٢٠٢١٨
ص.ب:٥٤٨١

دبى
هاتف:٠٤-٢٩٥٠٠١٠
فاكس:٠٤-٢٩٥٠٠٨٠
ص.ب:١٢٨٧١

أبو ظبي
هاتف:٠٢-٦٢٧٧٧٢٥
فاكس:٠٢-٦٢٧٧٧٠٨
ص.ب:٣٤٢١٨

كما يجب على الممرضة أو الممرض المستلم للأوامر الشفهية تسجيل تلك الأوامر على نموذج الأوامر الشفهية أو الهاتفية -حال تلقي الأوامر عبر الهاتف- كما يجب قراءتها على الطبيب الذي أصدر الأوامر للتأكد من صحتها، ما عدا في الحالات الحرجة حيث يجب اتخاذ اللازم حالاً، ثم تقوم الممرضة بتنفيذ الأوامر وتكملة التوثيق .. ويجب على الطبيب مصدر الأوامر التوقيع على نموذج الأوامر الشفهية وكتابة الأمر على ورقة أمر الدكتور عندما تنتهي الحالة الطارئة..

والحالات الطارئة تشير إلى الأزمات التي تحدث فجأة وتستدعي المعالجة الطبية، وهي كما عرفتها السياسة الصادرة عن هيئة الصحة:

- تغيير خطير في العلامات الحيوية للمريض وحالته وينتج عنها تدهور سريع إن لم يعالج المريض مباشرة .

- تغيير خطير في تصرفات المريض بإمكانها أن تؤثر على رعاية مريض معين ، المرضى الآخرين أو الموظفين .

<u>الحقيقة الثانية</u> : حيث أن الثابت من تقرير اللجنة العليا للمسئولية الطبية أنها قد توصلت للآتي :-

١- تأكدت اللجنة من عدم وجود أي أوامر أو تعليمات كتابية في الملف الطبي للمتوفى من قبل الدكتور يوجين بصفته رئيسا للقسم المعالج للمريض بعدم الإنعاش في حالة توقف القلب، حيث أن مثل هذه التعليمات والأوامر لابد وأن تدون في الملف الطبي للمريض من قبله شخصيا (بوصفه السلطة العليا التي تقرر مثل هذه الأوامر) أو من قبل أحد مساعديه من الفريق الطبي العامل معه وهذا هو العرف المتبع في مثل هذه الحالات .

٢- لم يثبت يقينا للجنة بأن الدكتور/ يوجين قد أعطى تعليمات أو أوامر شفوية بعدم التدخل لإنعاش المريض في حالة توقف قلبه اعتمادا على الحالة الإكلينيكية لمثل هذه الحالات إذ تضاربت أقوال الأطباء وهيئة التمريض في هذا الشأن .

Abu Dhabi	Dubai	RAK	Web-site:	رأس الخيمة	دبي	أبو ظبي
Tel:02-6277725	Tel:04-2950010	Tel: 07-2224374	www.dralmulla.com	هاتف:٠٧-٢٢٢٤٣٧٤	هاتف:٠٤-٢٩٥٠٠١٠	هاتف:٠٢-٦٢٧٧٧٢٥
Fax:02-6277708	Fax:04-2950080	Fax: 07-2220218	Email ID:	فاكس:٠٧-٢٢٢٠٢١٨	فاكس:٠٤-٢٩٥٠٠٨٠	فاكس:٠٢-٦٢٧٧٧٠٨
Box:34218	Box:12871	Box: 5481	advocate@emirates.net.ae	ص.ب:٥٤٨١	ص.ب:١٢٨٧١	ص.ب:٣٤٢١٨

٣- أن السجل الالكتروني للهيئة التمريضية في الملاحظات اليومية يحتوي على ملاحظة واحدة فقط بتاريخ ١٢ / ٢ / ٢٠٠٩ بواسطة الممرضة هيلر الكسندر تشير إلى أوامر الدكتور/ يوجين الشفوية بعدم الإنعاش في حالة توقف القلب (وقد نفت الممرضة هيلر ذلك في رسالة لاحقة أرسلتها إلى اللجنة) .

٤- في الفترة بين ١٢ / ٢ / ٢٠٠٩ وحتى تاريخ ١٩ / ٢ / ٢٠٠٩ توقف قلب المريض عدة مرات وكان في كل مرة يتم إنعاشه لان الأطباء لم يأخذوا بوجود تعليمات "لا تدعوا لإنعاشه" وكانت المرة قبل الأخيرة بتاريخ ١٩ / ٢ / ٢٠٠٩ حين أصر الدكتور/ ياسر المصري على إنعاش المريض لعدم وجود أوامر كتابية موثقة من قبل رئيس القسم الدكتور/ يوجين توضح أو تشير إلى ذلك.

٥- الدكتور/ محمد عبيد الله خان تكرر عليه نفس موقف الدكتور/ ياسر وذلك بتاريخ ٢٠٠٩/٢/٢١ الساعة 3,30 صباحا عندما توقف قلب المريض وحين استدعي من قبل طاقم التمريض لم يبادر بإنعاش المريض.

٦- ترى اللجنة بأن هناك ثمة تقصير من قبل الدكتور/ محمد عبيد الله خان بعدم إتباع النظم واللوائح الطبية المعمول بها محليأ وعالميأ في مثل هذه الحالات لعدم قيامه بالإنعاش المطلوب عند توقف قلب المريض بتاريخ ٢١ / ٢ / ٢٠٠٩ حيث استند بذلك إلى كلام غير موثق عن الدكتور/ يوجين.

وعليه انتهى رأى اللجنة إلى أن الدكتور/ يوجين لم يثبت قيامه بما يستوجب المساءلة الطبية وليس هناك دليل يقيني على أنه قد خالف النظم واللوائح المحلية والقوانين الطبية المعمول بها محليا وعالميا.

Abu Dhabi	Dubai	RAK	Web site:	رأس الخيمة	دبي	أبو ظبي
Tel:02-6277725	Tel:04-2950010	Tel: 07-2224374	www.dralmulla.com	هاتف:٢٢٢٤٣٧٤-٠٧	هاتف:٢٩٥٠٠١٠-٠٤	هاتف:٦٢٧٧٧٢٥-٠٢
Fax:02-6277708	Fax:04-2950060	Fax: 07-2220218	Email ID:	فاكس:٢٢٢٠٢١٨-٠٧	فاكس:٢٩٥٠٠٦٠-٠٤	فاكس:٦٢٧٧٧٠٨-٠٢
Box:34218	Box:12871	Box: 5481	advocate@emirates.net.ae	ص.ب:٥٤٨١	ص.ب:١٢٨٧١	ص.ب:٣٤٢١٨

<u>**الحقيقة الثالثة**</u> :الثابت من الترجمة الصحيحة "المعتمدة من قبل أكثر من مترجم قانوني معتمد لدى وزارة العدل" لتقرير هيئة الصحة بدبي أن لجنة التحقيق قد خلصت بتقريرها إلى التالي:

<u>(......... إلا أنه من المنصف من الناحية العلمية والطبية القول بأن حزمة الأفعال المشار إليها لم تسهم بشكل أساسي في وفاة المريض وذلك لجملة الأسباب التالية :-</u>

1- أنه رغم عدم مراقبة الأوكسجين لدى المريض إلا أن المريض لم تظهر عليه أي علامات سريريه توحي بتعرضه لنقص حاد في الأوكسجين (مثل تسارع في ضربات القلب، تعرق، ازرقاق أو صعوبة في التنفس) – رغم أن زيادة نسبة المورفين قد تتسبب بحجب هذه العلامات بشكل جزئي - إلا أنه لا يمكن للمريض أن يظل بلا أوكسجين لمدة ٣٦ ساعة دون أن تظهر عليه علامات نقص الأوكسجين، وذلك بحسب ما هو ثابت من خلال الرسوم البيانية التي ثبتها فريق التمريض في ملفه .

2- أن زيادة المورفين وتخفيض درجة جهاز التنفس الصناعي يمكن أن يلحق الأذى بالمريض فيتسبب بحدوث انخفاض في معدل التنفس، إلا أنه وبحسب ما هو مكتوب في ملاحظات فريق التمريض المختص بمراقبة المريض فقد ظل المريض موصولاً مع جهاز مراقبة ثاني أكسيد الكربون حتى النهاية وأن معدله كان طبيعياً (مما يعني أنه لم يحدث هناك أي قصور في التنفس عند المريض ناتج عن زيادة المورفين وإنقاص جهاز درجة التنفس الصناعي بدلالة أن المريض لم تظهر عليه علامات نقص الأوكسجين أو زيادة ثاني أكسيد الكربون ساعة وفاته) وهذا يعني أن إنقاص نسبة الأوكسجين أو زيادة نسبة المورفين أو تقليل درجة جهاز التنفس الصناعي لم يسهم بشكل مباشر في إلحاق الأذى بالمريض .

3- أن إزالة الخط الوريدي والخط الشرياني من مريض دورته الدموية بحالة مستقرة وليس بحاجة لأي أدوية داعمة للضغط أو لأي مراقبة لضغط الدم أو لإجراء فحص متكرر لمستوى الغازات في الدم، إنما هو عمل روتيني ومطلق في أي وحدة للعناية المركزة ولا يمكنه أن يكون سببا لوفاة المريض .

Abu Dhabi	Dubai	RAK	Web site:	رأس الخيمة	أبي	أبو ظبي
Tel:02-6277725	Tel:04-2950010	Tel: 07-2224374	www.dralmulla.com	هاتف:٠٧-٢٢٢٤٣٧١		٠٢-٦٢٧٧٧٢٥
Fax:02-6277708	Fax:04-2950080	Fax: 07-2220218	Email ID:	فاكس:٠٧-٢٢٢٠٢١٨		٠٢-٦٢٧٧٧٠٨
Box:34218	Box:12871	Box: 5481	advocate@emirates.net.ae	ص.ب:٥٤٨١		٣٤٢١٨

Dr. Ibrahim Al Mulla
Advocate and Legal Consultants

د. ابراهيم حسن الملا
محامون ومستشارون قانونيون

<u>وبذلك فإنه من الإنصاف القول أن بعضاً من الأفعال التى قام بها الدكتور/ يوجين أديلسماير فى</u>
<u>يوم ١٩/ ٢/ ٢٠٠٩ الساعة 14,40 كانت أفعال غير ملائمة من الناحية الطبية الإكلينيكية ولكنها</u>
<u>لم تتسبب بشكل مباشر فى إلحاق الأذى بالمريض .</u>

الحقيقة الرابعة : حيث أن الثابت بالأوراق أن "المريض" المجني عليه عند وصوله إلى قسم الطوارئ بمستشفى راشد في ١٤/ ١/ ٢٠٠٩ كان مصاباً بكسر في الفقرات العنقية ٥ ، ٦ ، ٧ مما سبب له شللاً رباعياً، وقد عانى المريض أثناء إجراء الأشعة المقطعية من توقف في التنفس وغاب عن الوعي وتم إنعاشه وتركيب أنبوبة قصبة هوائية واستعمال جهاز تنفس صناعي، وتقرر إدخاله العناية المركزة الجراحية، وبعد وصوله إلى وحدة العناية المركزة أصيب مرة أخرى بانخفاض في ضربات القلب أعقبه توقف في عضلة القلب وقد بدأ على الفور إجراء إنعاش قلبي رئوي للمريض وقد عادت ضربات القلب إلى حالتها الطبيعية وأصبحت حالته مستقرة، أي أن حالة المريض بقسم العناية المركزة أصبحت طبيعية ومستقرة، وهنا يطرح الدفاع عن المتهم تساؤلاً.... ما هو الباعث على اقتراف المتهم لأفعال من شأنها إيذاء هذا المريض والمساس بحياته؟؟ فالمريض يلقى علاجه على نفقة الدولة، والطبيب يتلقى راتبه عن عمله سواء في حالة وجود هذا المريض أو عدم وجوده، وفي كلا الحالتين سوف يؤدي الطبيب عمله بالمستشفى، ومن ثم لا يعقل أو يتصور أن تتجه إرادة الطبيب إلى إلحاق الأذى بهذا المريض أو غيره من المرضى المتواجدين بقسم العناية المركزة! ثم هل من المقبول أن يأتي هذا الشعور من طبيب يعمل منذ فترة طويلة داخل البلاد ولم يثبت اقترافه مثل هذا الفعل أو ما يماثله من قبل؟ بل إنه كان من مؤسسي وحدة العناية المركزة الجراحية بمستشفى راشد، وقد بلغت إحصائيات الوفاة أدنى مستوياتها خلال فترة عمله ورئاسته للقسم.

وحاصل ما تقدم انتفاء الباعث أو الدافع أو لدى المتهم على أن يقوم بقتل هذا المريض "المجني عليه" أو غيره من المرضى.

Abu Dhabi
Tel:02-6277725
Fax:02-6277708
Box:34218

Dubai
Tel:04-2959010
Fax:04-2950680
Box:12871

RAK
Tel: 07-2224374
Fax: 07-2220218
Box: 5481

Web site:
www.dralmulla.com
Email ID:
advocate@emirates.net.ae

رأس الخيمة
هاتف:٢٢٢٤٣٧٤-٠٧
فاكس:٢٢٢٠٢١٨-٠٧
ص.ب: ٥٤٨١

دبى
هاتف:٢٩٥٩٠١٠-٠٤
فاكس:٢٩٥٠٦٨٠-٠٤
ص.ب:١٢٨٧١

أبو ظبى
هاتف:٦٢٧٧٧٢٥-٠٢
فاكس:٦٢٧٧٧٠٨-٠٢
ص.ب:٣٤٢١٨

ومن المقرر أن الباعث وإن كان ليس ركنا في الجريمة أو عنصر لازما لقيامها إلا أن نفي وجود هذا الباعث الشرير يصح التساند إليه في إثبات نفي الاتهام، إعمالا للقاعدة الأصولية من أن "الأصل في الإنسان البراءة" والتي تجد لها سندا شرعيا من قبل ذلك في السنة النبوية من أنه " خير للإمام أن يخطئ في العفو من أن يخطئ في العقوبة " .

فالجريمة سلوك بشري عاقل، وكل سلوك عاقل لابد أن يجد له مبررا منطقيا، وهو ما يأذن معه بالتساؤل: ما الذي يدفع المتهم كرئيس لقسم العناية المركزة أن يتورط في جناية قتل ؟

فهل مجرد الرغبة في التخلص من مريض لديه ضمن العديد من المرضى تكفي لحمله وهو في هذه المكانة المرموقة أن يقوم بذلك ؟

لا ريب أن افتقار الواقعة للمبرر المنطقي وانتفاء الباعث لدى المتهم على ارتكابها من شأنه أن يورث الشك حيالها.. بما لازمه أن يفسر الشك لمصلحته لا ضدها إعمالا للقاعدة الأصولية من أن "الشك يفسر لمصلحة المتهم".

الدفـــــاع

أولا :- نتمسك بطرح التقرير المعد من قبل رئيس اللجنة الطبية المشكلة من هيئة الصحة بدبي والمزعوم أنه ترجمة للتقرير الأصلي المعد باللغة الإنجليزية والتعويل على التقرير الحقيقي والأصلي المقدمة ترجمته القانونية الصحيحة:

حيث أن دليل الإدانة الوحيد الذي ارتكنت إليه النيابة العامة في إسناد الاتهام للمتهم الأول هو عبارة عن ترجمة للتقرير المعد بواسطة اللجنة الطبية المعينة من قبل هيئة الصحة بدبي للتحقيق في الواقعة محل الاتهام الماثل – دون أن تكون تلك الترجمة ترجمة قانونية وفق صحيح القانون أو حتى مرفق بها أصل ذلك التقرير المعد باللغة الأجنبية ـ!

Abu Dhabi
Tel:02-6277725
Fax:02-6277708
Box:34218

Dubai
Tel:04-2960010
Fax:04-2950000
Box:12871

RAK
Tel: 07-2224374
Fax: 07-2220218
Box: 5481

Web site:
www.draimulla.com
Email ID:
advocate@emirates.net.ae

هذا وبمطالعة المتهم للتقرير الأصلي المعد باللغة الإنجليزية بعد قيامه بترجمة النسخة التي تحصل عليها من ملف الدعوى والتي أمرت المحكمة الموقرة -مشكورة- هيئة الصحة بدبي بإرفاق نسخته ملف المحكمة بناءً على طلب المتهم الأول-، فوجئ باختلاف مضمونه اختلافاً كلياً عن مضمون النسخة المزعوم أنها ترجمة مصاغة بالغة العربية للتقرير الأصلي والمعدة بواسطة رئيس اللجنة الطبية المذكورة والمقدمة ابتداءً من قبل هيئة الصحة بدبي والتي بني عليها وأسس الاتهام المسند للمتهم الأول، حيث تبين له أنه تلك النسخة قد تضمنت العديد من المغالطات عن طريق **الإضافة و الحذف و التأويل**، وذلك بالمخالفة للتقرير الأصلي المعد باللغة الإنجليزية.

حيث تعمد القائم بالترجمة تحريف الحقيقة للإيهام بوجود شبهة جنائية، بل تهمة ثابتة في حق المتهم الأول، فنسب إليه أفعالاً **لم ترد أصلاً** بالتقرير الأصلي! كما قام بحذف ثلاثة فقرات كاملة والتي تمثل خلاصة ما توصلت إليه اللجنة والتي جزمت بأن القرارات والأفعال التي اتخذها المتهم الأول مع المريض " المجني عليه " لم تسهم في حدوث الوفاة (على النحو المبين تفصيلا بالحقيقة الثالثة)!!

فضلاً عن قيامه بإضافة فقرة كاملة لا وجود لها أو حتى مجرد إشارة لمضمونها في التقرير المعد بمعرفة اللجنة والمصاغ باللغة الإنجليزية وتلك الإضافة هي:

" **لأن لو ثبت أن هذه القرارات قد أدت إلى الوفاة مباشرة فإن عندها قد يرقى الأمر إلى تعمد الإيذاء**"

كذلك يتضح من مطالعة ترجمة التقرير المعدة بمعرفة رئيس اللجنة تعمده تشويه الحقائق وتزويرها، وذلك بتأويل أقوال الفريق الطبي والتمريض تأويلاً غير صحيح مع علمه بحقيقة الأمر، وكذا حجبه لجميع محاضر التحقيق مع أعضاء الفريق الطبي المعالج الذين أجمعوا على نفي التهمة عن المتهم الأول نفياً تاماً، مما ينم عن سوء نيته للإيهام بأن في الواقعة شبهة جنائية.

وعليه، وبعد إرفاق التقرير الأصلي المعد باللغة الإنجليزية – مصحوباً بترجمة قانونية معدة أصولاً من أكثر من مترجم قانوني معتمد "كلها تطابقت في المضمون" – يتعين إهدار وطرح التقرير الذي اعتمدت عليه النيابة العامة في إسناد الاتهام للمتهم الأول وذلك لما سيثبت للمحكمة يقيناً من تزوير

Abu Dhabi	Dubai	RAK	Web site:	رام الخيمة	دبي	ابو ظبي
Tel:02-6277725	Tel:04-2955010	Tel: 07-2224374	www.dralmulla.com	هاتف: ٠٧-٢٢٢٤٣٧٤	٠٤-٢٩٥٥٠١٠	٠٢-٦٢٧٧٧٢٥
Fax:02-6277708	Fax:04-2950080	Fax: 07-2220218	Email ID:	فاكس: ٠٧-٢٢٢٠٢١٨	٠٤-٢٩٥٠٠٨٠	٠٢-٦٢٧٧٧٠٨
Box:34218	Box: 12871	Box: 5481	advocate@emirates.net.ae	ص.ب: ٥٤٨١	١٢٨٧١	٣٤٢١٨

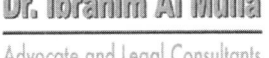 

اعتراه، مع الاحتفاظ بحق المتهم الأول في اتخاذ الإجراءات القانونية المناسبة في مواجهة مرتكب ذلك الفعل!

ويتعين التعويل على التقرير الأصلي المعد باللغة الإنجليزية والذي يتمسك المتهم الأول بالنتيجة التي انتهى إليها بمجملها لما بها من أسباب وأدلة براءته..

ثانيا :- ندفع بعدم توافر أركان الجريمة في حق المتهم الأول وآية ذلك :

١) انعدام الركن المادي:

أنه من المعلوم لعدالة المحكمة أن جريمة القتل من جرائم النتيجة، وتتمثل -وفق النموذج القانوني لها- في إزهاق روح إنسان حي، ويتطلب الركن المادي لهذا النوع من الجرائم ليس فقط وقوع فعل القتل من الجاني وإزهاق روح إنسان حي بل أيضاً توافر علاقة السببية بين فعل الاعتداء على الحياة ووفاة المجني عليه، أي أن تقوم بينهما رابطة السبب بالمسبب.

- فعلاقة السببية هي العنصر الأخير المكون للركن المادي في الجريمة وهي رابطة تقوم بين السلوك الإجرامي والنتيجة المادية في الجريمة، ومضمون هذه الرابطة أن السلوك الإجرامي هو السبب الذي أدى إلى حدوث النتيجة، وعلاقة السببية هي الركيزة التي يقوم عليها مبدأ هام من مبادئ حقوق الإنسان وهو "أن لا يسأل شخص إلا عن فعله الشخصي"، فاذا انتفت علاقة السببية بين السلوك الإجرامي والنتيجة فلا يسأل الشخص إلا عن سلوكه إذا كون في ذاته جريمة دون النتيجة التي لم يتسبب سلوكه فيها.

هذا وقد قضت محكمة النقض المصرية بأنه: **(إذا انعدمت رابطة السببية انعدمت الجريمة لعدم توافر أحد العناصر القانونية المكونة لها)**

" مجموعة الأحكام س٦ ، ق٢٦٣ ، ص٨٧١"

Abu Dhabi	Dubai	RAK	Web site:	رأس الخيمة	ليبي	أبو ظبي
Tel:02-6277725	Tel:04-2050010	Tel: 07-2224374	www.drabmulla.com	٧-٢٢٢٤٣٧٤: هاتف	٠١-٤٩٥٠٠١٠: هاتف	٠٢-٦٢٧٧٧٢٥: هاتف
Fax:02-6277708	Fax:04-2050050	Fax: 07 3220218	E-mail ID:	٧-٠٢٢٢٠٢١٨: فاكس	٠٤-٤٩٥٠٠٥٠: فاكس	٠٢-٦٢٧٧٧٠٨: فاكس
Box:34218	Box:12871	Box 5481	advocate@emirates-net.ae	ص.ب: ٥٤٨١	ص.ب: ١٢٨٧١	ص.ب: ٣٤٢١٨

** لما كان ذلك وكان الثابت من تقرير هيئة الصحة بدبي أن لجنة التحقيق قد خلصت بتقريرها إلى:

"إلا أنه من المنصف من الناحية العلمية والطبية القول بأن حزمة الأفعال المشار إليها لم تسهم بشكل أساسي في وفاة المريض وذلك لجملة الأسباب التالية .... الخ ،،،   وبذلك فإنه من الإنصاف القول أن بعضا من الأفعال التي قام بها الدكتور/ يوجين أديلسماير في يوم ٢٠٠٩/٢/١٩ الساعة ١٤,٤٠ كانت أفعال غير ملائمة من الناحية الطبية الإكلينيكية ولكنها لم تتسبب بشكل مباشر في إلحاق الأذى بالمريض"

** كما أن الثابت من تقرير اللجنة العليا للمسئولية الطبية أن اللجنة المذكورة قد انتهت في الخلاصة إلى الآتي:

"١- تأكدت اللجنة من عدم وجود أي أوامر أو تعليمات كتابية في الملف الطبي للمتوفى من قبل الدكتور يوجين بصفته رئيسا للقسم المعالج للمريض بعدم الإنعاش في حالة توقف القلب..... الخ

٢- لم يثبت يقينا للجنة بأن الدكتور/ يوجين قد أعطى تعليمات أو أوامر شفوية بعدم التدخل لإنعاش المريض في حالة توقف قلبه اعتمادا على الحالة الإكلينيكية لمثل هذه الحالات إذ تضاربت أقوال الأطباء وهيئة التمريض في هذا الشأن.

وعليه انتهى رأى اللجنة إلى أن الدكتور/ يوجين لم يثبت قيامه بما يستوجب المسائلة الطبية وليس هناك دليل يقيني على أنه قد خالف النظم واللوائح المحلية والقوانين الطبية المعمول بها محليا وعالميا".

وعليه.... فإذا كان التقرير الفني الصادر من هيئة الصحة بدبي قد جزم بما لا يدع مجالا للشك بأن حزمة القرارات المذكورة في البند الثالث والتي نسب للمتهم القيام بها من إنقاص نسبة الأوكسجين ، وإزالة جهاز المراقبة وإنقاص معدلات جهاز التنفس الصناعى على الرغم من عدم ملائمتها من الناحية الطبية إلا أنها لم تؤدي إلى وفاة المريض، وكذا ثبت بتقرير اللجنة العليا للمسئولية الطبية عدم وجود أي أوامر أو تعليمات كتابية في الملف الطبي للمريض من قبل المتهم الأول بعدم الإنعاش في حالة توقف القلب، كما لم يثبت يقينا للجنة بأن المتهم الأول أعطى أوامر بعدم التدخل

10

Abu Dhabi	Dubai	RAK	Website:	رأس الخيمة	دبي	أبو ظبي
Tel:02-6277725	Tel:04-2050010	Tel: 07-2224374	www.dralmulla.com	٠٧-٢٢٢٤٣٧٤ هاتف:	٠٤-٢٠٥٠٠١٠ هاتف:	٠٢-٦٢٧٧٧٢٥ هاتف:
Fax:02-6277708	Fax:04-2050080	Fax: 07-2220218	Email ID:	٠٧-٢٢٢٠٢١٨ فاكس:	٠٤-٢٠٥٠٠٨٠ فاكس:	٠٢-٦٢٧٧٧٠٨ فاكس:
Box:34216	Box:12871	Box: 5481	advocate@emirates.net.ae	ص.ب:٥٤٨١	ص.ب:١٢٨٧١	ص.ب:٣٤٢١٦

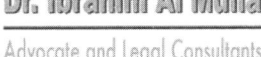

لإنعاش المريض في حالة توقف قلبه، ولم يثبت للجنة قيامه بما يستوجب المساءلة الطبية وبأنه ليس

هناك دليل يقيني على أنه قد خالف النظم واللوائح الطبية ....

فما هي الأفعال المؤثمة التي ارتكبها المتهم الأول؟ وما هي التهمة الموجهة للمتهم الأول؟

بل أن ما يؤكد على عدم ثبوت إصدار المتهم الأول لأوامر عدم الإنعاش هو ثبوت قيام الدكتور

ياسر المصري (الشاكي والشاهد) بإنعاش المريض "المجني عليه" حال تعرضه لتوقف القلب بتاريخ

١٩ / ٢ / ٢٠٠٩ وذلك **لعدم وجود أمر خطي بعدم الإنعاش!**

ألا يكفي هذا على ثبوت انعدام صحة الاتهام بقيام المتهم الأول بإصدار تلك الأوامر وذلك لعدم

صدورها بالشكل الصحيح المتعارف عليه والمنصوص عليه في السياسات واللوائح المعمول بها؟

وكيف تحول الشاكي في أقواله في محضر التبليغ إلى توجيه إصبع الاتهام إلى المتهم الاول وزعم

إصداره لتلك الأوامر على الرغم من انه هو بذاته قرر أنه قام بإنعاش المريض "المجني عليه" لآخر

مرة قبل وفاته بسبب عدم صدور أوامر عدم إنعاش يجب الاعتداد بها وتطبيقها!

- ذلك أمر .. والأمر الآخر هو أقوال **جميع الشهود** - والذي اتسع صدر المحكمة الموقرة لسماعهم -

ما عدا الشاهدين (الدكتور ياسر المصري والدكتور/ أشرف الحوفي) وقد جاءت أقوالهم جميعاً -في

تحقيق نهائي أجرته المحكمة الموقرة بمعيتها لكي يطمئن قلبها- في صالح المتهم الأول حيث أكدوا

جميعاً - وهو الأمر المتواتر والثابت بالأوراق - **أنه لم يصدر من المتهم الأول ثمة أوامر بعدم**

الإنعاش أو عدم تقديم الدعم اللازم للمريض "المجني عليه"..

الغريب في الأمر والمثير للدهشة في هذه الأقوال جميعها أنها **اجمعت على عدم صدور تعليمات أو**

أوامر بعدم الإنعاش عن المتهم الأول!

ولما سبق، فإن الدفاع يتمسك بانعدام السبب وبانقطاع رابطة السببية بين ما نسب كونه "سلوك

للمتهم الأول" و"وفاة المجني عليه" على النحو الوارد بالتقارير الطبية المودعة ملف الدعوى..

Abu Dhabi	**Dubai**	**RAK**	Website:	رأس الخيمة	دبي	أبو ظبي
Tel:02-6277725	Tel:04-2950010	Tel: 07-2224374	www.dralmulla.com	هاتف:٠٧-٢٢٢٤٣٧٤	هاتف:٠٤-٢٩٥٠٠١٠	هاتف:٠٢-٦٢٧٧٧٢٥
Fax:02-6277708	Fax:04-2950080	Fax: 07-2220218	Email ID:	فاكس:٠٧-٢٢٢٠٢١٨	فاكس:٠٤-٢٩٥٠٠٨٠	فاكس:٠٢-٦٢٧٧٧٠٨
Box:34218	Box:12871	Box: 5481	advocate@emirates.net.ae	ص.ب:٥٤٨١	ص.ب:١٢٨٧١	ص.ب:٣٤٢١٨

** مما ندفع معه بعدم توافر الركن المادي للجريمة في حق المتهم الأول عملاً بما هو مقرر في شروح الفقهاء من أنه "يترتب على اعتبار علاقة السببية ركناً أو عنصراً للجريمة واعتباره شرطاً للمسؤولية وما يرتبط بطبيعتها المادية من اعتبارها أحد أركان الركن المادي للجريمة بحيث لا يعد متوافراً ما لم يثبت وجود هذه العلاقة ".

٢) انعدام الركن المعنوي:

لما كانت جريمة القتل العمد والشروع فيه تتميز قانوناً عن غيرها من جرائم التعدي على النفس بعنصر خاص أو بنية خاصة هو أن يقصد الجاني من ارتكابه الفعل الجنائي إزهاق روح المجني عليه، وهذا العنصر ذو طابع خاص يختلف عن القصد الجنائي العام الذي يتطلبه القانون في سائر الجرائم، وهو بطبيعته أمر يبطنه الجاني ويضمره في نفسه، ومن ثم فإن الحكم يجب أن يعني بالتحدث عن هذا الركن استقلالا واستظهاره بإيراد الأدلة التي تكون المحكمة قد استخلصت منها أن الجاني حين ارتكب الفعل المادي المسند إليه كان في الواقع يقصد إزهاق روح المجني عليه.

" بذات المعنى الطعن رقم ١١٤٩٣ لسنة ٦١ ق جلسة ١٩٩٣/٣/٧ "

" نقض مصري جلسة ١٩٧٣/٣/٢٧ س٢٣ ، ق١٠٨"

لما كان ذلك وكانت أوراق الدعوى الماثلة قد خلت من ثمة دليل يقيني واحد على توافر القصد الجنائي الخاص باعتباره ركناً ركيناً وبياناً أساسياً وجوهرياً في الجريمة المسندة للمتهم، لاسيما وان أدلة الثبوت قد جاءت منهارة ومتنافرة مع العقل والمنطق فلم يثبت قيام المتهم الأول بإصدار أي أوامر شفوية أو تعليمات بعدم إنعاش المجني عليه كما أن التقرير الطبية المرفقة بالملف خلصت إلى أنه "لم يثبت قيامه بما يستوجب المساءلة الطبية وبأنه ليس هناك دليل يقيني على أنه قد خالف النظم واللوائح الطبية ".

Abu Dhabi
Tel:02-6277725
Fax:02-6277708
Box:34218

Dubai
Tel:04-2950010
Fax:04-2950080
Box:12871

RAK
Tel: 07-2224374
Fax: 07-2220218
Box: 5481

Web site:
www.dralmulla.com
Email ID:
advocate@emirates.net.ae

رأس الخيمة
هاتف:٢٢٢٤٣٧٤،٠٧
فاكس:٢٢٢٠٢١٨،٠٧
ص.ب:٥٤٨١

دبي
هاتف:٢٩٥٠٠١٠،٠٤
فاكس:٢٩٥٠٠٨٠،٠٤
ص.ب:١٢٨٧١

أبو ظبي
هاتف:٦٢٧٧٧٢٥،٠٢
فاكس:٦٢٧٧٧٠٨،٠٢
ص.ب:٣٤٢١٨

٣) عرف المشرع سبق الإصرار في المادة ١/٣٣٣ عقوبات بقوله "الإصرار السابق هو القصد المصمم عليه قبل الفعل لارتكاب جريمة ضد أي شخص وتدبير الوسائل اللازمة لتنفيذ الفعل تدبيرا دقيقا"، فسبق الإصرار هو التصميم على ارتكاب جريمة القتل قبل تنفيذها بوقت كاف يتاح فيه للفاعل التفكير الهادئ في الجريمة وتدبر عواقبها بما يسمح له باقترافها باطمئنان وروية، وعليه فان العبرة في توافر سبق الإصرار لا تكمن في التصميم على ارتكاب الجريمة ومضى فترة من الزمن بين عزم الجاني على ارتكابها وإقدامه فعلاً على تنفيذها، بل العبرة أو جوهر الإصرار السابق هو ما يقع خلال هذه الفترة الزمنية من تفكير وتدبير بحيث يكون الجاني قد فكر فيما عقد العزم عليه وهيأ نفسه لذلك بتجهيز وسائله وندبر عواقبه فيقدم على ارتكابه هادئ النفس مطمئن البال .

ومما هو معلوم أن سبق الإصرار هو حالة ذهنية تقوم في نفس الجاني ولذا فانه لا يمكن إثباته بشهادة الشهود، والسبيل الوحيد لإثباته - إذا لم يعترف به الجاني - هو المظاهر الخارجية والأفعال المادية التي صدرت من الجاني بل إن المظاهر الخارجية هي قرائن بسيطة قابلة لإثبات العكس.

وهدياً بما تقدم وبإنزاله على وقائع الاتهام الماثل سنجد أن الأوراق قد جاءت خالية من ثمة ما يمكن وصفه أو تسميته بأنه سبق إصرار أو تصميم على ارتكاب الفعل محل الاتهام الماثل، فقد ثبت عدم قيام المتهم الأول بإصدار أيه أوامر شفوية أو كتابية بعدم إنعاش المريض أو عدم تقديم الدعم اللازم له كما أن الأفعال التي قام بها في يوم ٢٠٠٩/٢/٩ الساعة **14,40** – وعلى الرغم من أنها كانت أفعالاً غير ملائمة من الناحية الطبية الإكلينيكية – إلا أنها لم تتسبب بشكل مباشر في إلحاق الأذى بالمريض وذلك للأسباب المبينة بتقرير اللجنة الطبية لهيئة الصحة بدبي وعلى النحو الموضح تفصيلاً به وبصدر هذه المذكرة ص٣، ٤،، وبذلك لا يمكن القول بوجود قصد جنائي لتحقيق نتيجة طالما لم يثبت ارتكاب الفعل الذي أدى إلى تلك النتيجة.

علما بأن الثابت بالأوراق أن المتهم الأول لم يكن متواجدا بالمستشفى حال تعرض قلب المجني عليه للتوقف وعدم تدخل الدكتور المناوب أو الممرض المختص لإنعاشه .. بل لم يكن موجوداً داخل دولة الإمارات العربية المتحدة لثبوت سفره بتاريخ ٢٠/ ٢/ ٢٠٠٩ وعودته بتاريخ ٢٢/ ٢/ ٢٠٠٩!

Abu Dhabi
Tel:02-6277725
Fax:02-6277708
Box:34218

Dubai
Tel:04-2950010
Fax:04-2950080
Box:12671

RAK
Tel: 07-2224374
Fax: 07-2220218
Box: 5481

Web site:
www.dralmulla.com
Email ID:
advocates@emirates.net.ae

رأس الخيمة
هاتف:٠٧.٢٢٢٤٣٧٤
فاكس:٠٧.٢٢٢٠٢١٨
ص.ب:٥٤٨١

دبي
هاتف:٠٤.٢٩٥٠٠١٠
فاكس:٠٤.٢٩٥٠٠٨٠
ص.ب:١٢٦٧١

أبو ظبي
هاتف:٠٢.٦٢٧٧٧٢٥
فاكس:٠٢.٦٢٧٧٧٠٨
ص.ب:٣٤٢١٨

** مما ندفع معه بعدم توافر الركن المعنوي للجريمة في حق المتهم الأول، وعدم انطباق القيد
والوصف كما أسردته النيابة العامة وذلك وفقاً لما سبق.

وهدياً بما تقدم جميعه يضحى الدفع المبدي من المتهم الأول بعدم توافر كافة أركان الجريمة في حقه
قد صادف صحيح الواقع والقانون.

ثالثا :- عدم معقولية حدوث الواقعة على النحو الذي ورد في أحوال النيابة العامة :

الدفاع بادئ ذي بدء يشير إلى الجهد الذي بذله السيد وكيل النيابة المحقق ـ فقد قلب الأمر على كل
وجوهه ـ وإن كان في بعض الأوقات غلب مصلحته كسلطة اتهام على مصلحة المتهم الأول ـ بأنه
أسرف في توجيه أسئلة إيحائية لبعض الشهود ـ كتلك التي لم يجب عليها الدكتور/ علي حيدر
النميري ـ وهو عضو لجنة المسؤولية الطبية/ الشاهد.

ولكن الدفاع يعرض لتصوير الواقعة على النحو الوارد بأوراقها:

المتوفى بعد إصابته بداية تم نقله إلى مستشفى راشد وتم إدخاله وحدة العناية المركزة الجراحية ـ
ووضعت له خطة العلاج وخضع للإشراف الطبي المميز من قبل كافة الأطباء والممرضين لفترة
تجاوز الأربعين يوماً، ثبت خلالها قيام المتهم بالاهتمام المباشر بحالة المريض "المجني عليه" شأنه
شأن بقية المرضى، حتى وافته المنية وانتقل إلى رحمة الله في ٢٠٠٩/٢/٢١.

وهنا تعقد المفاجأة لسان الدفاع..

اتهام بالقتل العمد ـ مع سبق الإصرار يوجه للطبيب "رئيس قسم العناية المركزة"

وهنا يطرح الدفاع تساؤله مرة أخرى: ما هي المصلحة التي تعود على المتهم الأول "الطبيب" من
إتيانه أفعالاً من شأنها المساس بحياة المريض هذا أو أي مريض آخر؟؟ وهو الطبيب الذي من تقاليد
مهنته على مر التاريخ أداء القسم بالمحافظة على حياة المرضى وصحتهم وعدم مخالفة التقاليد
والأعراف الطبية!

Abu Dhabi
Tel:02-6277725
Fax:02-6277708
Box:34218

Dubai
Tel:04-2950010
Fax:04-2950080
Box:12871

RAK
Tel: 07-2224374
Fax: 07-2220218
Box: 5481

Website:
www.alralmulla.com
Email ID:
advocate@emirates.net.ae

- فالمريض يتلقى علاجاً على نفقة الدولة الكريمة التي لا تدخر جهداً في علاج المقيمين بها كأبنائها المواطنين سواء بسواء ـ والمتهم الأول طبيب يصرف له أجره عن هذا العمل ويؤدي عمله ويعود إلى منزله للراحة .. فما القلق الذي ينتابنه كي تصل نفسه إلى هذه الدرجة من الرغبة في الإيذاء!!!

وهنا يثور التساؤل من الذي ملأ قلبه حقد فأعماه عن الحق، وبحث عن أدلة اتهام كاذبة؟؟؟ ويعتقد الدفاع أنه كان يجهز نفسه لمثل هذا الأمر والذي تولى إقامة أعمدته وانساقت وراءه النيابة العامة رغم ما طرح في الأوراق من أدلة تعكس عدم صحة هذه النظريات التي ساقها شاهدي الإثبات الشاكي الدكتور ياسر المصري والدكتور أشرف الحوفي.

يلتمس الدفاع من المحكمة الموقرة مراجعته في أقوال الدكتور/ علي حيدر محمد النميري وهو عضو لجنة المسؤولية الطبية "في شهادته أمام المحكمة" والذي نفى فيها ثبوت صدور أي أمر من المتهم الأول بعدم الإنعاش وإلى **أن أقوال الشاهدين ياسر المصرى ـ وأشرف الحوفي هي مجرد افتراضات** وأن جميع من قامت اللجنة بسؤالهم من المستشفى نفوا قيام المتهم الأول بأي أخطاء جرت الموت على المريض "المجني عليه"....!

كما أن جميع الاتهامات الخاصة بكون الإجراءات التي قام بها المتهم من نزع جهاز قياس نسبة تشبع الدم بالأوكسجين وتقليل نسبة الأوكسجين وزيادة جرعة المورفين إنما هدفه التسهيل لارتكاب جريمته والتضليل عليها، فإن دفاع المتهم يحيل بها إلى ما أورده كلا التقريرين الطبيين المعدين من قبل اللجنة الطبية التابعة لهيئة الصحة وكذا اللجنة العليا للمسؤولية الطبية، ويترفع عن التعليق على ما ورد بشهادة الشاهدين **ياسر المصرى ـ وأشرف الحوفي** لما بها من مغالطات لأنفسهم وإثبات لعدم أمانتهم الطبية!

قد يثور في ذهن المحكمة الموقرة تساؤل .. عن مسألة نزع الأجهزة الطبية وقد اعترف المتهم بأنه قام برفع بعض الأجهزة والتي صورتها النيابة العامة والدكتور/ ياسر المصري على أن هذا الأمر حدث خفية وأن المتهم الأول تسلل في جنح الليل وقام بنزع هذه الأجهزة!

ولا يعرف الدفاع من أين أتى الدكتور/ ياسر المصري بهذا القول وكيف سايرته النيابة العامة دون دليل؟!

Abu Dhabi	Dubai	RAK	Web site:	رأس الخيمة	دبي	أبو ظبي
Tel:02-6277725	Tel:04-2950010	Tel: 07-2224374	www.drालmulla.com	هاتف:٠٧-٢٢٢٤٣٧٤	هاتف:٠٤-٢٩٥٠٠١٠	هاتف:٠٢-٦٢٧٧٧٢٥
Fax:02-6277708	Fax:04-2060080	Fax: 07-2220218	Email ID:	فاكس:٠٧-٢٢٢٠٢١٨	فاكس:٠٤-٢٠٦٠٠٨٠	فاكس:٠٢-٦٢٧٧٧٠٨
Box:34218	Box:12871	Box: 5481	advocate@emirates.net.ae	ص.ب:٥٤٨١	ص.ب:١٢٨٧١	ص.ب:٣٤٢١٨

الواقع في الأمر :

أن هذه المسألة يتولى القول فيها أناس متخصصون وليس مجرد طبيب تخدير ـ هل المريض يحتاج إلى جهاز قياس نسبة الأوكسجين الآن أم لا؟ .. وهل يحتاج إلى جرعة أعلى من المورفين أم لا؟ ـ ومتى يفضل ذلك؟ ـ ومتى تقلل هذه الجرعة؟ وهل يستمر المريض في وحدة العناية المركزة؟ ومتى ينقل منها؟ وكم من الوقت يحتاجه المريض للبقاء في العناية المركزة؟ وهل ذلك إلى أجل غير مسمى؟ كل هذه الأسئلة لا شأن للشاكي الدكتور/ ياسر المصري بها ولا يصح أن يدلي بدلوه فيها على وكأن رأيه هو الرأي الفاصل والمعول عليه في إسناد الاتهام!!!

<u>رابعا :- كيديـــــة الاتـــهـــام وتلفيـــقه :</u>

يشير الدفاع في بيان شرح هذا الدفع إلى أن ما يثبت كيدية الاتهام والتبليغ من قبل الشاكي الدكتور/ ياسر المصري والشاهد الدكتور/ أشرف الحوفي، وهي التالي:

- ثبوت عدم قيام الشاكي بالتبليغ عن عدم صحة الإجراءات التي قام بها المتهم الاول من نزع أجهزة حيوية عن المريض "المجني عليه" ـكما زعم الأول- وتقليل نسبة الاوكسجين وزيادة نسبة المورفين حال قيام المتهم بالأمر بها بتاريخ ١٩/ ٢/ ٢٠٠٩ أي قبل ما يزيد على ال ٣٦ ساعة من وفاة المريض "المجني عليه"! ـ إن كانت تعد خطأً طبياً جسيماً ـ كما زعم!

- ثبوت عدم قيام أي من الفريق الطبي المعالج بوحدة العناية المركزة الجراحية بالتبليغ عن تلك الإجراءات المزعوم كونها تمثل جريمة ابتغى المتهم الأول من ورائها **قتل** المريض "المجني عليه"!

Abu Dhabi	Dubai	RAK	Website:	رأس الخيمة	دبي	أبو ظبي
Tel:02-6277725	Tel:04-2950010	Tel: 07-2224374	www.dralmulla.com	هاتف:٢٢٢٤٣٧٤.٠٧	هاتف:٢٩٥٠٠١٠.٠٤	هاتف:٦٢٧٧٧٢٥.٠٢
Fax:02-6277708	Fax:04-2950080	Fax: 07-2220218	Email ID:	فاكس:٢٢٢٠٢١٨.٠٧	فاكس:٢٩٥٠٠٨٠.٠٤	فاكس:٦٢٧٧٧٠٨.٠٢
Box:34218	Box:12871	Box: 5481	advocate@emirates.net.ae	ص.ب:٥٤٨١	ص.ب:١٢٨٧١	ص.ب:٣٤٢١٨

- ثبوت عدم قيام أي من الفريق الطبي المعالج بوحدة العناية المركزة الجراحية بتغيير أي من الأوامر والقرارات المزعم كونها تمثل جريمة — على الرغم من مرور ما يزيد على ال ٣٦ ساعة من وقت صدورها وحتى وفاة المريض "المجني عليه" — رحمه الله — على الرغم من مرور ٣ ورديات يومياً على جميع المرضى بالوحدة وفق المعمول فيها تتكون مما لا يقل عن ٥ أطباء يرأسهم طبيب يماثل ويوازي المتهم الأول في الخبرة والكفاءة والدرجة العلمية — وفق السياسة المطبقة في المستشفى - !

- ثبوت اختلاف **جميع ما شهد به** الشاهدين: الشاكي الدكتور/ ياسر المصري والدكتور/ أشرف الحوفي أمام النيابة العامة وأمام المحكمة الموقرة عما ورد **في التقرير الأصلي** المعد باللغة الإنجليزية والمقدمة ترجمته القانونية وعن الحقيقة وعن الأعراف الطبية المعمول بها والمستقرة!

- البلاغ الوحيد الثابت هو بلاغ الدكتور/ ياسر المصري — وهو طبيب تخدير وأحد أفراد الطاقم الطبي بوحدة العناية المركزة الجراحية التي تولت الإشراف على المريض "المجني عليه" منذ إصابته وحتى وفاته — والذي حمل على عاتقه بيان أمر وفاة المصاب رحمه الله، فإذا به يحرر تقريرا لم يتوافق حتى مع الشروط التي تتطلبها سياسة المستشفى، وإذا به يرفعه لإدارة المستشفى ويأتي بما ذكر وبما قاله في التحقيقات مدعيا أن ما قام به المتهم مخالف لسياسة المستشفى التي يعمل بها، معللاً شكواه ببغية الوصول إلى الجودة عند تلافي الخطأ! ماذا قال سيادته وهو شاهد الإثبات الأول — وماذا كال للمتهم الأول من اتهامات جاءت كلها أقوال مرسله —— وبنى كل أقواله على مسائل استنتاجيه — رغم أنه طبيب في مجال التخدير — إلا أنه أبدى وجهة نظره الطبية في مجال القلب — والتنفس — وجهاز الأوكسجين — والأدوية التي صرفت للمريض والجرعات المخصصة له وهل هي ملائمة لحالته أم لا .... وكأنه الطبيب المعالج له .. وفي هذا بهتان شديد .

- من مطالعة المحكمة الموقرة للمستند رقم ٦، يثبت لعدلها كيدية الاتهام الماثل وتلفيقه من الشاكي الدكتور/ ياسر المصري، حيث ورد على لسان أحد إداريي المستشفى أنه سمع الأول

17

Abu Dhabi	Dubai	RAK	Web site:	رأس الخيمة	دبي	أبو ظبي
Tel:02-6277725	Tel:04-2950010	Tel: 07-2224374	www.dralmulla.com			
Fax.02-0277708	Fax:04 2960080	Fax: 07-2220218	Email ID.			
Box:34218	Box:12871	Box: 5481	advocate@emirates.net.ae			

يقول له بأنه يكفيه أن يشوه سمعة المتهم الأول ويمنعه من العمل مرة أخرى في دولة الإمارات! كل ذلك على ما يحمله من حقد على المتهم الأول وهو أمر لا مبرر له سوى أنه نصب من نفسه شاهدا – لم ير شيئا – اعتمادا على مقالة ذكرها أنه حضر في اليوم السابق للوفاة وشاهد المريض المذكور وهو في أحدى النوبات القلبية فقام بإنعاش قلبه – فعادت له الحياة .

- ثم يأتي دور الطبيب أشرف الحوفي – والذي أوكل لنفسه مهمة ترجمة التقرير الصادر من هيئة الصحة بدبي **تبرعاً** – هذا الشاهد – وإن كان للمتهم الأول أمورا ذهب إليها صديقه – شاهد الإثبات الأول إلا أنه بالرغم من قيامه بالحذف والإضافة وعدم ترجمته للتقرير حرفيا طبقا لما خلص إليه باقي أعضاء اللجنة إلا أن تقريره قد حمل بين طياته براءة المتهم الأول – لم ينتبه إليها - حين أثبت أن حزمة القرارات التي صدرت من المتهم الأول لم ولا تؤدي بذاتها إلى الوفاة ..

<u>القول الفصل في إسدال الستار على هذه الدعوى:</u>

هو ما ثبت في التقرير الأصلي الصادر عن اللجنة الطبية بهيئة الصحة من دليل براءة المتهم الأول مما نسب إليه من أن:

"إلا أنه من المنصف من الناحية العلمية والطبية القول بأن حزمة الأفعال المشار إليها لم تسهم بشكل أساسي في وفاة المريض وذلك لجملة الأسباب التالية .... الخ ،،، وبذلك فإنه من الإنصاف القول أن بعضا من الأفعال التي قام بها الدكتور/ يوجين أديلسماير في يوم ٢٠٠٩/٢/١٩ الساعة 14,40 كانت أفعال غير ملائمة من الناحية الطبية الإكلينيكية ولكنها لم تتسبب بشكل مباشر في إلحاق الأذى بالمريض"

Abu Dhabi
Tel:02-6277725
Fax:02-6277708
Box:34218

Dubai
Tel:04-2950010
Fax:04-2950080
Box:12671

RAK
Tel: 07-2224374
Fax: 07-2220218
Box: 5481

Web site:
www.dralmulla.com
Email ID:
advocate@emirates.net.ae

وما ثبت في التقرير المعد من قبل اللجنة العليا للمسؤولية الطبية من دليل براءة المتهم الأول مما نسب إليه من أن:

"١- تأكدت اللجنة من عدم وجود أي أوامر أو تعليمات كتابية في الملف الطبي للمتوفى من قبل الدكتور يوجين بصفته رئيسا للقسم المعالج للمريض بعدم الإنعاش في حالة توقف القلب..... الخ

٢- لم يثبت لدى اللجنة بأن الدكتور/ يوجين قد أعطى تعليمات أو أوامر شفوية بعدم التدخل لإنعاش المريض في حالة توقف قلبه اعتمادا على الحالة الإكلينيكية لمثل هذه الحالات إذ تضاربت أقوال الأطباء وهيئة التمريض في هذا الشأن.

وعليه انتهى رأي اللجنة إلى أن الدكتور/ يوجين لم يثبت قيامه بما يستوجب المساءلة الطبية وليس هناك دليل يقيني على أنه قد خالف النظم واللوائح المحلية والقوانين الطبية المعمول بها محليا وعالميا".

إذاً ....

على ماذا يحاكم المتهم الأول..؟؟؟

نترك لعدالة المحكمة الموقرة الرد على هذا التساؤل بوصفها صاحبة الشأن

وأخيرا يختتم الدفاع بأنه يضع المتهم أمانة بين يدي المحكمة الموقرة وكله ثقة بأن دفاع المتهم سينال حظه الوافر من البحث والتمحيص وإرساء قواعد العدل من هذه المحكمة بما لها من خبرة وسعة أفق .. وفقكم الله وجعل الحق مدار حكمكم .

Abu Dhabi
Tel:02-6277725
Fax:02-6277708
Box:34218

Dubai
Tel:04-2950010
Fax:04-2950080
Box:12871

RAK
Tel: 07-2224374
Fax: 07-2220218
Box: 5481

Website:
www.dralmulla.com
Email ID:
advocate@emirates.net.ae

رأس الخيمة
هاتف:٠٧.٢٢٢٤٣٧٤
فاكس:٠٧.٢٢٢٠٢١٨
ص.ب:٥٤٨١

أبو ظبي
هاتف:٠٢.٦٢٧٧٧٢٥
فاكس:٠٢.٦٢٧٧٧٠٨
ص.ب:٣٤٢١٨

بنـــاء عليه

يلتمس المتهم الأول من عدالة المحكمة الموقرة الحكم ببراءته من الاتهام المنسوب إليه.

وتفضلوا بقبول وافر الشكر والاحترام ،،،

بالوكالة عن المتهم الأول

مكتب الدكتور/ إبراهيم حسن الملا

للمحاماة والاستشارات القانونية

Abu Dhabi
Tel:02-6277725
Fax:02-6277708
Box:34218

Dubai
Tel:04-2950010
Fax:04-2950080
Box:12871

RAK
Tel: 07-2224374
Fax: 07-2220218
Box: 5481

Web site:
www.drabmulla.com
Email ID:
advocate@emirates.net.ae

Advocate & Legal Consultants

Gericht Erster Instanz Dubai
Dritter Sprengel – Strafsachen

Verteidigungsschrift

**zur Klage Nummer 33746 des Jahres 2010 – Strafsache
für die Verhandlung vom 22.02.2012**

**eingebracht vom Erstangeklagten: Eugen Adelsmayr
vertreten durch: Dr. Ibrahim Hassan Al Mulla – Rechtsanwalt**

gegen

die Staatsanwaltschaft, als Anklagevertretung

Sachverhalt:

Am **21.02.2011** wurden der Angeklagte sowie ein weiterer Angeklagter von der Staatsanwaltschaft und auch an einem anderen Datum
von der Polizeidienststelle Al-Rifaa beschuldigt, das Opfer, Ghulam
Mohammad, welcher auf Grund einer Tetraplegie an der Intensivstation des Rashid-Krankenhauses in Behandlung war, vorsätzlich
getötet zu haben, und zwar in der Weise, dass der Erstangeklagte
als Leiter der Intensivstation angeordnet hat, das Opfer nicht zu
reanimieren und ihm auch die erforderliche Behandlung, nachdem
das Opfer einen Herzinfarkt erlitten hatte, vorzuenthalten. Es sei in
seiner Absicht gelegen, das Opfer dadurch zu töten, da seine Order
und Handlungen zwangsläufig und unweigerlich diese Folgen nach
sich ziehen mussten. Er bestand daraus, dieses Ziel unter allen Umständen zu verfolgen.

Die Staatsanwaltschaft verlangte die Bestrafung des Erstangeklagten laut §§ **121, 331,332/2** und **333/1** Bundestrafgesetzbuch
Nummer 3 d. J. 1978, dessen Novellen, sowie der §§ 9 und 30 des
Bundesgesetzes Nummer 10 d. J. 2008 bezüglich der ärztlichen Verantwortung.

Tatsachen:

Bevor sich die Verteidigung des Erstangeklagten mit den gesetzlichen Aspekten des zur Anklage gelangten Vorfalls befasst, darf sie jene stichhaltigen Fakten anführen, die wesentlich für die richtige Darlegung des Falles sind, und zwar sowohl im Hinblick auf die materielle Beweisführung der Anklage als auch in Bezug auf deren rechtlich korrekte Anwendung:

– Die gegen den Erstangeklagten erhobene Anklage lautet wie folgt:
(Mündlich Anordnungen gegeben zu haben, das Opfer nicht zu reanimieren und diesem, als es einen Herzinfarkt erlitt, nicht die notwendige Behandlung angedeihen lassen zu haben. Ferner soll der Erstangeklagte das Gerät für die Sauerstoffüberwachung im Blut entfernt, die Morphindosis erhöht und die dem Patienten – »dem Opfer« – zugeführte Sauerstoffmenge herabgesetzt haben.)

Erste Tatsache: Gemäß den Vorschriften der Behörde für Gesundheit und medizinische Dienstleistungen (Dubai Health Authority – DHA), die wie in den übrigen der Dubai Health Authority unterstellten Krankenhäusern, Kliniken und medizinischen Zentren auch im Rashid-Krankenhaus gelten, versteht man unter mündlichen Anordnungen normalerweise jene **Anordnungen, die der bei einem Notfall anwesende zuständige Arzt erteilt.** Daher müssen auch mündliche Anordnungen des zuständigen Arztes, der sich bei Eintreten des Notfalls zwar in der medizinischen Einrichtung befindet, aber diese Anordnungen zum gegebenen Zeitpunkt nicht schriftlich verfassen kann, nur in Notfällen befolgt werden. Die mündlichen Anordnungen müssen klar formuliert werden. Solche mündliche Anordnungen sind ferner nur von diplomierten Krankenschwestern oder Krankenpflegern aufzugreifen und durchzuführen. Schließlich müssen die involvierten Krankenschwestern bzw. Krankenpfleger diese mündlichen Anordnungen in jene Formulare eintragen, die für mündliche oder telefonische (sofern telefonisch erfolgt) Anordnungen vorgesehen sind, und dem anweisenden Arzt nochmals vorlesen, um sie auf ihre Richtigkeit hin zu prüfen. Davon ausgenommen sind jene Fälle, in denen es notwendig ist, sofort zu handeln. In solchen Fällen müssen die jeweiligen Krankenschwestern/-pfleger die Anordnungen sofort ausführen und anschließend die entsprechende Dokumentierung vervollständigen.

Der anweisende Arzt muss seine Anordnungen auf den Formularen für mündliche Anordnungen unterfertigen und nach Behebung des Notfalls auch in das Formular für ärztliche Anordnungen eintragen.

Als Notfälle sind jene Fälle anzusehen, die plötzlich eintreten und eine sofortige medizinische Behandlung erfordern. Die DHA definiert Notfälle wie folgt:

– Gefährliche Veränderungen der Vitalfunktionen und des Zustands eines Patienten, die eine rapide Verschlechterung nach sich ziehen, wenn nicht eine sofortige Behandlung erfolgt.

– Gefährliche Veränderungen im Verhalten des Patienten, die sich auf die Betreuung eines anderen Patienten oder auch andere Patienten bzw. auf die Angestellten auswirken könnten.

Zweite Tatsache: Der Bericht der Höchsten Kommission für ärztliche Verantwortungspflicht legt offen, dass die Kommission zu folgenden Ergebnissen gelangte:

1) Die Kommission konnte sich überzeugen, dass in den Patientenunterlagen des Verstorbenen keine Anweisungen oder schriftlichen Anordnungen von Dr. Eugen, als des Leiters der Station, an welcher der Patient behandelt wurde, existieren, den Patienten im Falle eines Herzstillstandes nicht zu reanimieren; wobei solcherart Anweisungen oder Anordnungen von ihm selbst (als jener obersten Instanz, die solche Anordnungen zu verantworten hat) oder von einem seiner Assistenten aus dem Ärzteteam, der mit ihm zusammenarbeitet, in den Patientenunterlagen festgehalten werden müssen. Dies ist das übliche Vorgehen in solchen Fällen.

2) Die Kommission verfügt über keine einwandfreien Beweise, dass Dr. Eugen mündliche Anweisungen oder Anordnungen erteilte, nicht einzugreifen, um den Patienten, entsprechend abhängig vom klinischen Zustand, im Falle eines Herzstillstandes zu reanimieren, denn die Aussagen der Ärzte und des Pflegepersonals sind hinsichtlich dieser Angelegenheit widersprüchlich.

3) Die elektronische Datei des Pflegepersonals weist lediglich

eine Notiz der Krankenschwester Hailey Alexander, datiert vom **12.09.2009**, auf, die auf mündliche Anordnungen von Dr. Eugen hindeuten, im Falle eines Herzstillstandes nicht zu reanimieren (allerdings stellte die Krankenschwester dies späterhin in einem Schreiben an die Kommission in Abrede stellte).

4) Zwischen dem **12.02.2009** und dem **19.02.2009** erlitt der Patient mehrmals einen Herzstillstand. Er wurde jedes Mal reanimiert, da die Ärzte eben nicht von einer Anweisung ausgingen, »den Patienten nicht zu reanimieren«. Das vorletzte Mal, dass der Patient einen Herzstillstand erlitt, war am **19.02.2009**, und Dr. Yasser Masri bestand darauf, den Patienten zu reanimieren, da es keine diesbezüglichen oder diese Sache betreffenden dokumentierten schriftlichen Anweisungen von Dr. Eugen, dem Leiter der Station, gab.

5) Dasselbe geschah am **21.02.2009**, um 03.30 Uhr, unter Dr. Mohammad Obeid-Allah Khan. Wieder erlitt der Patient einen Herzstillstand. Das Pflegepersonal rief Dr. Khan, aber dieser reanimierte den Patienten nicht.

6) Die Kommission ist der Ansicht, dass Dr. Mohammad Obeid-Allah Khan hier fahrlässig handelte, da er die national und international geltenden medizinischen Regeln und Vorschriften, die in solchen Fällen befolgt werden müssen, missachtete und die notwendige Reanimation des Patienten, als dieser am **21.02.2009** einen Herzstillstand erlitt, unterließ, und zwar unter Berufung auf nicht dokumentierte Aussagen von Dr. Eugen.

Die Kommission kam daher zum Schluss, dass nicht bewiesen werden kann, dass Dr. Eugen eine Handlung gesetzt habe, die einer medizinischen Rechtfertigung bedürfte, dass es auch nicht einwandfrei bewiesen ist, dass Dr. Eugen die national geltenden Regeln und Vorschriften oder die national und international befolgten medizinischen Gesetze missachtet hätte.

<u>**Dritte Tatsache:**</u> Aus dem korrekt übersetzten Bericht der DHA, »beglaubigt durch mehr als einen beim Justizministerium eingetra-

genen beeideten Übersetzer«, geht hervor, dass die Untersuchungskommission zu folgendem Schluss gekommen ist:

... aus wissenschaftlicher und medizinischer Sicht muss man gerechterweise sagen, dass das erwähnte Maßnahmenbündel grundsätzlich nicht zum Tod des Patienten beigetragen hat, und zwar aus folgenden Gründen:

1) Obwohl keine Überwachung des Sauerstoffs erfolgte, wies der Patient keine klinischen Anzeichen eines starken Sauerstoffmangels (wie z. B. erhöhte Herzfrequenz, Schweißausbruch, bläuliche Verfärbung, Atemnot) auf. Auch wenn die Gabe einer höheren Morphindosis diese Symptome teilweise verschleiern kann, ist es auszuschließen, dass der Patient bei 36 Stunden ohne Sauerstoff keine Anzeichen eines Sauerstoffmangels zeigt. Dies zeigen die Diagramme des Pflegepersonals, die in der Patientenakte enthalten sind.

2) Die Erhöhung der Morphindosis und die Leistungsherabsetzung des Respirators sind für den Patienten schädlich, da sich in ihrer Folge die Atemfrequenz verringert. Laut den Anmerkungen, die vom Pflegepersonal, das den Patienten beobachten sollte, festgehalten wurden, war der Patient bis zum Schluss an das Gerät zur Beobachtung des Kohlendioxids angeschlossen, und die Werte lagen im Normbereich (d. h., dass es infolge der Erhöhung der Morphindosis und der Leistungsherabsetzung des Respirators zu keiner Atemnot kam, denn der Patient wies zum Todeszeitpunkt keine Anzeichen eines Sauerstoffmangels oder Kohlendioxidüberschusses auf). Daraus folgt schließlich, dass die Herabsetzung der Menge des Sauerstoffs oder die Erhöhung der Morphingabe oder die Leistungsherabsetzung des Respirators dem Patienten nicht unmittelbar einen Schaden zufügten.

3) Die Entfernung von Venen- und Arterienkatheter bei einem Patienten, dessen Kreislauf stabil ist und der weder blutdruckunterstützende Medikamente noch eine Kontrolle des Blutdrucks, noch eine wiederholte Untersuchung der Blutgase benötigt, ist eine ausgesprochene Routinemaßnahme und kann nicht die Todesursache des Patienten sein.

Daher muss gerechtigkeitshalber festgestellt werden, dass einige Handlungen, die Dr. Eugen Adelsmayr am 19.02.2009, um 14.40 Uhr, gesetzt hat, vom klinisch-medizinischen Standpunkt nicht angemessen waren, aber dem Patienten nicht direkt geschadet haben.

Vierte Tatsache: In den Dokumenten steht fest, dass der Patient – das spätere Opfer –, als er am **14.01.2009** auf die Intensivstation des Rashid-Krankenhauses gebracht wurde, eine Fraktur der Halswirbel 5,6,7 aufwies und infolgedessen an Tetraplegie litt. Während der Computertomographie erlitt der Patient einen Atemstillstand und verlor das Bewusstsein. Man reanimierte und intubierte ihn, schloss ihn an den Respirator an und entschied, ihn auf der chirurgischen Intensivstation aufzunehmen. Auf der Intensivstation wurde beim Patienten wieder ein Rückgang der Herzfrequenz festgestellt, und es kam zu einem Stillstand des Herzmuskels. Eine Herz-Lungen-Wiederbelebung wurde durchgeführt, die Herzfrequenz konnte normalisiert und der Zustand des Patienten stabilisiert werden. Der Zustand des Patienten normalisierte und stabilisierte sich also auf der Intensivstation. Hier drängt sich der Verteidigung, im Sinne des Erstangeklagten, die Frage auf: Welches Motiv soll den Angeklagten dazu bewegt haben, in einer Weise zu handeln, die dem Patienten schaden und sein Leben gefährden könnte?? Der Patient erhält auf Kosten des Staates eine Therapie, der Arzt bekommt für seine Arbeit ein Gehalt, gleichgültig ob es diesen Patienten nun gibt oder nicht. In beiden Fällen wird der Arzt seinen Dienst im Krankenhaus verrichten. Es ist also unlogisch und nicht nachvollziehbar, dass der Arzt sich dazu versteigen würde, diesem oder auch einem anderen Patienten an der Intensivstation etwas zuleide zu tun! Noch dazu, wie ist es vorstellbar, dass ein Arzt, der schon so lange im Land lebt und arbeitet und sich niemals auch nur im Entferntesten eines solchen oder ähnlichen Vergehens schuldig gemacht hat, aus einem plötzlichen Antrieb heraus eine solche Tat begehen würde? Vielmehr ist dieser Arzt doch einer der Gründer der chirurgischen Intensivstation im Rashid-Krankenhaus : Statistisch gesehen sank die Todesrate auf das niedrigste Niveau, als Dr. Eugen an der Intensivstation tätig war und deren Leitung innehatte.

Aus den angeführten Gründen lässt sich sagen, dass der Angeklagte kein Motiv hatte, diesen Patienten, das Opfer, oder einen anderen Patienten zu töten.

Normalerweise gibt es ein Motiv, auch wenn dies nicht Bestandteil oder ein Strukturmerkmal des Verbrechens ist. Wenn also ein niederträchtiges Motiv fehlt, muss dies als Beweis zu Gunsten des Angeklagten bzw. für die Nichtigkeit der Anklage gelten, und zwar im Sinne des Prinzips, »der ursprünglichen Unschuld des Menschen«, das seine Rechtsgrundlage in der Sunna [Lebensweise] des Propheten hat: »Bei der Amnestie zu irren ist für den Imam besser, als bei der Bestrafung zu irren.«

Ein Verbrechen ist Ausfluss des vernunftgemäßen menschlichen Verhaltens, und jede vernunftmäßige Handlung verlangt nach einem vernunftmäßigen Antrieb. Daher stellt sich hier die Frage: Was sollte den Angeklagten als Leiter einer Intensivstation dazu bewegen, sich in eine Mordhandlung zu verstricken?

Reicht hier der bloße Wunsch aus, einen der unzähligen Patienten loszuwerden, dass er trotz seiner herausgehobenen Position eine solche Straftat begeht?

Es ist unbestreitbar, dass es zumindest sehr zweifelhaft ist, dass der Angeklagte ohne einen rationalen Beweggrund und ohne ein Motiv eine solche Straftat begangen haben sollte …

Zweifel, die für den Angeklagten und nicht gegen ihn sprechen müssten, in Anlehnung an den Grundsatz: »Im Zweifel für den Angeklagten.«

Die Verteidigung

Erstens: Besteht darauf, den Bericht des Leiters der von der DHA eingesetzten medizinischen Kommission nicht als Grundlage zu nehmen, da es sich dabei sehr wahrscheinlich um eine Übersetzung des ursprünglichen in englischer Sprache verfassten Berichts handelt, und beantragt stattdessen, auf den echten und ursprünglichen Bericht zurückzugreifen, dessen beglaubigte Übersetzung vorgelegt wurde:

Denn der einzige Beweis, den die Staatsanwaltschaft gegen den Erstangeklagten vorbringt, stützt sich auf die Übersetzung eines Berichtes, welcher von der durch die DHA eingesetzten, mit der Untersuchung des Vorfalls, dem Gegenstand der Anklage, beauftragten medizinischen Kommission verfasst wurde, wobei diese Übersetzung weder – wie vom Gesetz vorgeschrieben – eine beglaubigte Übersetzung war noch auch der in der Fremdsprache verfasste Originalbericht der Übersetzung beigefügt war!

Nachdem der Erstangeklagte in den englischsprachigen Originalbericht, der auf Ersuchen des Ehrwürdigen Gerichts (dem diesbezüglichen Antrag des Angeklagten stattgebend) von der DHA vorgelegt wurde, und in die der Akte beigelegten Version des Berichtes nun Einsicht genommen und beide Fassungen miteinander verglichen hat, registrierte er überraschenderweise wesentliche inhaltliche Unterschiede zwischen dem Originalbericht und der Übersetzung, die angeblich eine genaue arabische Wiedergabe des Originalberichts sein sollte. Urheber der Übersetzung ist der Leiter der erwähnten medizinischen Kommission, der sie auch anfänglich der DHA vorlegte. Sie dient als Fundament der Anklage gegen den Erstangeklagten. Als der Erstangeklagte den Originalbericht durchsah und mit der Übersetzung verglich, entdeckte er, dass die Übersetzung viele Fehler enthielt (**Ergänzungen, Streichungen und Interpretationen**), und sich dadurch vom englischen Originalbericht grundlegend unterschied.

Der Übersetzer hat die Wahrheit absichtlich verändert, um eine Straftat und einen Grund für die Anklageerhebung gegen den Erstangeklagten vorzutäuschen. So hat der Übersetzer dem Erstangeklagten Handlungen untergeschoben, die im Originalbericht gar nicht vorkommen! Weiterhin hat er drei ganze Absätze gestrichen, wobei genau in diesen drei Absätzen die Schlussfolgerungen der Kommission angeführt werden, welche befindet, dass die Entscheidungen, die der Erstangeklagte in Bezug auf den Patienten – das spätere Opfer – getroffen, bzw. die Handlungen, die er in diesem Zusammenhang gesetzt hat, nicht zum Tode des Patienten beigetragen haben (wie in dem Absatz »dritte Tatsache« detailliert ausgeführt!!).

Ferner hat der Übersetzer einen gesamten Absatz hinzugefügt, der im mit Wissen der Kommission in englischer Sprache verfassten Originalbericht weder als Absatz insgesamt noch auch nur als inhaltlicher Hinweis existiert. Diese Ergänzung lautet wie folgt:

»Wenn es sich nämlich herausstellt, dass diese Entscheidungen zum direkten Tod geführt haben, dann liegt in der Sache die Absicht vor, zu schaden.«

Auch lässt sich bei Durchsicht der mit Wissen des Kommissionsleiters verfassten Übersetzung erkennen, dass Fakten absichtlich verzerrt bzw. verfälscht werden, und zwar indem der Übersetzer Aussagen des Ärzteteams und des Pflegepersonals nicht richtig wiedergab, obwohl er die richtigen Aussagen kannte. Ferner unterdrückte der Übersetzer sämtliche Aussageprotokolle der Mitglieder des behandelnden Ärzteteams, die alle ausnahmslos erklärten, dass die dem Erstangeklagten zur Last gelegten Anklagepunkte nicht der Wahrheit entsprechen. Dies lässt auf eine böse Absicht des Übersetzers schließen, hier den Sachverhalt so darzustellen, als liege der begründete Verdacht auf ein Verbrechen vor.

Diesen Ausführungen entsprechend und nachdem der Originalbericht in englischer Sprache zusammen mit einer beglaubigten Übersetzung beigefügt worden ist, die im Original von mehreren beeideten Übersetzern erstellt wurde, wobei all diese angefertigten Übersetzungen »inhaltlich vollständig übereinstimmen«, ist jener Bericht, auf den sich die Anklage gegen den Erstangeklagten stützt, für nichtig zu erklären, da dem Gericht stichhaltig bewiesen wird, dass er verfälscht ist. Im Rahmen dessen behält sich der Erstangeklagte das Recht vor, entsprechende rechtliche Schritte gegen den Verursacher dieser Tat zu setzen!

Schließlich muss auch der Originalbericht, der in englischer Sprache verfasst ist und dessen Inhalt den Erstangeklagten auf Grund der darin enthaltenen Beweise seiner Unschuld bestätigt, herangezogen werden.

Zweitens: Wir bringen vor, dass die Straftat, die dem Erstangeklagten angelastet wird, eines notwendigen Tatbestands entbehrt:

1) Fehlen eines objektiven Tatbestandes: Dem Ehrenwerten Gericht ist bekannt, dass man unter Mord eine Straftat als Resultat eines kriminellen Vorgehens versteht. Gemäß juristischer Definition liegt eine solche Straftat dann vor, wenn das Leben eines Menschen ausgelöscht wird. Eine Voraussetzung dafür ist jedoch, dass der Täter den Mord nicht nur physisch begeht, d. h. dass er einen anderen lebenden Menschen tötet, sondern dass außerdem auch ein kausaler Zusammenhang zwischen dem Übergriff auf Leib und Leben des

Opfers und seinem Tod besteht; d. h. dass es ein Zusammenwirken von Ursache und Verursacher gibt.

- Der kausale Zusammenhang ist der letzte Faktor in der Entfaltung einer Straftat, ebenso wie er das Bindeglied zwischen dem kriminellen Akt und seinem physischen Resultat darstellt. Diesem Prinzip der Kausalität gemäß führt demnach eine kriminelle Handlung zum Resultat in Form einer Straftat. Der kausale Zusammenhang ist jedoch auch ein Grundprinzip der Menschenrechte, nämlich insofern als »ein Mensch nur für sein persönliches Handeln verantwortlich gemacht werden kann«. Fehlt dieser kausale Zusammenhang zwischen krimineller Handlung und Resultat, so ist eine Person nur für eine Handlung, die zu einer Straftat führte, zur Verantwortung zu ziehen.

In diesem Zusammenhang sei auf das Urteil des ägyptischen Berufungsgerichts hingewiesen, welches lautete, dass **das Fehlen eines kausalen Zusammenhanges demnach auch das Fehlen einer Straftat bedingt, da damit ein rechtliches Element für die Existenz einer Straftat fehlt.**

»Sammlung der Urteile s [arab. Buchstabe sin] 6, q [arab. Buchstabe qaf] 263, ş [arab. Buchstabe sad] 871«

** Auf Grund dieser Ausführungen und da im Bericht der DHA festgestellt wurde, dass die Untersuchungskommission in ihrem Bericht zu folgendem Schluss gekommen ist:

Vom wissenschaftlichen und medizinischen Standpunkt ist gerechterweise zu sagen, dass das erwähnte Maßnahmenbündel grundsätzlich nicht zum Tod des Patienten beigetragen hat, und zwar aus folgenden Gründen … usw. … Daher muss gerechtigkeitshalber festgestellt werden, dass einige Handlungen, die Dr. Eugen Adelsmayr am 19.02.2009, um 14.40 Uhr, gesetzt hat, vom klinisch-medizinischen Standpunkt nicht angemessen waren, aber dem Patienten nicht direkt geschadet haben.«

** Nachdem im Bericht der Höchsten Kommission für ärztliche Verantwortungspflicht festgestellt wurde, dass besagte Kommission zu folgender Schlussfolgerung gelangt ist:

»1. Die Kommission konnte sich überzeugen, dass in den Patientenunterlagen des Verstorbenen keine Anweisungen oder schriftlichen Anordnungen von Dr. Eugen, als des Leiters der Station, an welcher der Patient behandelt wurde, existieren, den

Patienten im Falle eines Herzstillstandes nicht zu reanimieren
… usw.

2. Es liegen der Kommission keine einwandfreien Beweise vor, dass Dr. Eugen Anordnungen oder mündliche Anweisungen gegeben habe, wie es in ähnlichen Fällen bei einem solchen klinischen Zustand üblich ist, bei Herzstillstand den Patienten nicht zu reanimieren, da die Aussagen von Ärzten und Pflegepersonal in dieser Sache widersprüchlich sind.

Dadurch kam die Kommission zum Schluss, dass nicht bewiesen werden kann, dass Dr. Eugen etwas unternommen habe, was medizinisch nicht gerechtfertigt ist, und dass es keinen einwandfreien Beweis gibt, dass Dr. Eugen gegen die national geltenden Regeln und Vorschriften oder gegen die national und international befolgten medizinischen Gesetze verstoßen habe.«

Auf Grund dieser Ausführungen und, wenn der technische, von der DHA verfasste Bericht zweifelsfrei befindet, dass die dem Angeklagten unter Punkt drei zugeordneten Entscheidungen, wie die Herabsetzung der Sauerstoffmenge, die Entfernung des Kontrollgerätes, die Leistungsherabsetzung des Respirators, obwohl sie aus medizinischer Sicht nicht angemessen erscheinen mögen, nicht zum Tod des Patienten geführt haben; ferner ist in dem Bericht der Höchsten Kommission für ärztliche Verantwortungspflicht festgestellt worden, dass in den medizinischen Unterlagen des Patienten keine vom Erstangeklagten gegebenen schriftlichen Anordnungen oder Anweisungen aufscheinen, den Patienten im Falle eines Herzstillstandes nicht zu reanimieren. Ferner konnte nicht einwandfrei bewiesen werden, dass Dr. Eugen mündliche Anweisungen oder Anordnungen gegeben hat, nicht einzugreifen, um den Patienten im Falle eines Herzstillstandes zu reanimieren. Auch sah es die Kommission nicht als bewiesen an, dass Dr. Eugen etwas unternommen habe, was medizinisch nicht gerechtfertigt ist, und befand, dass es keinen einwandfreien Beweis gibt, dass Dr. Eugen gegen medizinische Regeln und Vorschriften verstoßen hat …

Welche strafbaren Handlungen werden
dem Erstangeklagten also zur Last gelegt?

Und wie lautet die gegen den Erstangeklagten
erhobene Anklage?

Dass nicht bestätigt wurde, dass der Erstangeklagte die Anordnung gegeben hat, keine Reanimation durchzuführen, wird auch durch die festgestellte Tatsache untermauert, dass Dr. Yaser Masri (Kläger und Zeuge) den Patienten – »das Opfer« – sehr wohl reanimierte, als dieser am 19.02.2009 einen Herzstillstand erlitt, eben weil es **keine schriftliche Anordnung gab, den Patienten nicht zu reanimieren.**

Reicht dies nicht, um nachweislich festzustellen, dass die gegen den Erstangeklagten erhobene Anklage, er habe diese Anordnungen gegeben, nicht richtig ist, so sei noch darauf hingewiesen, dass diese angeblichen Anordnungen obendrein auch nicht in der herkömmlich anerkannten Art und Weise und gemäß den angewandten Praktiken und Vorschriften erfolgten.

Wie kann der Kläger in der Aussage zu seiner Anzeige den Erstangeklagten beschuldigen und behaupten, dieser hätte solche Anordnungen gegeben, obwohl er doch selbst erklärt hat, dass er es war, der den Patienten – »das Opfer« – das letzte Mal vor seinem Tode reanimiert hatte, weil es eben keine Anordnungen zur Nicht-Reanimation des Patienten gab, die es zu befolgen und umzusetzen galt!

Dies ist eine Sache; eine andere Sache sind jedoch die Aussagen **aller Zeugen,** die das Ehrenwerte Gericht angehört hat; mit Ausnahme von nur zwei Zeugen (Dr. Yaser Masri und Dr. Ashraf Al Hofi). All diese Aussagen, die das Ehrenwerte Gericht zur Sicherheit im Rahmen abschließender Ermittlungen noch anhörte, fallen zu Gunsten des Erstangeklagten aus, da alle aussagenden Zeugen – wie in den Unterlagen schriftlich festgehalten – bestätigen, **dass vom Erstangeklagten keinerlei Anordnungen ausgegeben worden sind, keine Reanimation durchzuführen oder beim Patienten – »dem Opfer« – notwendige Hilfeleistungen zu unterlassen.**

Merkwürdig und auch erstaunlich in dieser Sache ist, dass alle Aussagen <u>darin übereinstimmen, dass der Erstangeklagte keinerlei Anweisungen oder Anordnungen gegeben hat, eine Reanimation nicht durchzuführen.</u>

Auf Grund der vorangehenden Ausführungen darf die Verteidigung noch einmal ausdrücklich hervorheben, dass keinerlei Kausalität gegeben ist und kein kausaler Zusammenhang zwischen einer erkennbaren »Handlung des Erstangeklagten« und »dem Tod des

Opfers« – wie in den in der Prozessakte vorliegenden ärztlichen Befunden angegeben – besteht.

** Ferner erklären wir in diesem Zusammenhang, dass der erforderliche Tatbestand in der Straftat, die dem Erstangeklagten zur Last gelegt wird, nicht erfüllt ist, und zwar in Übereinstimmung mit den Erläuterungen der Rechtsgelehrten, die besagen: »Der kausale Zusammenhang gilt als Element bzw. Säule einer Straftat sowie als Voraussetzung von deren Strafbarkeit. Wenn somit diese Kausalität nicht vorhanden und bewiesen ist, gilt dieser Tatbestand als nicht erfüllt.«

2) Fehlen eines subjektiv-moralischen Tatbestandes:

Vorsätzlicher Mord und dessen Durchführung unterscheidet sich rechtlich von anderen Straftaten gegen Leib und Leben; und zwar durch ein besonderes Element oder eine besondere Struktur, die bedingt, dass der Täter beim Begehen der Straftat den Vorsatz hat, das Opfer zu töten. Durch diese besondere Form des Vorsatzes unterscheidet sich diese Straftat von dem vom Gesetz bei anderen Delikten vorgeschriebenen allgemeinen kriminellen Vorsatz der Tatbegehung. Es liegt dabei in der Natur des Vorsatzes dieser Straftat, dass der Täter seine Absicht verbirgt und allein mit seinem Gewissen zu vereinbaren sucht. Daher ist dieser Aspekt bei einer etwaigen Verurteilung gesondert zu betrachten, und es wäre somit auf Grund der dem Gericht vorliegenden Beweise aufzuzeigen, dass das Gericht durch die Beweislage tatsächlich den Schluss ziehen kann, dass der Täter den ihm zur Last gelegten Tatbestand begangen und tatsächlich vorsätzlich den Tod des Opfers herbeigeführt habe.

»In diesem Sinne, siehe Berufung Nummer 11493, Liste 61 q [arab. Buchstabe qaf], Verhandlung vom 07.03.1993.«

Ägyptisches Berufungsgericht, Verhandlung vom 27.03.1973, s [arab. Buchstabe sin] q [arab. Buchstabe qaf] 108«

Deshalb und weil die erhobene Anklageschrift keinen einzigen absoluten Beweis für das Vorhandensein dieser besonderen kriminellen Absicht enthält, die ein fundamentaler Bestandteil und ein wesentliches und zentrales Element der gegen den Erstangeklagten erhobenen Anklage sein müsste;

und da ferner die vorgelegten belastenden Beweise schwach sind und jeglicher Logik und Ratio entbehren, da nicht nachgewiesen werden konnte, dass der Erstangeklagte mündliche Anordnungen oder Anweisungen gegeben hat, das Opfer nicht zu reanimieren; auch die medizinischen Berichte, die der Prozessakte beiliegen, kamen zu dem Schluss, dass »es nicht bewiesen ist, dass der Erstangeklagte eine Tat begangen hat, die medizinische Rechenschaft erfordert, und dass es keinen einwandfreien Beweis gibt, dass er gegen medizinische Regeln und Vorschriften verstoßen hat.«

3) Der Gesetzgeber definiert den Begriff der vorsätzlichen Tatbegehung in Artikel **333/1** StGB folgendermaßen: »Eine vorsätzliche Tatbegehung beinhaltet das Vorhandensein eines Vorsatzes und die Absicht, eine Straftat gegen Leib und Leben zu begehen, und zwar vor der Begehung der Tat; sowie ein sorgfältiges Planen der Tat und das Ergreifen der für die Umsetzung der Tat notwendigen Vorbereitungsmaßnahmen.« Eine vorsätzliche Tatbegehung liegt demnach dann vor, wenn der Täter, bereits eine geraume Weile vor der Tatbegehung – eine Zeit lang in Ruhe über die Straftat nachdenkt, sie plant und mögliche Folgen bedenkt –, den Vorsatz hat, die Straftat des Mordes zu begehen. Wesentlich und grundlegend für eine vorsätzliche Tatbegehung ist also nicht nur, dass die Tat geplant wird und eine gewisse Zeit zwischen dem Entschluss des Täters zur Tatbegehung und der Umsetzung der Tat selbst verstreicht, sondern auch das, was während dieser Phase geschieht, nämlich das bewusste Nachdenken über und das Planen für die Tat, sodass der Täter schließlich, vorbereitet und mögliche Konsequenzen berücksichtigend, ruhig und überlegt zur Tat schreiten kann.

Bekanntlich reift der Vorsatz, eine Tat zu begehen, gedanklich im Täter, weshalb er auch durch Zeugenaussagen nicht beweisbar ist. Ein Vorsatz kann nur dann bewiesen werden – außer der Täter gesteht einen solchen –, wenn äußere Auffälligkeiten oder physische Handlungen des Täters zutage treten, wobei solch äußere Auffälligkeiten eher als schwache Beweise zu werten sind, denn sie könnten auch als Beweis für das Gegenteil dienen.

Auf Grund der vorangehenden Ausführungen ist im Hinblick auf die gegenständliche Anklage festzustellen, dass in den Prozessunterlagen kein Hinweis zu finden ist, der auch nur im Entferntesten als Vorsatz des Täters für die Begehung der in der zur gegenständlichen Anklage erhobenen Tat gelten oder interpretiert werden

kann. Im Gegenteil, bewiesen wurde vielmehr, dass der Erstangeklagte keinerlei mündliche oder schriftliche Anordnungen gegeben
hat, den Patienten nicht zu reanimieren oder ihm notwendige Hilfeleistung zu versagen. Die Handlungen, die der Erstangeklagte am
09.02.2009, um **14.40 Uhr**, gesetzt hat, trugen – auch wenn es
dabei vom klinischen Standpunkt um nicht angemessene Handlungen gehen mag – nicht direkt dazu bei, dem Patienten Schaden
zuzufügen. Dies geht aus den im Bericht der von der DHA eingesetzten medizinischen Kommission detailliert angeführten Gründen hervor, ebenso wie aus den Ausführungen auf den Seiten 2 und
3 dieser Verteidigungsschrift. Es kann also nicht behauptet werden,
dass ein krimineller Vorsatz zur Erreichung eines bestimmten Zieles
vorliegt, solange nicht bewiesen werden kann, dass die Straftat, die
zu diesem Ziel führte, tatsächlich begangen worden ist.

Darüber hinaus sei weiterhin festgestellt, dass sich der Erstangeklagte zum Zeitpunkt des Herzstillstandes des Patienten und der
unterlassenen Intervention in Form einer Reanimation durch den
diensthabenden Arzt oder Krankenschwester/-pfleger gar nicht im
Krankenhaus befand. Ja, er befand sich nicht einmal in den Vereinigten Arabischen Emiraten, da erwiesen ist, dass er am 20.02.2009
ausreiste und am 22.02.2009 zurückkehrte!

** Daher bringt die Verteidigung vor, dass auch kein subjektiv-
moralischer Tatbestand zu Lasten des Erstangeklagten vorhanden
ist, da – wie oben geschildert – die für den von der Staatsanwaltschaft erhobenen Tatbestand erforderlichen Voraussetzungen fehlen.

Die Ausführungen oben lassen somit den Schluss zu, dass die
gegen den Erstangeklagten erhobene Anklage zurückzuweisen ist,
da weder auf Grund der gegebenen Tatsachen noch auch gesetzlich
gesehen ein krimineller Tatbestand vorliegt.

Drittens: Der Tathergang – wie von der Staatsanwaltschaft be-
schrieben – entbehrt jeglicher Logik:

Eingangs möchte die Verteidigung die Bemühungen des Staatsan-
waltes im Ermittlungsverfahren betonen, der nichts verabsäumte,
um diesen Fall von allen Seiten zu beleuchten, wiewohl er sich
manchmal vom Eifer als anklagende Instanz davontragen ließ, wodurch die Interessen des Erstangeklagten ins Hintertreffen gerieten.

So hat der Staatsanwalt bei der Befragung mancher Zeugen übers Ziel hinausgeschossen, indem er ihnen Suggestivfragen stellte, wie jene, die Dr. Ali Haidar Al-Numeiri, Mitglied der Kommission für ärztliche Verantwortungspflicht und Zeuge, nicht beantwortete.

Trotzdem geht die Verteidigung auf die Ereignisse so ein, wie sie in den diesbezüglichen Unterlagen geschildert sind:

Der Verstorbene wurde, nachdem er sich verletzt hatte, ins Rashid Hospital auf die chirurgische Intensivstation gebracht. Ein Behandlungsplan wurde erstellt, und er befand sich dann für mehr als 40 Tage unter der besonderen Aufsicht und Beobachtung aller Ärzte und des gesamten Pflegepersonals. Es ist gesichert, dass der Erstangeklagte den Patienten – »das Opfer« – während dieser Zeit direkt betreute, wie er auch alle anderen Patienten betreute, und zwar bis der Patient am 21.02.2009 starb und in Gottes Gnaden aufgenommen wurde.

Und an dieser Stelle fehlen der Verteidigung vor Verblüffung die Worte …

Eine Anklage wegen vorsätzlichen Mordes, erhoben gegen den Arzt, den »Leiter der Intensivstation«

Hier möchte die Verteidigung erneut die Frage stellen: Welchen Vorteil hätte der Erstangeklagte, der »**Arzt**«, eine Tat zu begehen, die das Leben dieses Patienten oder auch irgendeines anderen Patienten gefährdet?? Er, ein Arzt, für dessen Beruf die traditionelle Eidesformel grundlegend ist, das Leben und die Gesundheit der Patienten zu bewahren und nicht gegen medizinische Traditionen und Normen zu verstoßen!

–   Dazu kommt, dass der Patient auf Kosten des großzügigen Staates behandelt wurde, der alles tut, um die auf seinem Staatsgebiet lebenden Menschen als Söhne und Bürger gleich zu behandeln. Und der Erstangeklagte ist Arzt, der für seine Arbeit ein Gehalt bezieht, seine Arbeit tut und dann nach Hause zurückkehrt, um sich auszuruhen. Welche Unruhe bzw. welche Gemütsanwandlung müsste ihn überkommen haben, dass er ein solches Maß an Schaden bzw. Leid zufügen wollte!!!

Es stellt sich hier die Frage, wie kann eines Menschen Herz so von Neid zerfressen sein, dass er Recht und Wahrheit ignoriert und danach strebt, falsche und erlogene Anschuldigungen zu erheben???

Die Verteidigung ist überzeugt, dass diese Person den Tathergang vorbereitet und die notwendigen Strukturen sorgfältig errichtet hat. Die Staatsanwaltschaft folgte den Ausführungen dieser Person, trotz der Schilderungen und Beweise in den Unterlagen, die belegen, dass die von den zwei Belastungszeugen, dem Kläger Dr. Yaser Masri und Dr. Ashraf Al Hofi, aufgestellten Theorien nicht stimmen.

Die Verteidigung ersucht daher das Ehrenwerte Gericht, die Aussage von Dr. Ali Haidar, Mitglied der Kommission für ärztliche Verantwortungspflicht, heranzuziehen, der in seiner »Zeugenaussage vor Gericht« in Abrede gestellt hat, dass festgestellt worden sei, dass der Erstangeklagte irgendwelche Anordnungen gegeben habe, den Patienten nicht zu reanimieren. Auch sei betont, dass **die Aussagen der beiden Zeugen Yaser Masri und Ashraf Al Hofi auf bloßen Annahmen basieren,** und dass alle Personen, die von der Kommission befragt worden sind, in Abrede stellten, dass der Erstangeklagte Fehler begangen hätte, die letztlich zum Tod des Patienten – »des Opfers« – führten …!

Was den Vorwurf angeht, dass verschiedene Maßnahmen des Erstangeklagten – wie die Entfernung des Gerätes zur Messung der Sauerstoffsättigung im Blut, die Herabsetzung der Sauerstoffmenge und die Erhöhung der Morphindosis – lediglich dazu dienten, das Begehen der Straftat zu erleichtern und sie zu vertuschen, so ersucht die Verteidigung des Erstangeklagten, sich zur Beurteilung dieser Vorwürfe auf den Inhalt der beiden medizinischen Berichte zu beziehen, die von der medizinischen Kommission der DHA und von der Höchsten Kommission für ärztliche Verantwortungspflicht erstellt worden sind. Ein Kommentar zur Zeugenaussage der zwei Zeugen **Yaser Masri und Ashraf Al Hofi** erübrigt sich, da die betreffenden Darstellungen in sich widersprüchlich, fehlerhaft und eher ein Beweis für die ärztliche Unzuverlässigkeit der beiden Zeugen sind!

Nun fragt sich vielleicht das Ehrenwerte Gericht, was es mit dem Entfernen der medizinischen Geräte auf sich hat. Der Erstangeklagte hat zugegeben, manche Geräte entfernt zu haben, wobei die Staatsanwaltschaft und Dr. Yaser Masri dies in einer Weise erwähnen, als wäre dies heimlich geschehen und als hätte sich der Erstangeklagte in dunkler Nacht auf die Station geschlichen, um die Geräte zu entfernen!

Der Verteidigung ist unerklärlich, worauf Dr. Yaser Masri eine solche Behauptung stützt und weshalb die Staatsanwaltschaft diesen Ausführungen ohne Beweis folgt.

Tatsache ist,

dass solche Entscheidungen von ausgewiesenen Spezialisten getroffen werden und nicht einfach von einem Anästhesisten: Benötigt der Patient das Gerät zur Messung des Sauerstoffgehaltes im Blut, ja oder nein? Und benötigt der Patient eine höhere Dosis Morphin, ja oder nein? Und zu welchem Zeitpunkt? Und wann genau soll die Dosis herabgesetzt werden? Soll der Patient weiterhin auf der Intensivstation bleiben? Wann wird er auf eine andere Station verlegt? Wie lange muss er auf der Intensivstation liegen? Ist der Aufenthalt unbefristet? All diese Fragen fallen nicht in den Zuständigkeitsbereich von Dr. Yaser Masri. Daher ist es auch nicht adäquat, dass er seine Meinung dazu äußert, so als diese seine Meinung ausschlaggebend und die Basis für die Anklageerhebung!!!

Viertens: Heimtücke der Anklage und deren ungerechte Erhebung:

Die Verteidigung erlaubt sich im Folgenden, die Hintergründe zu erklären und die Beweise anzuführen, welche die Heimtücke und Niedertracht dieser von dem Kläger Dr. Yaser Masri und dem Zeugen Dr. Ashraf Al Hofi erhobenen Anklage belegen:

– Es ist gesichert, dass der Kläger keine Anzeige erstattete, dass das Bündel an Maßnahmen, das der Erstangeklagte getroffen hat, wie das Entfernen lebensnotwendiger Geräte vom Patienten – »dem Opfer« –, wie von Ersterem behauptet, und die Herabsetzung der Sauerstoffdosis, die Erhöhung der Morphindosis; jene Maßnahmen also, die der Erstangeklagte am 19.09.2009 anordnete, d. h. mehr als 36 Stunden vor dem Tod des Patienten – »des Opfers« –, wenn diese Maßnahmen doch eine derart schwere medizinische Verfehlung darstellten, wie der Kläger behauptet!

– Es ist ferner gesichert, dass kein Mitglied des Ärzteteams oder Pflegepersonals der chirurgischen Intensivstation diese Maßnahmen, von denen behauptet wird, dass sie eine strafbare

Handlung darstellten und der Erstangeklagte sie in der Absicht gesetzt hätte, den Patienten – »das Opfer« – **zu töten**, angezeigt oder gemeldet hat!

– Es ist gesichert, dass kein Mitglied des Ärzteteams der chirurgischen Intensivstation die Anordnungen oder Entscheidungen, von denen behauptet wird, dass sie eine strafbare Handlung darstellen, korrigiert hat, obwohl zwischen dem Zeitpunkt der Anordnung und der Umsetzung derselben und dem Eintritt des Todes des Patienten – »des Opfers«, Gott erweise ihm Gnade! –, mehr als 36 Stunden vergingen; und obwohl herkömmlicherweise auf der Intensivstation alle Patienten täglich von drei im Schichtdienst arbeitenden Ärzteteams besucht werden, jedes Team bestehend aus mindestens fünf Ärzten und einem Arzt unterstellt, der dem Erstangeklagten in Erfahrung, Kompetenz, wissenschaftlichem Anspruch ebenbürtig ist. Noch dazu entspricht dies auch der Politik des Krankenhauses!

– Gesichert ist ferner die Unterschiedlichkeit zwischen **sämtlichen Aussagen** der zwei Zeugen, des Klägers Dr. Yaser Masri und Dr. Ashraf Al Hofi, vor der Staatsanwaltschaft sowie vor dem Ehrenwerten Gericht und **dem Inhalt des Originalberichts**, der in Englisch verfasst worden ist und dessen beglaubigter Übersetzung, sowie der Wahrheit und den herkömmlich bekannten medizinischen Gepflogenheiten!

– Die einzige Anzeige stammt von Dr. Yaser Masri, Anästhesist und Mitglied jenes Ärzteteams der chirurgischen Intensivstation, welches den Patienten, das Opfer, vom Zeitpunkt seiner Verletzung an bis zu seinem Tode betreut hat und der auch den Totenschein ausgestellt hat. Er war es, der einen Bericht schrieb, der die Mindestanforderungen der Krankenhauspolitik nicht erfüllte, diesen Bericht der Krankenhausleitung vorlegte und die Behauptungen, wie sie in den Ermittlungsunterlagen enthalten sind, vorbrachte. So behauptete er, dass die vom Angeklagten gesetzten Maßnahmen der Politik des Krankenhauses, in dem er beschäftigt ist, zuwiderliefen, und führte als Begründung das Argument an, er wolle Fehler vermeiden, um die Qualitätsstandards zu verbessern! Doch was brachte er eigentlich als erster Belastungszeuge vor, welche Vorwürfe und Anschuldigungen erhob er gegen den Erstangeklagten? Obwohl Arzt auf dem Gebiet der Anästhesie, basiert seine Aussage lediglich auf Mutmaßungen, die er als medizinische Tatsachen ausgab, und zwar betreffend Herz, Atmung, Sauerstoffgerät, die Medikamente, die dem Patienten verabreicht wurden, die diesbezügliche Dosis und die Frage, ob diese wohl dem Zustand des Patienten zuträglich seien oder nicht; gerade so, als ob er der behandelnde Arzt wäre. Dies ist eine massive Verleumdung.

- Indem das werte Gericht in die Unterlage Nr. 6 Einsicht nimmt, wird es sich von der Heimtücke und Niedertracht der vom Kläger Dr. Yaser Masri erhobenen Anschuldigungen überzeugen. Es hat nämlich ein Verwaltungsangestellter des Krankenhauses berichtet, dass er gehört hat, wie Ersterer sagte, dass es ihm genüge, den Ruf des Erstangeklagten zu schädigen und es ihm unmöglich zu machen, in den Emiraten zu arbeiten! All dies ist ein Beweis dafür, welchen nicht zu rechtfertigenden Neid der Kläger gegen den Erstangeklagten empfindet. Der Kläger hat sich nur als Zeuge hervorgetan, der aber im Grunde nichts gesehen hat und sich ausschließlich darauf beruft, dass er an dem Patienten, als dieser am Vortag vor seinem Tod einen Herzinfarkt erlitt, eine Herz-Wiederbelebung durchgeführt habe, wodurch dieser überlebte.

- Nun zur Rolle, die Dr. Ashraf Al Hofi spielt. Er nahm es auf sich, den Bericht der DHA zu übersetzen, und zwar **unentgeltlich**. Dieser Zeuge wirft dem Erstangeklagten Verfehlungen vor und stützt sich dabei auf die Behauptung seines Freundes, des ersten Belastungszeugen. Aber obwohl er die Schlussfolgerung der übrigen Kommissionsmitglieder nicht korrekt und wortgetreu übersetzte und Streichungen und Ergänzungen vornahm, bestätigte sein Bericht – ohne dass ihm dies bewusst war – letztlich nur die Unschuld des Erstangeklagten, denn auch darin heißt es, dass die Entscheidungen, die der Erstangeklagte getroffen hat, in Summe nicht den Tod des Patienten herbeigeführt haben.

Abschließendes Vorbringen zur Beendigung dieses Verfahrens:

Wie im Originalbericht der medizinischen Kommission der DHA bestätigt und hiermit als Beweis für die Unschuld des Erstangeklagten in sämtlichen gegen ihn erhobenen Anklagepunkten angeführt:

»**Vom wissenschaftlichen und medizinischen Standpunkt ist gerechterweise zu sagen, dass das erwähnte Maßnahmenbündel grundsätzlich nicht zum Tod des Patienten beigetragen hat, und zwar aus folgenden Gründen … usw. …**

Daher muss gerechtigkeitshalber festgestellt werden, dass einige Handlungen, die Dr. Eugen Adelsmayr am 19.02.2009, um 14.40 Uhr, gesetzt hat, vom klinisch-medizinischen Standpunkt nicht angemessen waren, aber dem Patienten nicht direkt geschadet haben.«

Und wie ferner von der Höchsten Kommission für ärztliche Verantwortungspflicht bestätigt und hiermit als Beweis für die Unschuld des Erstangeklagten in sämtlichen gegen ihn erhobenen Anklagepunkten angeführt:

1. Die Kommission konnte sich überzeugen, dass in den Patientenunterlagen des Verstorbenen keine Anweisungen oder schriftlichen Anordnungen von Dr. Eugen, als des Leiters der Station, an welcher der Patient behandelt wurde, existieren, den Patienten im Falle eines Herzstillstandes nicht zu reanimieren … usw.

2. Es liegen der Kommission keine einwandfreien Beweise vor, dass Dr. Eugen Anordnungen oder mündliche Anweisungen gegeben habe, wie es in ähnlichen Fällen bei einem solchen klinischen Zustand üblich ist, bei Herzstillstand den Patienten nicht zu reanimieren, da die Aussagen von Ärzten und Pflegepersonal in dieser Sache widersprüchlich sind.

Dadurch kam die Kommission zu dem Schluss, dass nicht bewiesen werden kann, dass Dr. Eugen eine Tat begangen hat, die medizinische Rechenschaft erfordert, und dass es keinen einwandfreien Beweis gibt, dass Dr. Eugen gegen die national geltenden Regeln und Vorschriften oder gegen die national und international befolgten medizinischen Gesetze verstoßen hat.«

Warum also sollte der Erstangeklagte verurteilt werden???

Wir überlassen es der Gerechtigkeit des Ehrenwerten Gerichts als der zuständigen Instanz diese Frage zu beantworten.

Abschließend erklärt die Verteidigung, dass sie den Angeklagten nunmehr vertrauensvoll der Umsicht und Obhut des Ehrenwerten Gerichts übergibt, in der Überzeugung, dass ihm vor diesem ehrenwerten und erfahrenen Gericht das notwendige Maß an Ermittlung, Prüfung und Untersuchung der Sachlage sowie die Umsetzung der Gebote der Gerechtigkeit zuteil werden wird … Möge Ihnen durch Gott Erfolg beschieden sein und mögen Recht und Wahrheit Ihre Urteilsfindung leiten.

Auf Grund obiger Ausführungen

stellt der Erstangeklagte an das Gerechtigkeit suchende Ehrenwerte Gericht den Antrag, ihn von sämtlichen gegen ihn erhobenen Anklagepunkten freizusprechen.

Mit Dank und vorzüglicher Hochachtung

In Vertretung des Erstangeklagten
Rechtsanwaltskanzlei/Ibrahim Hassan Al Mulla
Advocate and Legal Consultants